D1929010

Driss Chraibi

Ermittlungen im Landesinnern

Roman aus Marokko

Aus dem Französischen von Angela Tschorsnig

Mit einem Nachwort von Hartmut Fähndrich

Lenos Verlag

Arabische Literatur im Lenos Verlag
Herausgegeben von Hartmut Fähndrich

Titel der französischen Originalausgabe:
Une enquête au pays
Copyright © 1981 by Editions du Seuil, Paris

Die Übersetzung aus dem Französischen wurde unterstützt durch die Gesellschaft zur Förderung der Literatur aus Afrika, Asien und Lateinamerika e.V. in Zusammenarbeit mit dem Institut für Auslandsbeziehungen.

Copyright © der deutschen Übersetzung
1992 by Lenos Verlag, Basel
Alle Rechte vorbehalten
Lektorat: Andreas Tunger-Zanetti
Satz und Gestaltung: Lenos Verlag, Basel
Umschlag: Konrad Bruckmann
Foto: Bruno Barbey/Magnum
Printed in Germany
ISBN 3 85787 209 8

Es genügt, dass ein menschliches Wesen
im richtigen Augenblick unseren Weg kreuzt,
und unser Geschick wendet sich.
D.C.

FÜR MICHEL CHODKIEWICZ
UND JEAN-MARIE BORZEIX

بسم الله الرحمن الرحيم

„Bei Allah und dem Propheten, ein gewisser Driss Chraibi hat den Verstand verloren! Er ist ein subversives Element und ein gefährlicher Insektueller, die Zivilisation hat seinen Kopf verdreht, denn folgendes hat sich zugetragen: Ich und der Polizeichef, wir sind in offizieller Mission in ein kleines Dorf im marokkanischen Atlas gefahren, zu Bergbewohnern aus dem Mittelalter, die die Regierung nicht kennen, und das Fernsehen schon gar nicht. Gut. Es herrschte eine Temperatur wie in einem Backofen, es war nämlich Sommer, und die Ermittlungen hatten sich ziemlich bald festgefahren. Anstatt Mitleid mit uns zu empfinden und uns zu Hilfe zu kommen, hat der Driss Schreibi mit seinem bescheuerten Kopf nichts Besseres zu tun gehabt, als uns ständig mit seinen langen Zähnen auszulachen. Er hat glattweg die Ermittlungen an unserer Stelle geführt, obwohl er kein Berufspolizist ist; er hat sogar über unsereins, den Chef und mich, über die kulturelle Zusammenarbeit zwischen den Polizeiorganisationen und über den Staat selbst Erkundigungen eingezogen. Und dabei hat er den Unterschied zwischen uns und den normalen Verwaltungsobjekten wie einen alten Reifen plattgefahren. Denn wir verfügen schliesslich über eine mit einer Parzelle Autorität vermischte mittlere Reife. Und das hat er alles getan, während er uns dabei beobachtete, wie wir Tadschin aus dem Paradies assen, uns ausruhten oder beim Palaver zusammensassen. Wo er wohl diese Akte aufgestöbert hat? Er hat unsere eigenen Worte verwendet und unsere Gefühle ausgedrückt, so dass man fast meinen könnte, er habe in jedem einzelnen von uns dringesteckt.

Ich für meinen Teil sage es euch: Anstatt unmögliche Geschichten zu schreiben, wegen denen er ganz schnell in der

Kartei landen kann, täte er besser daran, seine insektuellen Fähigkeiten und seine Abschlusszeugnisse der Polizei oder sogar dem Staat zugute kommen zu lassen. Er bekäme dafür einen feinen Scheck am Monatsende und eine Villa mit Swimmingpool, Hausangestellten und allem Drum und Dran. Das ist ein guter Rat von mir, den ich ihm gerne geben will, richtet ihm das aus, aber fissa."

Gezeichnet: Inspektor Ali, wichtigste Person in diesem Buch.

1

An einem Julitag um die Mittagszeit kam der Polizeichef im Dorf an. Milliarden Sonnen standen am gleissend weissen Himmel und brannten zwischen dem Hochland und dem Atlasvorgebirge herab. Der Chef sass in einem kleinen Auto, an dem nichts Auffälliges zu sehen war wie zum Beispiel ein Martinshorn oder ein Blaulicht auf dem Dach. Er war in geheimer Mission unterwegs und wollte Anonymität wahren. Über ihm stand eine Pyramide von Vorgesetzten, von denen er die meisten nicht einmal dem Namen nach kannte. Aber Befehl war Befehl. So ein Befehl kam in Form einer unpersönlichen, mit Rotstift gekritzelten Notiz, gefolgt von einer unleserlichen Unterschrift, die Hierarchie-Leiter von oben zu ihm herab. Es war natürlich möglich, dass irgend jemand in seiner Abwesenheit hereinkam und einen x-beliebigen Zettel auf seinen Schreibtisch legte. Der Chef befolgte aber nur solche, die den offiziellen Stempel mit dem Königsadler trugen. Schliesslich war er alles andere als ein verantwortungsloser Trottel.

Er brachte sein Auto auf dem steinigen Dorfplatz zum Stehen, zog den Zündschlüssel ab, seufzte, löste mit einem Finger den feuchten Kragen vom Hals und stiess Inspektor Ali, seinem Reisegefährten, dessen Kopf friedlich auf dem Armaturenbrett ruhte, herzhaft den Ellbogen in die Rippen.

„Wach auf!" donnerte er.

Der Inspektor richtete sich gähnend auf und seinen schlaftrunkenen Blick zu seinem Chef hinüber. „Ich habe nicht geschlafen, Chef!" Seine Stimme klang belegt. „Bei Allah und dem Propheten! Ich habe nachgedacht."

„Das tut weh", sagte der Chef. „Hast du Aspirin-Tabletten dabei?"

„Nein, Chef."

„Dann hör auf zu denken. Sonst bekommst du schon sehr bald Schmerzen im Schädel, Hirnhautentzündung, Migräne. Weisst du überhaupt, was das ist, Migräne?"

Entgeistert sah ihn der Inspektor an. „Miwas? Keine Ahnung, Chef. Erklär es mir."

„Gerne", erklärte sich der Chef väterlich bereit. „Also pass auf: Es geht ganz plötzlich in der Schädelmitte los, ohne die geringste Vorwarnung." (Um das Gesagte zu verdeutlichen, legte er dem Inspektor den Zeigefinger auf den Kopf und drückte fest auf die Stelle.) „Und dann zieht es in alle Richtungen, von hier nach da, zu den Schläfen ... und dann nach da, zur Stirn ... und dann da zum Nacken ... Es wird heiss, immer heisser, pffff-pffff! Und noch heisser." (Ohne ersichtlichen Grund schwoll seine Stimme plötzlich zu einem Donnergrollen an.) „Und dann auf einmal explodiert der Kopf wie eine von den Granaten, die wir auf die Demonstranten werfen."

Der Inspektor wischte sich mit der flachen Hand über das Gesicht. „Hast du vielleicht zufällig ein Aspirin für mich, Chef?" fragte er dann.

„Nein, habe ich nicht", gab der Chef entschieden zurück. „Du hättest eben vorher überlegen müssen, was du brauchst, bevor du dich ans Nachdenken machst. Ich für meinen Teil denke nicht nach. Ich führe Befehle aus."

Der Inspektor sagte nichts dazu. Sein Adamsapfel bewegte sich auf und nieder, und seine Augen starrten ins Leere.

„Am besten hältst du dich getreulich an meine Ratschläge.

Nicht denken, ausführen", sprach der Chef weiter. „Nur so – und nicht anders – wirst auch du dir eines Tages einen Platz an der Sonne ergattern, weil du nämlich so viele Befehle ausgeführt hast. Ich meine es doch gut mit dir, glaub mir. Sonst wäre ich ja nicht dein Chef. Ist doch klar."

Bei jedem der vernunftstrotzenden Sätze, die sein Chef ihm an den Kopf warf, senkte Inspektor Ali diesen ein wenig tiefer, während ihm der Mund unverändert offenstand.

„Sag mir doch einmal, worüber du vorhin nachgedacht hast? Darf man das erfahren?"

Der Inspektor schluckte, und ein breites Lächeln zog sich von einem Ohr zum anderen. Dabei liess er mehr von seinem Zahnfleisch sehen als von seinen Zähnen. „Klar darf man, Chef. Es ist ganz einfach, man braucht nicht einmal besonders einfallsreich zu sein. Also, ich dachte mir gerade, wenn ich die Regierung wäre ..., ich sage das einfach mal so dahin, versteht sich ..."

„Versteht sich", stimmte der Chef zu.

„Wenn ich Minister wäre zum Beispiel, oder einer von den Bonzen, die in der Hauptstadt am Drücker sitzen, also dann würde ich alles anders machen. Und zwar schleunigst."

„Was würdest du anders machen?" hakte der Chef nach und neigte dabei mit gespitzten Ohren den Kopf zur Seite. „Was alles?"

„Die Strasse teeren, zum Beispiel!"

„Ach ja?" entgegnete der Chef.

„Ja, Chef. Das heisst ... äh ... ich wollte sagen ..."

„Ja bitte?"

Der Chef hatte aus der Tasche einen Stift und ein abgewetztes, pralles, braun eingebundenes Notizbuch gezogen, das von einem festen Gummiband zusammengehalten wurde. Er schlug das Notizbuch nicht auf – noch nicht. Mit Daumen und Zeigefinger zog er gedankenverloren das Gummiband hoch und liess es wieder schnalzen. Den Inspektor sah er dabei nicht an, nicht einmal aus den Augenwinkeln.

„Nun?" wiederholte er, „was wolltest du sagen? Welche Strasse ist nicht geteert?"

„Nichts, Chef. Gar nichts. In Wirklichkeit bin ich unterwegs eingeschlafen und habe schlecht geträumt. Einen Alptraum habe ich gehabt, du weisst schon. Die Suppe ist schuld, logisch."

„Was für eine Suppe?" erkundigte sich der Chef argwöhnisch.

„Ich werde es dir erklären, Chef. Reg dich nicht auf. Heute morgen hat sich meine Frau geweigert, aufzustehen und mir Frühstück zu machen ... Honigkrapfen, Tee mit Pfefferminz, die feinen Dinge im Leben. Es wurde eben erst hell draussen, und sie war todmüde. Da habe ich mir eben die Kichererbsensuppe von gestern abend warm machen müssen, verstehst du?"

„Nein", erwiderte der Chef.

„Die liegt mir jetzt schwer im Magen. Und die Fahrt war auch nicht gerade angenehm, die ganze Zeit das Geholper und Geschüttel. Und ausserdem ist es verdammt heiss."

Zwei oder drei Minuten später fragte der Inspektor vorsichtig nach: „Stimmt doch, dass es heiss ist, oder?"

„Hmmm!" brummte der Chef. „Hmmm!"

Er hatte den Stift wieder eingesteckt und fächelte sich nun nachlässig, sozusagen in Gedanken versunken, mit dem Notizbuch Kühlung zu. Sein Gesicht verfärbte sich zusehends ins Rote. „Ich habe die Nase voll von der Alten", explodierte er schliesslich. „Und du?"

„Ich ..."

„Lass dich scheiden", empfahl der Chef. „Verstoss sie, schmeiss sie raus, Himmel noch einmal! Faules Stück, räkelt sich da im Bett herum, so eine ist nicht das Richtige für einen Beamten im Dienst der Regierung wie du."

„Und die Kinder?" wollte der Inspektor wissen, in dessen Kopf es heftig arbeitete.

„Die bleiben natürlich bei dir. Sie hat keinerlei Ansprüche auf die Kinder. Du bist der Vater. Das Gesetz ist auf deiner Seite, und ich werde dich unterstützen, ich bin dein Chef."

„Wirklich? Und du, Chef, bist du verheiratet?"

„Zwei habe ich verstossen, lange hat es nicht gedauert. Und die dritte habe ich nach zwei Jahren Ehe begraben. Womit bewiesen ist, dass die Frauen von heute nicht mehr das sind, was sie einmal waren: gehorsam, arbeitsam und so weiter. Nichts als Ärger hat man mit ihnen. Soll ich dir etwas sagen? Die Zivilisation bekommt ihnen nicht. Heutzutage brauchen sie sogar eine Waschmaschine, stell dir vor!"

Eine geraume Weile führte der Chef seinen Monolog dergestalt fort, dass er sich lang und breit über den Verfall der Sitten ausliess, die sich wie ein marokkanischer Esel rückwärts statt vorwärts bewegten, das Kino, die Pille und die Politik niedermachte, über die Ölbarone und die Russen schimpfte und die internationale Lage anhand von einfachen und deshalb nicht minder verallgemeinernden Fakten darlegte. Als er einen Teil des Dampfes, an dem er beinahe zerplatzt wäre, abgelassen hatte, hielt er inne und begann, wieder regelmässig zu atmen: „Immer musst du diskutieren! Wir sind aber zum Arbeiten hier! Also gut. Dann stecke ich das Notizbuch wieder ein und schreibe keinen Bericht an meine Vorgesetzten. Vorhin war ich mir schon so gut wie sicher, dass du einer von diesen Insektuellen bist. Aber jetzt verstehe ich alles – und wie ich dich verstehe! Du bist ein Opfer des Matriarchats."

„Ja, Chef."

Wie in der Moschee hatte der Inspektor dem Mann, der in der hierarchischen Ordnung über ihm stand, gelauscht, ihm jedes einzelne Wort von den Lippen abgelesen, jede Bewegung aufmerksam registriert. Als er sah, dass das Notizbuch in der Tasche des Chefs verschwand, meldete er sich wieder zu Wort: „Ich danke dir vielmals, Chef. Bei Allah und dem Propheten und dem Herrscher der Gläubigen, der über uns gebietet, dem heiligen Hassan Tantani! Mögen die Seelen deiner Ahnen in Frieden dort ruhen, wo sie sind!"

„Schwamm drüber", lenkte der Chef ein, den ganz unvermittelt Heiterkeit überkommen hatte. Auf seinen glänzend roten, dicken Backen tauchten zwei bubenhafte Grübchen auf.

„Was ich dir da eben erzählt habe, ist die reine Logik. Meine Frau, die um sechs Uhr morgens noch pennt, die alte Suppe, die mir wie ein Stein im Magen liegt, die ungeteerte Strasse mit lauter Löchern drin und lauter Steinen drauf, das hängt alles aneinander und zusammen, wie getrocknete Feigen auf der Schnur, so sicher wie zwei und drei fünf ist."

„Ah ja?"

„Ja, Chef, logisch. Wenn ich mich nicht täusche, dann sind wir auf einer wunderbaren Autobahn aus der Stadt herausgefahren. Aus der ist in Null Komma nichts eine stinknormale Strasse mit zwei Spuren und dann mit einer Spur geworden, weiss der Geier warum. Und nachdem wir die Regierung immer weiter hinter uns gelassen hatten und immer höher in die Berge geklettert waren, da war auf einmal sogar der Belag weg und nur noch ein Maultierpfad da mit Buckeln und Schlaglöchern und lauter Steinen und Büschen mit solchen Stacheln." Mit dem Daumen, dann mit der ganzen Länge der Hand verdeutlichte er deren enorme Ausmasse. „Unsereins ist doch kein Maulesel! Vor allem du nicht, Chef. Kannst du mir folgen?"

„Ich kann dir folgen", antwortete der Chef.

„Steck das dumme Notizbuch weg", sagte der Inspektor hastig, „lass es, wo es ist."

„Sprich weiter."

„Mir kommt es ganz einleuchtend vor, was ich sage. Ich weiss ja nicht, woran es liegt, an den Kichererbsen, an meiner Frau mit ihrer Grippe oder ihrem Alptraum oder was sie da hatte, aber ich habe mir gedacht, wenn ich die Regierung wäre, dann würde ich das alles unverzüglich in Ordnung bringen. Dann würde ich sie alle, die Arbeitslosen, die jungen Kerle mit ihren Schallplatten und ihren Gitarren, und die tick ... tick ... tick ..."

„Insektuellen! Das sind die, die mit dem Kopf arbeiten!"

„Genau, Chef! Alle die bescheuerten Kopf-Typen, dann würde ich sie also alle die Steine und die Disteln auf diesem Trampelpfad aufsammeln und eine schöne geteerte Strasse daraus machen lassen, zum Wohle der Nation und damit du undurchgeschüttelt und sänftensanft in dieses Dorf fahren kannst, so sicher wie zwei und vier sechs ist. Ganz zu schweigen vom Sinken der Arbeitslosenquote. Ist das nicht genial, Chef?"

Er verstummte. Der Chef verharrte in Schweigen und betrachtete aufmerksam das ausdruckslose Gesicht seines Untergebenen, erwog das Pro und Contra und ordnete gleichzeitig das soeben Gehörte. Bestimmte Vorstellungen konnte er nicht nur verstehen, er konnte ihnen sogar vorbehaltlos zustimmen, denn sie galten ihm persönlich und seiner Weltordnung. Andere passten nicht ganz in sein Bezugssystem und waren letztlich form- und inhaltslose Gedankenfetzen, wie der Kommunismus in der arabischen Welt. Umständlich massierte er sich den Nacken, drehte den Kopf nach rechts und nach links und versuchte dabei, einen seiner Halswirbel knacken zu lassen. Dann sprach er: „Aber du bist nicht die Regierung, stimmt's?"

„Nein, Chef. Leider!"

„Nimm sofort dieses Wort zurück", schrie der Chef den Inspektor an.

„Welches, Chef?"

„Das letzte, das du gerade ausgesprochen hast."

„Ich nehme es zurück", lenkte der Inspektor ein. Er faltete ein grosses, kariertes Taschentuch auseinander und spuckte etwas hinein, das nur das Wort des Anstosses sein konnte.

„Sehr gut", kommentierte der Chef. „Dass mir das nicht noch einmal vorkommt." Er beugte den Kopf nach vorn und dehnte den Hals, ein Knochen knackte. „Jetzt hab ich ihn erwischt, den Schlawiner. Endlich ist dieser Wirbel wieder eingerenkt." Er machte sich daran, langsam und gemessen seine Fingergelenke knacken zu lassen, als ob er sie nachzählen wollte. Ein Fingerglied nach dem anderen. Jedesmal wenn es knackte, fuhr der Inspektor aus seinem Sitz hoch. Die Finger, die dieses Geräusch verursachten, waren behaart und wurstig und gehörten zu kurzen, dicken Händen. „Kennst du jemand von der Regierung", fuhr der Chef fort, „dem du von deiner genialen Idee erzählen könntest?"

„Nein, Chef. Niemand. So sicher wie zwei und fünf ... wieviel ist das?"

„Sieben. Du kennst also keinen von den hohen Vorgesetzten bei der Polizei, der bei der Regierung etwas durchsickern lassen könnte?"

„Keinen einzigen, Chef. Ausser dir."

„Dann höre auf deinen direkten Vorgesetzten, das heisst auf mich, der ich in diesem Augenblick in höchsteigener Person zu dir spreche. Lass das Geschwätz und hör mir gut zu: Du hast Zeugnisse, wenn ich deine Akte richtig gelesen habe?"

„Ja, Chef. Einen Volksschulabschluss. Den habe ich mit dreizehn gemacht, ohne Schwierigkeiten."

„Das ist ein guter Abschluss! Ich für meinen Teil habe natürlich mittlere Reife. Sonst hast du nichts?"

„Doch!" rief der Inspektor aus und grinste. „Ich war Rechtsaussen in der Fussballmannschaft von Settat. Vierzehn Tore habe ich geschossen, ich ganz alleine, in einer einzigen Saison. Wenn ich nicht zur Polizei gegangen wäre, wäre ich beim Spiel Marokko gegen Jugoslawien nächsten Sonntag mit dabei. Ich bin mit der Auswahl überhaupt nicht einverstanden. Warum lassen sie Maati nicht mitspielen? Der ist der schärfste Torjäger! Ob er wohl in die Politik gegangen ist?"

„Nimm den Daumen hier!" verlangte der Chef.

„Welchen?"

„Den hier, den ich dir vor die Nase halte, du Depp! Eine allzugrosse Auswahl an Daumen habe ich nicht zu bieten."

Der Inspektor packte den Daumen mit festem Griff und wartete auf weitere Anweisungen.

„Ich zähle. Bei drei ziehst du kurz und fest, bis er knackt."

„Verstanden, Chef."

„Achtung. Eins ... zwei ... drei ... Worauf wartest du?"

„Ich trau mich nicht, Chef."

„Zieh! Verdammt noch mal, zieh!"

Der Inspektor zog mit aller Kraft, der Chef fing daraufhin an zu heulen und führte auf dem Autositz einen Veitstanz auf. „Verflucht sei die Religion deiner Mutter! Zwiebelkopf! Mosesarsch! Ersatzrad! Ziehen sollst du, habe ich gesagt, dass du mir die Finger brechen sollst, davon war nicht die Rede!"

„Bei Allah und dem Propheten, habe ich ihn dir gebrochen?"

„Nein, aber so gut wie!" Der Chef bewegte den Daumen hin und her, streckte die Zunge heraus, schmierte den Daumen mit Spucke ein und steckte ihn in die Wärme unter seiner rechten Pobacke. Der Inspektor war zutiefst beunruhigt.

„Deswegen haben sie mich bei der Polizei genommen", erläuterte er. „Ich kann jeden aufs Kreuz legen, ich brauche ihm nur die Hand zu geben, um guten Tag zu sagen. Deswegen, wegen dem Fussball und wegen meinem Schulabschluss bin ich in Null Komma nichts emporgekommen, immer vier Stufen auf einmal. Wenn ich daran denke, dass es Kollegen gibt, die älter sind als ich und immer noch Streife gehen, in Stiefeln und Helm bei jedem Wetter, und wozu? Bloss um den fliegenden Händlern in die Auslagen zu treten, weil sie nicht auf dem Markt stehen und den Gewerbeschein nicht bezahlen wollen. Ah! Bei Allah und dem Propheten, ich habe vielleicht ein Glück! Ich bin einer von den Privilegierten, so sicher wie zwei und sechs ... äh ... acht ist, jawohl!"

„Dann mach am besten einen doppelten Knoten in deine verfluchte Zunge und sieh zu, dass du auf deinem privilegierten Platz bleibst, du Krokodilskopf! Überlass die Sache mit den geteerten und ungeteerten Strassen den Ingenieuren vom Tiefbauamt, den Entwicklungshelfern und den Typen, die zur Zwangsarbeit verurteilt sind. Misch dich da nicht ein, halt dich aus der Politik raus, mach einfach weiter einen auf Polizei."

„Du hast recht, Chef. Es ist ein paradiesisches Vergnügen, mit dir zusammenzuarbeiten."

„Du weisst, dass du wegen einem Ja oder einem Nein zuviel von heute auf morgen gefeuert werden kannst?"

„Ach ja?" der Inspektor horchte auf.

„Ja, ach ja! Mittellos wie ein Penner sitzt du dann auf der Strasse und bekommst keinen Sold mehr! Da vertreibst du dir die Zeit damit, gemeingefährliche Insektuelle einzusperren, aber weisst du auch, dass du von heute auf morgen selbst hinter Gittern sitzen kannst?"

„Ach! Sowas!"

„Ja, sowas! Wegen dir quatsche ich hier herum und vergeude meine Zeit. Wir sind schon vor einer ganzen Weile hier angekommen, und seit gut einer Stunde hast du nichts anderes zu tun, als dummes Zeug daherzureden. Wir sind noch nicht einmal aus dem Auto ausgestiegen. Wieviel Uhr ist es?"

Der Inspektor schaute auf seine Quarzuhr und drückte auf zwei Knöpfe, den für *Select/Month Date* und den für die Uhrzeit. Dann verkündete er: „Es ist Freitag, der 11. Juli 1980, genau 12 Uhr, 13 Minuten und 26 Sekunden."

„Ich habe auch so eine", der Chef streckte sein Handgelenk vor. „Aber meine kann noch mehr, sie piepst nämlich. Gut, wir wollen keine Zeit mehr verlieren. Sag mal, du, wo hast du eigentlich dieses prunkvolle Geschenk her, von einem Verdächtigen?"

„Nein", protestierte der Inspektor lautstark, „überhaupt nicht. Ich habe sie aus meiner eigenen Tasche bezahlt. Ich weiss schliesslich auch, dass die Inflation schneller als ein wildes Pferd dahingaloppiert und dass der Dirham im freien Fall in die Tiefe stürzt. Aber die Uhr habe ich mir gekauft, im Schweisse meines Angesichts, und man braucht sie nicht aufzuziehen."

Der Chef fuchtelte mit den Händen, erst mit der einen, dann mit der anderen, als wollte er den Inspektor zum Schweigen bringen. Die Handgelenke gaben ein trockenes Knacken von sich. „Langsam löst sich der Rost", liess er zufrieden grinsend verlauten. „Wenn du damit fertig bist, deine Zunge zu betätigen, und ich endlich aus diesem verdammten Auto aussteigen kann, komme ich vielleicht dazu, mich um die Arme und die Wirbelsäule zu kümmern. Ich muss mich fit halten, damit ich die offizielle Mission hier durchführen kann, die man mir höheren Orts anzutragen bereit war. Und nun tue ich seit einer Dreiviertelstunde nichts anderes, als dir den Weg des Heils aufzuzeigen. Aber du hörst mir ja nicht zu."

„Doch, ich höre dir zu, Chef!"

„Nein, du hörst mir nicht zu! Du lässt dich bloss über geteerte und ungeteerte Strassen aus und hast nichts Besseres zu tun, als den Daumen eines höheren Polizeibeamten zu misshandeln. Also mach jetzt endlich die Ohren auf und begib dich auf den Markt in deinem Kopf. Du hast auch so genug Lärm und Sorgen da oben drin, allein schon wegen des Elends mit deiner Alten. Warum willst du zu dem ganzen Rummel in deinem Schädel auch noch die Politik und die Bulldozer dort hineinquetschen? Du hast dir die Quarzuhr an deinem Handgelenk leisten können? Das ist gut, Inspektor Ali! Das ist sogar ausgezeichnet. Morgen, in einem Jahr, in zwei Jahren kannst du dir eine schöne Villa kaufen, wie ein Chef, mit Hausangestellten und allem Drum und Dran."

Der Inspektor hob den Finger, um eine Frage zu stellen oder um mitzuteilen, dass dies sein innigster Wunsch sei, aber der Chef brachte ihn augenblicklich zum Schweigen.

„Halt den Schnabel! Hör dir folgende Geschichte an, sie soll dir eine Lehre sein! Ich werde dir von meinem Vater erzählen. Er war Polizist wie ich. Er hütete das Gesetz der Franzosen, das Kommissariat des Kommissars und manchmal sogar dessen Privathaus, bestimmt um zu verhindern, dass die Mücken dort eindrangen. Er hatte nicht einmal ein Schiesseisen, nur ein winziges Knüppelchen. In einem Wort, er diente dem französischen System."

„Aber du, Chef, du hast ein Schiesseisen, und du dienst unserem System hier."

„Genau so ist es", rief der Chef aus. „Endlich hast du es kapiert!" Die glühende Vaterlandsliebe zauberte warme, menschliche Züge auf sein Gesicht, machte es glatt und rund; seine Augen waren wunderschön schwarz und glänzten vor Freude. „Dann ist die nationale Unabhängigkeit gekommen, und die neue Generation, zu der ich gehöre, hat sich ihre Würde erobert. Mein Vater war nur ein Wächter, ein einfacher Polizist ohne Entscheidungsbefugnis, ohne die geringste Verantwortung. Aber ich, sein Sohn, ich habe Autorität! Nun ja, ein kleines Stückchen Autorität, aber das reicht mir. Autorität, vergiss das nie."

„Nein, Chef. Niemals. Das nicht."

„Der grösste Unterschied zwischen unseren kolonisierten Vätern früher und uns freien Bürgern heute ist einfach die Autorität. Und es gibt noch einen Unterschied: Mein Vater ist seine gesamte Dienstzeit hindurch unten auf der Leiter geblieben, aber ich, ich bin Chef, und das mit fünfunddreissig Jahren. Mir werden schwierige Aufgaben übertragen, ich führe sie in eigener Regie aus und fühle mich verantwortlich. Ich sage dir – hör gut zu –, ich sage dir, dass uns Stück für Stück, so Gott will, immer mehr Autorität zuteil werden wird. Und eines Tages, wer weiss, stehe ich ganz oben auf der Leiter, so weit oben, dass du mich nicht mehr sehen kannst. Dann hörst du höchstens noch meine Stimme am Telefon – oder im Fernsehen. Glaub mir, die Polizei hat ihre guten Seiten, ein freier Beruf und so sicher wie die Staatssicherheit. Bei der Polizei kann man es zu etwas bringen, vorausgesetzt, man führt die Befehle der Regierung aus und überlässt die schmutzige Wäsche den Politikern."

Derart ins Vertrauen gezogen, schien die Stimmung dem Inspektor dazu angetan, unverzüglich eigene Kindheitserinnerungen vorzubringen. Ihm standen dabei Tränen in den Augen. „Mein Vater dagegen", berichtete er, „betrieb einen Backofen. Du weisst schon, einen Ferann, so einen Gemeinschaftsbackofen, zu dem die Hausfrauen ihre runden Brote auf einem Brett brachten und backen liessen."

„Das waren noch Zeiten!" seufzte der Chef.

„Ja, das waren noch Zeiten, du sagst es, Chef. Der Ofen gehörte meinem Vater nicht, er war nur der ... der Bediener, das ist das richtige Wort. Er wurde nicht einmal dafür bezahlt. Sechs Brote backen zu lassen kostete einen Bronze-Sou. Ein kleiner Laden mit einem Boden aus gestampfter Erde, sonst nichts, nicht einmal eine Matte auf dem Boden, nichts ausser dem Ofen in einer Ecke und der Hitze bei jedem Wetter. Im Winter war es schön warm. Wenn mein Vater den Ofen aufmachte, konnte man sehen, wo man die Füsse hinsetzen sollte. Hinten – ich sehe es heute noch vor mir – war eine steile Leiter mit Riesenabständen zwischen den Sprossen. Oben dann eine Art Kammer mit zwei Matratzen. Da haben wir gewohnt. Sieben Kinder waren wir, dazu noch meine Mutter und mein Vater, der unten das Brot in den Ofen schob."

„Und was habt ihr damals gegessen?"

„Brot haben wir gegessen! Du musst wissen, Chef, es gab verschiedene Sorten Brot, je nachdem wie reich oder wie arm die Leute waren. Es gab schöne helle Brote aus Weizenmehl, so hell wie die Bürgerlichen, die sich damit vollstopften, und so prall wie ihre Bäuche und Hintern; und Brot aus Gerstenmehl oder Eichelstärke, das war genauso trocken, mager und grau wie die armen Leute, die sich davon ernährten; und dann noch Brot, das irgendwo dazwischen lag, das Brot der Mittelklasse."

„Das war damals, als die Franzosen im Lande waren!" stellte der Chef ungerührt fest.

„Du hast recht, Chef. Das war die Zeit, als die Franzosen da waren. Ich kann mich allerdings nicht entsinnen, irgendwann einmal einen von denen im Laden meines Vaters gesehen zu haben. Die haben ihr Brot in den französischen Bäkkereien gekauft."

„Das war ihr Kolonialismus", urteilte der Chef mit harter Stimme. „Das war ihr System, uns zu beherrschen, das weisst du so gut wie ich."

„Ja, Chef, du hast recht. Es war genauso, wie du willst. Mein Vater hat es also immer so eingerichtet, dass ein oder zwei von den pausbackigen Broten angebrannt sind. Die reichen Typen haben ihn dann zusammengeschissen, aber er hat sich mal auf zuwenig, mal auf zuviel Sauerteig, auf Hölle und Teufel herausgeredet – und wir hatten was davon. Das verkohlte Brot haben wir uns mit Vergnügen schmecken lassen. Das und die Essensreste, die meine Mutter am Abend nach Hause brachte. Sie arbeitete als Hausangestellte in einem grossen Haus."

Der Chef gähnte und führte mehrfach die Hand an den Mund, um die Öffnung zu schliessen. „Bedenke", ermahnte er den Inspektor, „dass es heutzutage kein von Hausfrauen geknetetes Brot und auch kein verbranntes mehr gibt. Heute haben wir industriell hergestelltes Brot, das man im Supermarkt in Zellophan verpackt kaufen kann! Er gibt sogar Brot, das kommt aus Dschermany! Eine feine Sache ist das!"

„Ja, Chef."

„Bedenke die wunderbare Entwicklung, die in unserem Land innerhalb von zwei, na sagen wir drei Generationen stattgefunden hat. Dein Vater hatte gar nichts, und du, sein

Sohn, du hast die Sicherheit, dass jeden Monat ein Verrechnungsscheck kommt, für den die Regierung bürgt."

„Oh, ich will nicht klagen, Chef. Überhaupt nicht."

„Du hast einen schönen Anzug, du kannst dir eine Pilotenuhr leisten. Dir fehlt nichts, du bist wer. Du hast die Autorität und damit Macht, die dir übertragen wurde. Ah! Die Zeiten haben sich wahrlich geändert!"

„Ja, Chef. Mein Vater ist eines Tages gestorben, während er die besagte alte Leiter hinunterkletterte. Er hat sich das Genick gebrochen."

„Für dich haben sich die Zeiten geändert!"

„Ja, Chef."

„Also Schluss jetzt! Wir sind schon längst da angekommen, wo wir hinwollten, und du erzählst die ganze Zeit von früher. Wozu bitte soll das gut sein?"

„Zu gar nichts, Chef."

„Dann sei still und dreh um Gottes Willen die Scheibe herunter. Man erstickt ja hier drinnen. Kein bisschen frische Luft."

Die Fensterscheibe war getönt, genau wie die Windschutzscheibe. Der Inspektor hatte die Kurbel kaum zweimal herumgedreht, da fing der Chef an zu toben: „Was ist denn los? Was ist denn das für eine Gluthitze?"

„Das ist die Luft von draussen, Chef. Es ist Juli, und ich habe den Eindruck, die Sonne knallt nicht schlecht herunter. Ich kenne das von früher, vom Backofen meines Vaters."

„Mach sofort das Fenster wieder zu! Sofort!"

Der Inspektor kurbelte die Scheibe wieder hoch und betrachtete seinen Chef. Er nahm sich die Zeit, seine Zunge wie ein Stück Kautabak im Mund festzuklemmen, bevor er ihr von neuem freien Lauf liess und folgende Frage stellte: „Was machen wir jetzt?"

Der Chef schwieg sich aus. Er starrte auf seine Nägel, als müsste er dort die Antwort ablesen.

„Chef, du bist der Chef. Du hast viel mehr Autorität als ich. Wie sieht deine Entscheidung aus?"

Jenseits der Windschutzscheibe, die von aussen mit in kürzester Zeit zu Stein vertrockneten Insekten übersät war, erstreckte sich das Reich der Ursprünglichkeit, die wiedergewonnene Ewigkeit in Form von Erde und Sonne. Von Schatten keine Spur. Der Inspektor vermied tunlichst, die Adern anzuschauen, die am Hals seines Chefs anschwollen. Schüchtern bemerkte er: „Wenn ich mich recht entsinne, dann haben die Leute in den Bergen kein Badezimmer und sind so gut wie nicht zivilisiert. Nicht einmal Wasser haben sie. Keine einzige Quelle weit und breit. Vielleicht gibt es ja einen Brunnen? Der müsste dann aber sehr, sehr tief sein. Um diese Stunde ist er sicher strohtrocken. So sehr ich auch in alle Richtungen schaue, ich sehe nichts. Zwei oder drei Häuser aus Lehm, Gestrüpp und da oben im Dschebel Eisenholzbäume und Judendorn und ein paar Zedern. Aber das ist auch wirklich alles, Chef, ehrlich. Dieses Dorf sieht mir leer und verlassen aus. Komm, wir fahren lieber wieder zurück. Wir haben noch genug Benzin, lass uns das ausnützen."

Der Chef wandte sich mit einer Drehung seines gesamten Körpers zu ihm und brüllte, hochrot im Gesicht: „Verflucht sei die Religion deiner Rasse!"

„Ich bin doch kein Jude, Chef", verteidigte sich der Inspektor und wischte dabei die feinen Tröpfchen ab, die es gerade auf sein Gesicht geregnet hatte. „Ich bin Araber wie du, Chef! Bei Allah und dem Propheten!"

„Malocher! Kesselflicker! Wer hat mir bloss so einen Inspektor ins Nest gesetzt! Unfähig, irgend etwas vorauszuplanen ... Alles muss man selbst machen ... Ja, du bist unfähig! Du hättest dich erkundigen müssen, bevor wir losfuhren! Beim Wetteramt, so etwas gibt es! Bastard von einem Hund! Ah! Da habe ich eine feine Hilfe! Geh doch als Friseur arbeiten oder in einem Café bedienen, du Sackinspektor! Hodenhirn!"

„So ist es", stimmte ihm der Inspektor zu. „Ich bin an allem schuld. Los, mach deinem Herzen Luft. Dafür bin ich ja da."

„Ich hau dir gleich eine rein", drohte der Chef mit geballter Faust.

„Hau lieber der Sonne eine rein! Du wärst glatt in der Lage, sie auszuschalten!"

„Ich schmeiss dich raus."

„Jetzt gleich, Chef? Soll ich aussteigen?"

„Hiergeblieben!" brüllte der Chef aus vollem Hals.

Drei oder vier Minuten später, als er den Eindruck gewonnen hatte, sein Chef habe sich ein wenig beruhigt, nahm der Inspektor im Plauderton, als sei nichts gewesen, das Gespräch wieder auf: „Du kannst ja jederzeit sagen, dass du ernsthaft ermittelt hast, in alle Himmelsrichtungen, rechts und links, unten in der Tiefe und oben auf den Bergen und dass ... und dass du absolut nichts herausgefunden hast. Ich werde dasselbe aussagen, auch unter Eid, und ich bin bereit, das jetzt gleich zu unterschreiben. Das Dorf hier ist nicht einmal auf der Karte eingezeichnet – und die Karte, auf der du und ich nachgeschaut haben, war immerhin die Generalstabskarte. Das bedeutet doch nichts anderes, als dass es dieses Dorf gar nicht gibt. Es ist bestimmt das Beste, wenn wir die Motorhaube von diesem Auto hier nach Westen richten, oder nach Norden, wenn dir das lieber ist, und in aller Ruhe die drei oder vier Tage, die wir für die Ermittlungen angesetzt haben, in einem Hotel an der Küste verbringen, mit Cocktails, Swimmingpool, Bad, Dusche sooft du willst und üppiger, exquisiter Küche. Wir bekommen doch Spesen, die Kosten für die Unterkunft sind also kein Problem."

„Ist das dein Ernst?" fragte der Chef.

„Nein, überhaupt nicht. Ich habe nur Spass gemacht, damit die Zeit schneller vergeht, ist doch nichts dabei."

„Dann mach deine Spässe ausserhalb der Dienststunden – und halt den Mund dabei!"

„Jawohl, Chef. Wenn ich es laut gesagt habe, dann war das deshalb, weil ich dich ein wenig aufheitern wollte, es ist ja reichlich heiss hier im Auto, und dir steht nicht einmal ein winzig kleiner Ventilator zur Verfügung. Vergessen wir also unseren kleinen Abstecher an den Strand und nehmen wir lieber unser schicksalhaftes Geschick auf uns."

„Sei still! Sonst kann ich nicht nachdenken."

„Gleich, Chef ... Mir fällt da plötzlich etwas ein: Wir sind doch in geheimer Mission unterwegs, stimmt's?"

„Ja, warum?"

„Dachte ich mir's doch! Wir müssen also unauffällig bleiben, sozusagen incognito. Wenn das so ist, Chef, kannst du mir erklären, warum ich in Zivil bin und du in Uniform, in der Chef-Uniform? Da erkennt dich doch jeder Bauerntrampel kilometerweit gegen den Wind."

Der Chef warf einen Blick auf die Goldborte an seinem Ärmel und betrachtete die Stiefel an seinen Füssen. Dann fing er an zu lachen: „Die Bauern dort haben wahrscheinlich in ihrem ganzen Leben noch keine Uniform gesehen. Ich bin es mir schuldig, sie zu tragen, um meine Autorität unter Beweis zu stellen. Ich habe mir sogar vorgenommen, falls es Schwierigkeiten gibt, meine Ermittlungen auf französisch zu führen. Genau! Ich tue einfach so, als wäre ich ein Franzose."

„Mit deiner dunklen Haut, Chef?"

„Was soll das heissen? Weisst du denn nicht, dass die Franzosen auch dunkel werden, wenn sie an der Sonne sind?"

„Doch, Chef, das gibt es, das gibt es. Ich weiss nicht recht, woran es liegt, vielleicht sind da noch ein paar unverdaute Kichererbsen übrig ..., aber sprechen die Leute in den Bergen hier überhaupt Französisch?"

„Das werden wir dann sehen", erwiderte der Chef. „Mit dir vergeude ich nur Zeit. Du redest und redest und bringst dabei keinen einzigen vernünftigen Vorschlag zustande ... Wie hiess es doch früher so schön: Von der Begrüssung geht's zur Unterhaltung, und von der Unterhaltung geht's zur Frucht. Entscheidungen sind meine Sache, und so sehen sie aus: Die Tür hier hat einen Griff, drück ihn von oben nach unten, dann geht die Tür auf. Dann steigst du aus, machst den Kofferraum auf und nimmst unsere Reisetaschen und mein Gewehr heraus. Alles klar?"

„Alles klar, Chef."

„Und leih mir deine Sonnenbrille. Ich gebe sie dir wieder, wenn die Mission erfüllt ist."

„Aber gerne, Chef."

2

Unter der Sonne stand aufrecht ein Mann. Die Hände hatte er über einem Stock gefaltet, der beinahe ebenso gross war wie er selbst, und auf ihnen ruhte sein Kinn. Wie alt er war, war schwer zu sagen, genauso schwer, was er wohl dachte – wenn er überhaupt dachte. Er bewegte sich nicht. Zum Hinspucken nah vor ihm standen ein unbeweglicher roter Esel mit leeren Augen, dessen Schwanz herunterhing wie ein aufgezwirbeltes Hanfseil, und zwei klapperdürre Schafe, die versuchten, ein paar Stoppeln, so trocken wie Furnier, abzuweiden. Abgesehen von diesem vagen Hinweis auf Gras gab es nichts – nichts ausser der ausgebrannten, tonkrugfarbenen Erde und den Mauern aus unbehauenem Stein um die Koppel herum, in der der Mann und seine Tiere standen, als seien sie dort seit ewigen Zeiten zu Stein erstarrt. Nicht eine einzige Eidechse, nicht einmal die Andeutung eines Insekts. Unterhalb des von Generationen von Bauern ausgetretenen Pfads lag das Dorf mit seinen verschlafenen Häusern und seinem kleinen, steingefassten Dorfplatz. Und da oben, einer Luftspiegelung gleich, der von nach Wasser und Leben dürstenden Zedern und Judendorn gekrönte Berg. Von Horizont zu Horizont ergoss sich die Hitze des Jüngsten Gerichts aus dem Siebten Himmel.

Der Mann mit dem Stock hatte gehört, wie die Stimme des Eisens aufheulend die Stille zerrissen hatte; ein wenig später war dreimal das Knallen von Blech auf Blech an sein Ohr gedrungen. Jetzt lauschte er gerade zwei Paar Füssen hinter sich, die am Felsgestein scharrend den Weg heraufkamen und seinen Frieden störten. Er tat nichts, drehte sich nicht um. Nicht eine Faser bewegte sich in seinem jahrzehntelang von der Sonne gegerbten, unzählige Winter hindurch vom Wind zerfurchten Gesicht. Zwei Männer gingen langsam um ihn herum, wie um eine Erscheinung oder eine Vogelscheuche, bevor eine Stimme ihn von vorne ansprach: „Wir sind auf der Jagd! Ist das wieder einmal heiss heute! Macht dir denn diese Höllenhitze nichts aus?"

Der Bauer machte keine Anstalten zu antworten. Es gab keinen Anlass. Er hatte zwei Augen im Kopf, gute Augen, und die sahen, dass einer der beiden Männer ein Gewehr umhängen hatte. Sie waren also Jäger oder etwas in der Art. Die Sonne stand irgendwo am Himmel, das war offensichtlich. Was ihn betraf, nein, ihm war weder heiss noch kalt, er war mit sich im reinen, jegliche Art von Ungeduld lag seiner Seele fern – wozu also reden? Als er ihm das Gesicht zuwandte, hielt ihn der Mann mit der Uniform und der dunklen Brille deshalb für nicht ganz bei Trost.

„Gibt es hier Wild in der Gegend?" wollte der Chef wissen.

„Rebhühner?" präzisierte der Inspektor.

Der Mann bewegte schweigend die Lippen, als übersetze er das Gehörte in eine Sprache, die nur er allein verstand, musterte eingehend die Gesichter der beiden Eindringlinge, dann ihre Hände und ihre Füsse. „Rebhühner?" kam es daraufhin schleppend aus seinem Mund.

„Ja, Rebhühner", bestätigte der Chef. „Gibt es welche?"

„Wo denn?" fragte der Bauer, nachdem er nachgedacht hatte. Er bewegte sich von einem Fuss auf den anderen. Die Hornhaut an seinen Fusssohlen war so dick wie ein Fahrradreifen.

„Hier", erläuterte der Chef.

„Hier?"

„Ja, hier."

Der Bauer gab ein Geräusch von sich, als ziehe er die Nase hoch. Vielleicht war das seine Art zu lachen. Ein Ring aus unendlich vielen Fältchen legte sich um seine Augen. „Die gibt es", sprach er.

„Wo?"

„Da."

„Wo denn da?"

„Da."

„Würdest du sie mir bitte zeigen?" bat der Chef, der kurz vor einem Schlaganfall stand. Die pochende Ader auf seiner Schläfe hatte den Durchmesser einer Fernmeldeleitung erreicht.

„Soll ich sie dir zeigen, mein Sohn?"

„Ja."

„Die Rebhühner?"

„Ja! Wo sind sie denn?"

„Da", sagte der Bauer. Unvermittelt warf er seinen Stock in das Dornengebüsch, und beinahe gleichzeitig flog mit schwerem Flügelschlag ein Schwarm Rebhühner auf, fünf oder sechs an der Zahl, die knapp über dem Boden den Dschebel hinaufzogen und augenblicklich hinter der judendornbestandenen Kuppe verschwanden. Danach legte sich der Staub, und langsam kehrte auch die Stille in ihr Reich zurück.

„Sehr schlau", zischte der Chef und spielte am Gewehrschloss, das zornig hin und her glitt.

„Ja", stimmte ihm der Bauer zu. „Sie sind sehr schlau, die

Tierchen. Sie wittern sofort die Gefahr." Übergangslos gab er seinem Einhufer einen kurzen, kehligen Befehl: „Rrrra!" Der rote Esel wackelte mit den Ohren und setzte sich in Bewegung. Ohne Hast trabte er auf eine Lücke in der Koppelmauer zu, ging hindurch, verschwand im Gebüsch und kam nicht minder gemächlich zurück, den Stock seines Herrn im Maul. Der Bauer nahm ihn entgegen, kramte unter seinem langen, erdfarbenen Hemd und hielt dem Esel ein Stück Zucker hin.

„Soll das ein Esel sein oder ein Hund?" fragte der Inspektor, dem schier die Augen aus dem Kopf fielen.

Der Alte gab keine Antwort. Er hatte seinen Stock hingestellt, die Hände darüber gefaltet, auf ihnen ruhte sein Kinn. Als sei nichts geschehen, als seien die Worte bar jeden Sinnes.

„Hast du ihn dressiert?"

„Er mag gern Zucker. Wie alle Alten."

Und das war es gewesen. Der Esel hatte sich wieder an denselben Platz gestellt und betrachtete nichts und niemanden. Die beiden Schafe standen herum. Eines hatte einen Grashalm im Maul, kaute aber nicht daran. Die Zeit schien in der Sonne zu zergehen. Den beiden Männern aus der Stadt standen Schweiss, Erschöpfung und eine Art Auflehnung gegen das Schicksal im Gesicht. Der mit der Uniform atmete durch den Mund. Er fragte: „Wie lautet der Name des Dorfes?" Die Worte purzelten wie trockene Steine aus ihm heraus.

„Dorf", gab der Bauer zurück, und seine Stimme war noch schleppender geworden.

„Ja, aber wie heisst es?"

„Dorf."

„Und der Name?"

„Dann weiss ich es nicht."

„Es hat doch wohl einen Namen?" fragte der Inspektor beharrlich.

„Ja, Dorf. So haben wir es immer genannt, wir hier."

„Wer, wir hier?" schrie der Chef.

„Die Leute vom Dorf."

„Reg dich nicht auf, Chef", griff der Inspektor ein. „Lass mich das mal machen. Lass das Gewehr aus dem Spiel ... Sag mal, Grossvater, wo wohnt der Vertreter der Zentralgewalt?"

„Ich verstehe dich nicht", antwortete der Bauer nach langem Nachdenken.

„An jedem Ort im Königreich ist der Staat, hat der Staat einen Vertreter", erläuterte der Inspektor und betonte dabei die einzelnen Silben, als spräche er zu einem Einfachen im Geiste.

Der Mann aus den Bergen reckte leicht das Kinn, hob die Hand und verscheuchte den Lärm der Worte. Diese Männer aus der Zivilisation waren bis zu ihm hinaufgestiegen und zwangen ihn dazu, sich für sie und ihre Welt zu interessieren, zu denken, zu verstehen, zu antworten. Er nahm sich reichlich Zeit, um notdürftig seinen inneren Frieden wiederherzustellen, ihn gleichsam in seinem Inneren abgeschirmt unterzustellen. „Ich kenne niemanden, der so heisst", äusserte er dann.

„Der wie heisst?" tobte der Chef.

„Derschtaat." Und weil er inzwischen mitbekommen hatte, dass man diesen Leuten die offensichtlichsten Dinge nur mit vielen Worten begreiflich machen konnte, fügte er in aller Einfachheit hinzu: „Ich bin hier geboren und ich bin nicht mehr ganz jung. Ich kenne niemanden hierzulande, keine Frau und auch keinen Mann mit Namen Derschtaat." Er bewegte seine Hand in alle vier Himmelsrichtungen, beschrieb in der Luft die Umrisse des Dorfes, bezeichnete Himmel und Erde, die Lebenden und die Toten. „Niemanden", schloss er.

„Es gibt doch wohl einen Chef, einen Kaid?"

„Nein. Wir sind alle arm, wir sind alle gleich."

„Wieviel Einwohner hat das Dorf?"

„Das ist schwer zu sagen ... wartet einmal ... zweiunddreissig, vielleicht auch vierunddreissig. Die einen werden geboren, andere sterben. Vierunddreissig oder dreiunddreissig ... Menschen, meine ich, den Esel und die beiden Schafe habe ich nicht mitgezählt. Das Maultier ist irgendwo im Dschebel unterwegs."

„Gehört ihr verschiedenen Familien an?"

„Nein, alle derselben, den Aït Yafelman."

„Aber es muss doch jemanden geben, der hier zu bestimmen hat?"

„Jeder von uns ist ein Aït Yafelman."

„Und du, wie heisst du?"

„Aït Yafelman. Wie die anderen. Da gibt es keinen Unterschied."

„Wie heisst du mit Vornamen?"

„Ach so! Du meinst den kurzen Namen, den mir meine Mutter bei meiner Geburt gegeben hat? Das ist schon lange her ... sogar ziemlich lange!"

„Und wie lautet er?"

„Raho. Ich bin der Grossvater."

„Dann bist du also der Chef?"

„Ooh, nein! Ich hüte die Schafe. Es sind ja nur noch die zwei da. Früher, es ist noch nicht einmal fünfzehn oder zwanzig Jahre her, stand da eine ganze Herde."

„Ach!"

„Ja. So ist das Leben. Und so ist der Tod."

„Und Fremde? Gibt es Fremde im Dorf?"

„Ooh, nein! Wir sind alle Brüder, wir kennen uns alle. Wir gehören alle zu derselben Familie Aït Yafelman."

„Ich meine ausser den Aït Yafelman?"

Raho kratzte sich am Kopf, sah auf die Ebene und dann auf die Berge. „Leute, die nicht sind wie wir?" fragte er.

„Ja", sagte der Chef, „Fremde!"

„Das gibt es", schloss der Bauer. „Leute, die herkommen, vorbeilaufen und weitergehen. Die einen kommen vom Dschebel herunter, andere kommen aus der Ebene herauf, wie du und dein Kamerad. Man kann den Wind nicht aufhalten, wenn er weht. Und ausserdem ist das Dorf offen, es gibt keine Grenze."

„Keiner von den Fremden macht hier Halt? Nicht einmal für einen Tag?"

„Doch, das kommt auch vor. Aber die beiden bleiben dann gleich mehrere Tage. Sie kommen normalerweise so um den Frühlingsanfang herum."

„Ach?" horchte der Chef auf. (Und der Inspektor echote ihm nach: „Ach?")

„Ja", bekräftigte Raho. „Gut angezogene Leute wie ihr, anzunehmen, dass sie aus der Stadt kommen. Sie sind zu zweit, wie du und dein Kamerad. Es sind nie dieselben, aber sie sehen einander ähnlich. Sie kommen mit leeren Händen und durchsuchen die Häuser und die Höhlen im Dschebel. Wenn sie wieder weggehen, treiben sie unsere Tiere vor sich her. Letztes Mal haben sie die Ziege mitgenommen, deshalb haben wir keine Milch mehr. Jetzt sind nur noch der Esel, die beiden Schafe und das Maultier da, wie gesagt. Sie behaupten jedesmal, es sei für die Steuer."

Der Chef sah den Inspektor an, und dieser erwiderte seinen Blick. „In der Akte habe ich nichts gelesen. Und du?"

„Nichts, Chef. Kein Wort."

„Die Jungs vom Finanzamt hätten uns auf der Stelle ihre Akte überlassen müssen, gleich, sofort, unverzüglich."

„Ja, Chef. Es sieht glatt so aus, als wären sie besser bestückt als wir."

„Das wäre eine solide Basis für unsere Mission gewesen. Stattdessen tappe ich schweissüberströmt im dunkeln herum!"

„Ja, Chef."

Der Bauer hatte sich mehrfach geräuspert. Jetzt hustete er schüchtern. Er sagte: „Ihr könntet etwas für uns tun ... vielleicht kennt ihr ja die Leute von der Steuer. Wir haben nichts mehr, was wir ihnen geben könnten."

„Das sind Fremde", sagte der Chef, seine Stimme war voller Bitterkeit. „Wir gehören nicht zu derselben Dienststelle. Sie behalten ihre Angelegenheiten für sich!"

„Aber vielleicht kennt ihr sie? Einer hat eine schwarze Brille wie du ... Sagt ihnen, sie sollen nicht mehr kommen, ich rufe dafür die Baraka Gottes auf eure Häupter herab!"

„Gut", lenkte der Chef ein. „Ich werde mit den hohen Vorgesetzten darüber reden, verlass dich auf mich. So geht es schliesslich nicht, Himmeldonnerwetter! Wir werden ja sehen, wer in diesem Land zu bestimmen hat, der Fiskus oder das Gesetz! Ermittlungsrelevante Tatbestände unterschlagen! Das Vorgehen der Justiz behindern! Darum werde ich mich auf der Stelle kümmern, sofort, augenblicklich!"

„Jetzt?" fragte der Inspektor. „Dann können wir jetzt gehen?"

„Nein", schrie der Chef. „Nachher! Eins nach dem andern."

Raho, der zuhörte, begriff sinngemäss, um was es ging. Seine Unruhe lichtete sich, vielleicht war sie ja unbegründet? Alles in allem hatte er doch gut daran getan, ihnen zuzuhören und mit ihnen zu sprechen. Als er heute morgen aufgestanden war, hatte es nach einem guten Tag ausgesehen, denn die Aussichten für die Ernte waren nicht schlecht. Er legte eine Hand auf die Schirmmütze des Chefs und segnete ihn. „Im Namen des gütigen und barmherzigen Gottes, Sein Friede möge in dein Herz hinabsteigen und deine Taten und Worte auf immer erleuchten!"

„Gut", bedankte sich der Polizeichef, „gut! Hmmm! Ich muss mich ausruhen, ich bin fix und fertig, Grossvater. Sag mal, wo ist denn dein Haus? Wo wohnst du?"

„Gleich hier."

„Wo denn? Wo genau?"

Raho warf ihm einen kurzen Seitenblick zu, hob den Fuss und stellte ihn genau dort wieder hin, wo er gestanden hatte. Von neuem stieg Unruhe in ihm auf, er spürte sie schleichend und quälend wie jedesmal, wenn Gefahr im Verzug war – ein Heer von Heuschrecken in der Ferne oder eine andere Plage Gottes und der Menschen. Dieser Sohn Evas und Adams hatte ihm doch gerade mit seinen Versprechungen Hoffnung gemacht ...

„Genau hier", sagte er. „Und manchmal da drüben, an der Mauerecke. Wenn es abend wird, hocke ich mich hin, die Nacht senkt sich herab und steigt wieder auf."

„Schläfst du bei jedem Wetter hier?"

„Ja."

„Selbst im Winter, wenn es regnet?"

„Wenn es regnet, regnet es. Das Wasser des Himmels ist gut für Tier und Mensch."

„Und es macht dir nichts aus?"

„Ooh! Ich habe meine Kapuze, die ziehe ich mir über den Kopf. Manchmal laden sie mich in eines der Häuser ein, aber ich fühle mich wie in einem Gefängnis darin."

„Und die anderen? Wo wohnen die? Wo sind sie überhaupt?"

„Wer?"

„Die anderen Stammesangehörigen?"

„Wir sind eine Familie, kein Stamm."

Ohne die geringste Vorwarnung wurde der Polizeichef plötzlich fuchsteufelswild. Mit krampfartig verzerrtem Mund schwang er sein Gewehr, das er mit beiden Händen am Lauf gepackt hatte, wie einen Knüppel und stürzte auf den Bauern los. Seine vor Zorn bebende Stimme erhob sich von der Höhe seiner verhöhnten Autorität, um in die Tiefe seiner Urinstinkte hinunterzustürzen. Die Zivilisation folgte der Auf- und Abbewegung wie ein Blasebalg in einer Schmiede – und die Verfassung mitsamt dem geschriebenen Recht wurde wieder so, wie sie ursprünglich gewesen war, nämlich gesprochen und mündlich überliefert: „Alte vertrocknete Scheisse! Du ... du wirst ... Ich werde ... ich werde dafür sorgen, dass du gleich deine letzten paar Zähne zu schlucken bekommst! Hundesohn aus einer Hunderasse!"

Der Inspektor hatte sich im selben Augenblick dazwischengeworfen, ihm sein Gewehr entrissen und versuchte nun, ihn zu beruhigen. Er zog ihn am Ärmel und wiederholte in allen erdenklichen Tonlagen: „Chef! ... Chef! ... Chef!"

Er sprach ihn auf französisch an, in der berechtigten Annahme, dass diese Sprache ihre Wirkung auf ihn nicht verfehlen, dass sie die schwarze Flut des Zorns wie eine eiskalte Dusche oder ein Lösemittel aufhalten und ihn wieder zur Vernunft bringen würde: *„Chif! Ör mal su, Chif! Das brings nischt, was du da tuhst, Chif ...! Denk doch ein biesschön an dainö offissielle Missionn! Gans ruisch, Chif! Ruisch!"*

Wie in den Fels gemeisselt stand der Mann aus den Bergen da und rührte sich nicht. Aus seinen Eingeweiden stieg ihm die Verständnislosigkeit in Strömen in die Augen. Die Schreie und die Worte, die Aggressivität und das Böse und auch die Verzweiflung hatte er erfasst, aber es gelang ihm nicht, den Sinn dahinter zu erkennen. War es möglich, dass ein Sohn Evas und Adams mehrere Sprachen im Mund trug und von so vielen Dämonen besessen war? Der Mann in der Stadt- oder Steuerkleidung sah dem im Jagdanzug ins Gesicht, stellte sich ihm mit seiner Angst und seinem Mut entgegen, drehte sich mit ihm Schritt für Schritt im Kreis ... Raho war klar, dass er den Brand zu löschen versuchte, indem er Zucker auf seine Worte streute, was leicht daran zu erkennen war, dass er wie ein herrenloser Hund lächelte und wie eine Katze buckelte. Ob wohl der Barbarendialekt, in dem er sich ausdrückte, die Sprache der Dämonen war?

„Chif!" bemühte sich der Inspektor weiter, *„lass disch doch nischt verrückt maachön! Diesö Mann kommt aus die Mittölaltör, un du, du entstamms die swansixtö Jahrundert, du, isch bittö disch! Du wirs disch doch nisch über einö Kerl aus die Mittölaltör aufrägen, Chif?"*

Der Chef atmete durch den Mund aus und durch den Mund ein. Der Donner seines Grolls verhallte. In der Sprache Voltaires meldete er sich wieder zu Wort: *„Wassags du da, hä? Was ist das für ein Gebrabbel?"*

„Iisch sagge dir, ganz ruisch, Chif! Iisch schpresch mit mein Kobf su dirr. Därr Maan is ein Bauerntrampel aus die Mittölaltör, du wirs disch doch nisch ins Dunkel surücktreibön laasen, also ör mal! Är is einfach einö Wilde, sag' isch dir, är at Katzenlunge in die Kobf ... Da is keinö Irn darin, sondern einö Schwamm."

„Du Wilder, du!" rief der Chef aus. *„Hast du gesehen, wie er sich über mich lustig gemacht hat? Hurenrasse! Warum hast du mich ihn nicht umlegen lassen? Hä? Hä?"*

„Also gutt!" gab der Inspektor nach. *„Fon miraus! Bring ihn um, bittö sehr! Die Gewähr maachön 'bumm', un die Kerlö maachön sisch aus die Schtaub! Sie sind Nomad, da kanns du langö suchän, bis du sie wiedörfinds! Un dein offissiel Mission auch macht sisch aus die Staub!"*

„Vielleicht hast du recht. Es ist zwar Blabla, was du von dir gibst, aber du hast sicher recht."

„Isch ab rescht! Lass misch nurr maachen, Chif, du wirrs schon sähn ... Iisch werdö es bei diesö Dickeschädel aus die Mittölaltör mit Diplomatie aus Mittölaltör versucht. Beweg disch nischt, Chif ..."

Der Inspektor wandte sich dem Bauern zu: „Grossvater

... Herr Aït Yafelman ... Raho, du hast doch gewiss verstanden, was mit meinem armen Gefährten passiert ist?"

„Nein", gab Raho zurück. Er hatte sich keinen Daumen breit bewegt.

„Er ist müde, er hat den Kopf voll mit Sorgen. Und da ist ihm der Hitzeteufel in den Leib gefahren, verstehst du?"

„Aha! Du meinst die Kurija?"

„Ja, genau! Die Hitze aus der Sahara und dem Sudan hat sein Blut zum Kochen gebracht, die Kurija, wie man früher sagte. Sie hat ihn jäh heimgesucht und alles umeinandergewirbelt und durchgekocht, Darm und Hirn und Galle. Es hätte nicht viel gefehlt, und er wäre ins Mittelalter zurückgefallen. Aber ich habe ihn mit den rechten Worten abgekühlt."

„He! Also hör mal, du!" rief der Chef auf französisch dazwischen.

„Sei still, Chif! Lass mich das machen, verflixt und tote Ratte! Du maachs das ganse diblumatisches Arbeit gabut."

„Es sieht nicht so aus, als sei er schon wieder vollständig bei Sinnen", stellte Raho langsam fest.

„Das wird schon wieder", versicherte ihm der Inspektor, „das wird schon wieder."

„Es steckt noch ein bisschen Kurija in ihm. Siehst du, Sohn, da drüben, unter dem Haufen Steine da, ist eine Wurzel. Wenn du die kaust, ist die Kurija weg. Es wirkt in jedem Fall. Soll ich ein bisschen davon holen?"

„Nein, nein", dankte der Inspektor, „er kühlt ja schon ab." Er faltete die Hände und fügte mit tiefer Stimme hinzu: „Grossvater, wir sind Gastfreunde Gottes!"

Der Mann aus den Bergen liess seinen Stock fallen und

kam mit leuchtenden Augen auf ihn zu. Vom Hals bis hin zur Nasenwurzel und von der Stirn zu den offenen Lippen gerieten alle seine Falten in Bewegung, wie wenn das Wasser neuen Sand ins Delta schwemmt, und formierten sich zu einem glücklichen Lächeln. Er umarmte ihn feierlich, drückte ihm den Bruderkuss auf die linke Schulter und begrüsste ihn: „Willkommen im Dorf, Sohn! Und willkommen sei auch dein Gefährte! Die Gastfreundschaft ist heilig."

Um den Hals trug er eine Schnur, an der ein Stierhorn hing. Er nahm es in beide Hände, führte es an den Mund und brachte zwei dünne Töne daraus hervor, deren Widerhall zwischen Erde und Himmel verklang. „Die Aït Yafelman wissen jetzt Bescheid. Sie warten da oben auf euch. Der Esel bringt euch hin, er kennt den Weg. Ihr könnt euch beide auf seinen Rücken setzen."

„Wir sind doch zu schwer für das arme Tierchen."

„Ha!" machte der Mann aus den Bergen. „Er tut, was er kann, und was er nicht kann, tut er nicht. Du wirst gleich sehen, wie er seine Sache macht. Adschi!" rief er seinem Esel zu, „sid!"

Ein Zittern durchlief das Tier mit einem Schlag vom Rückgrat bis zu den Nüstern, es legte ein Ohr an, stellte das andere auf wie einen Pflock und bewegte sich dann auf den Chef zu, als habe es schon vorher, schon seit einer ganzen tierischen Ewigkeit gewusst, dass dieser sich ihm direkt hinter den Hals schwingen und der andere dahinter aufsitzen würde.

„Er kann", schloss Raho. „Sonst hätte er sich keinen Daumen breit bewegt." Er half ihnen, sich zurechtzusetzen, legte ihre Reisetaschen zwischen sie und machte: „Rrrra!"

Der Esel richtete das waagrecht liegende Ohr auf und setzte mit philosophischem Gleichmut einen Huf vor den anderen. Nachdem sie die Umgrenzung der Koppel durchschritten hatten und an dem Dorngebüsch vorbeigezogen waren, bemerkte der Polizeichef: „Bravo, Inspektor! Du hast dich geschickt angestellt. Jetzt sind wir also an Ort und Stelle. Ich werde einen günstigen Bericht über dich schreiben."

Der Inspektor erwiderte nichts darauf. Er dachte an seinen Vater, der seit Jahren tot war – tot und mit seinem ganzen Zeitalter begraben. Wenn ein Mann, der noch ärmer war als er, ein Reisender, ein Bettler oder ein Fremder, an die Tür seines düsteren kleinen Ladens geklopft und „Ich bin ein Gastfreund Gottes" gesagt hatte, hatte augenblicklich ein Lächeln das Gesicht des Ofenhüters erhellt und es mit derselben Freude überzogen, die der Polizist gerade eben auf dem Gesicht des alten Mannes aus den Bergen gesehen hatte. Ihm war, als führe der Weg auf den Dschebel in die Vergangenheit hinunter. Die Luft war trocken. Die Herzen desgleichen.

Ungefähr zwanzig Minuten oder zwanzig Jahreszeiten später schlug Raho die Augen wieder auf. Er hatte seine Dschellaba ausgezogen, sie auf dem Boden ausgebreitet und gerade mit geschlossenen Lidern das Gebet zur Tagesmitte verrichtet. Das hier war die Religion, der Tribut, den er fünfmal am Tag dem Islam zollte – genau wie er und der Clan der Aït Yafelman jährlich in Form von Schafen und Ziegen dem Staat Tribut zollten. Und lange Zeit vor diesem Staat hatte es einen anderen Staat gegeben, der immer gerade dann, wenn sie die magere Ernte einbrachten, einen zivilen

Aufsichtsbeamten und einen Gendarmen ins Dorf geschickt hatte. Die Berge hatten sich seither nicht verändert, einige Bäume waren vertrocknet, andere hatten ihre Stelle eingenommen. Immer noch war Leben da. In Rahos über Generationen genährtem, jahrhundertealtem Gedächtnis lebte die Erinnerung an andere Erde, an eine grüne Ebene und an mit Obstbäumen bepflanzte Hügel, die der Clan bewohnt hatte. Dort hatte es Gras gegeben! Die Erde war freigebig gewesen und hatte ihnen Mengen verschiedenartiger Früchte geschenkt. Wie mochte jetzt die Erinnerung an eine Orange aussehen? Wie Heuschreckenheere oder andere Plagen hatten dann die Invasionen im Namen Gottes, der Zivilisation oder der Menschen den Clan oder was von ihm übriggeblieben war aus der vertrauten Umgebung vertrieben, weit weg aus der Ebene, dann weit weg aus dem Hochland, immer höher und höher hinauf, von Jahrhundert zu Jahrhundert und von Fortschritt zu Fortschritt. Einige der Vorfahren waren zur Religion der Besatzer übergetreten, einfach damit man sie in Frieden liess und sie weiterleben konnten, auch wenn die Erde jedesmal ein Stück höher lag und trockener wurde. Andere hatten sich zerstreut und waren Nomaden geworden. Und später dann hatten Mitglieder des Aït-Yafelman-Clans die Meere überquert, um an den beiden Weltkriegen teilzunehmen – vielleicht hatten sie dort ihren Frieden gefunden.

„Die Alten im Dorf und ich", sagte sich Raho, „wir werden bald sterben. Unsere Zeit läuft ab. Und unsere Nachkommen? Bis wohin sollen sie noch hinaufsteigen? Da ist nichts mehr, da oben im Dschebel ... Nur die Grenze. Sie werden doch wohl nicht ins Nachbarland hinuntersteigen? Und wer weiss, vielleicht sind andere Bauern aus dem Land der Algerier gerade dabei, ihrerseits auf der Suche nach einem Auskommen und der Freiheit hinaufzusteigen? Aber oberhalb des Dschebel ist nichts mehr, nur noch der Himmel ..."

Er legte erst die eine und dann die andere Hand mit gespreizten Fingern flach auf den Boden. Lange vor der Zivilisation oder dem Islam und jenseits der Ereignisse der Geschichte hatten sie die Erde verehrt. Dieser Kult hatte sich von Generation zu Generation, von einer Flucht vor Eroberern irgendeiner Rasse zur nächsten bis zu ihm hin als mündliche Überlieferung erhalten. Raho hatte seine Pflicht getan und dem unpersönlichen Gott der Monotheisten aufrichtig die Ehre erwiesen. Und jetzt war er dabei, mit seinen Händen und seinem Gesäss die Erde zu begreifen, die elementare und gewaltige Kraft der Erde in sich aufzunehmen. Es war ganz einfach, er brauchte sich nur zu öffnen, wie die Wurzel eines Baumes. In der Tiefe fand er Saft und Leben.

Vor ihm in der Sonne lag glänzend das Gewehr, das der Mann mit der Kurija in seinem Zorn und seinem Unverstand vergessen hatte, und daneben die Kugeln, die der Mann aus den Bergen herausgenommen hatte. Die Clanmitglieder waren gewarnt, sie wussten, was sie zu tun hatten. Vor allem die alte Hadscha. Es war richtig gewesen, dass er das Stierhorn zweimal hatte ertönen lassen; ein Ton für die Gastfreundschaft, die jedem Sohn Evas und Adams zustand, auch wenn er ein Feind war; und der zweite Ton für die Wachsamkeit ... Als er an Hadscha dachte, legte ein Lächeln seine Nase wie bei einem Fuchs in Falten. Raho kniete nieder, verbeugte sich und küsste die Erde. Ihre Stimme, die Stimme der Nährmutter, war es gewesen, die ihm befohlen hatte, zweimal in sein Horn zu stossen.

3

Im Eingang zur Höhle sass Hadscha – die Beine wie ein Paar Beile vor sich ausgestreckt – und verwandelte mit klatschenden Schlägen eine Teigkugel, die, soweit der Geruchssinn reichte, nach ranziger Butter roch, zwischen ihren Händen in eine flache Scheibe. Mit einem halb geschlossenen und einem weit aufgerissenen Auge in ihrem feingeschnittenen, olivenholzfarbenen Gesicht beobachtete sie den Esel, der gerade seine Ladung missmutiger Stadtbewohner ablud. Lange tat sie das in aller Ruhe, so lange wie sie brauchte, um den Fladen auf den bis zur Weissglut erhitzten Stein zwischen ihren Beinen zu legen, umzuwenden und durchbacken zu lassen.. Dann öffnete sie ihren beinahe zahnlosen Mund und grüsste: „Marhaba! Marhaba bikum! Willkommen! Willkommen ihr beiden, Söhne der Ebene und von dort!"

Ihren Worten voran ging jedoch ihr Lachen, hell und zugleich klangvoll, wie die Musik eines Spielmannszuges mit Handtrommeln und Querflöten. In jedem ihrer Worte klang dieses Lachen mit und bewirkte, dass jedes einzelne Wort zwischen dem Himmel und den Bergen funkelte, zerplatzte und in einer Vielfalt von Freuden herabrieselte. Als sie verstummte, liess sie den Fladen über die Schulter hinter sich gleiten, eine Hand tauchte aus dem Dunkel auf und schnappte ihn, eine andere Hand hielt ihr eine Teigkugel hin, und Hadscha machte sich erneut daran, sie ohne Hast und Eile zu kneten und in eine flache Scheibe zu verwandeln, während eine dünne Stimme ihr aus den Tiefen der Höhle zurief: „Danke, Hadscha! Oh, danke! Möge Gott dein Leben verlängern!"

Ein Zittern durchlief den Esel vom Hinterteil bis zu den Nüstern, dann hob er seinen greisenhaften Kopf dem Himmel entgegen und fing an zu schreien.

„Du kriegst auch was", beschwichtigte ihn Hadscha. „Warte, gedulde dich mit deiner Seele! Jeder kommt an die Reihe."

„Ist das eine Irre oder eine Irrende?" fragte der Polizeichef den Inspektor überheblich und mit trockenem Hals auf französisch. *„Mein Ehgenwogt, beides zugleich kann sie ja nicht sein"*, setzte er dann mit aller Logik hinzu, *„das kann nicht sein, mein Ehgenwogt als Chef!"*

Gebeugt, mit abgespreizten Knien stand er da und rieb sich mit kraftlosen Bewegungen das schmerzende Kreuz. Sein hochrotes Gesicht war mit einer Mischung aus Schweiss und Staub überzogen, in der auch ein Anteil Zorn mit der dazugehörigen Menge giftiger Ausscheidungen enthalten war; den ganzen Weg lang, die ganze Zeit seiner „Gespöttwerdung" hatte dieses Miststück von einem marokkanischen Grautier sein Gesäss durchgewalkt und malträtiert, dieser Dreckskerl, dieser Idiot, der ihn jetzt mit seinen langen gelben Zähnen auslachte! Und seine Uniform! Seine schöne Autoritätsuniform aus echtem amerikanischem Kammgarn mit Echtheitszertifikat, direkt aus den States wie die Waffen für die Polizei und die Gebrauchsanweisungen, die war jetzt befleckt, zerknittert, mit säuerlichem Schweiss getränkt, von Stacheln und Dornen zerkratzt, total hinüber! Es war ganz einfach, er würde sie alle unverzüglich, ohne Umschweife und auf der Stelle einsperren und umlegen, einschliesslich der Vögel am Himmel, ohne Ausnahme, ohne irgendeine Ausnahme, Himmel noch einmal! Er gab die

Schuld samt und sonders seinem Untergebenen, der mit offenem Mund und herunterhängenden Armen in der prallen Sonne stand und beobachtete, wie Hadscha mit einem Fladen am Ende des Arms zur Begrüssung winkte und dabei lachend immer wieder „Marhaba! Marhaba!" rief, während aus anderen Höhlen und anderen Löchern im Berg heiter, froh zwei, zehn, zwölf, dreissig, verschiedenen Generationen angehörende Köpfe von Höhlenbewohnern auftauchten – und zwei, zwölf, dreissig Kehlen das Hohelied der Begrüssung wiederholten: „Marhaba! Marhaba bikum!"

„Sind die verrückt oder plemplem oder bescheuert oder wie oder was?" tobte der Chef. *„Antworte gefälligst, oder ich mache Christenhackfleisch aus dir, los, los?"*

„Oh, nein, Chif", brauste der Inspektor auf. *„Überaupt nischt, soo ist äs überaupt nischt."*

„Und was sonst? Siehst du nicht, dass die mich auslachen?"

Der Inspektor atmete die heisse Luft ein und meinte dann: *„Uncool."*

„Wie bitte? Was brabbelst du da?"

„Nischt cool", erklärte der Inspektor.

„Was ist nicht cool? Rede, sag, sprich Französisch."

„Du bis nischt cool, Chif. Uncool, genauöch gesaggt! Du lässt sie nischt kaltö, Chif, sie aben Angs vorr diir, desalb lachön sie."

Der Chef ging mit offenem Mund und geballten Fäusten auf den Inspektor zu. *„He, du, sag mal, du machst dich wohl auch über mich lustig, was?"*

Der Inspektor machte erst einen Schritt zurück, dann noch zwei: *„Oh, nein, Chif! Daas kämö mir nischt in dän Sin. Isch erklär dir was, sons garnischts. Es gibt solschö Ver-*

däschtigön, das ab isch schon icksmal erläbt, die lachön erst mal, vor demm Verör. Un danaach lachön sie überaupt nischt mähr. Abör voreer, da lachön sie wie die Unde, un sie bucköln wie die Katsö. Daas nennt maan Psykoloschie der Angs, is doch gans einfach, sistu?" Er schluckte und fragte noch einmal: *„Sistu, Chif?"*

„Ah, so ist das, ich verstehe", sagte der Chef mit einem zögernden Lächeln, *„so ist es logischer."*

„Ja, Chif, du as rescht. Un jetz müssön wir die Sittöns befolgen, Chif."

„Die was?"

„Die Sittöns! Die Üblischö. Da mus man sofort in die Tradision von diesö Ansaamlung von Eingeboränö antwort."

„Ach so! Du meinst die Sitten? Die Sitten und Gebräuche?"

„So ist, Chif, ist selbe. Das Üblischö, die Sittöns und Gebräusch. Was sein muss, muss sein, sogar in die Television. Mach mir nach, Chif, mach so wie isch."

Er ging ganz langsam, als folgte er einer Prozession, auf Hadscha zu, strich die Jacke glatt, zog den Hosenbund hoch und die Ärmel herunter und setzte, je näher er auf sie zukam, immer nachdrücklicher die Miene eines verlorenen Kindes auf. Im Schneidersitz liess er sich vor ihr nieder, nahm ihre Hände, küsste sie mehrfach abwechselnd und begleitete sein Tun mit den Worten: „Sei gegrüsst, Mutter! Segne mich, Mütterchen, mögen die Seelen deiner Eltern und deiner Vorfahren in Frieden dort ruhen, wo sie sind, bei Allah und dem Propheten!"

Während er so die Worte des Stammes wiederfand, durchströmte ihn in Wellen seine wiedergefundene Kindheit. Er hatte seine Mutter nie bei Tageslicht gesehen. Wenn sie am Ende ihres Arbeitstages als Hausangestellte nach Hause kam, war es schon Abend – und der Ofen, in dem sie wohnten, war zu jeder Tageszeit dunkel. Ein einziges Mal hatte er sie in der Sonne gesehen, im Frühling, draussen, da hatte sie friedlich auf einer hölzernen Trage gelegen – bevor der Totengräber sie ins Grab hinabliess. Das war damals gewesen, dort, vor dem Fussball und vor der Polizei. Zehn oder elf Jahre war er wohl alt gewesen. Vielleicht auch neun. Im Mannesalter, im Strassenalter.

Jetzt hier auf dem Berg fiel ihm wieder ein, wie ein oder zwei Jahre alte, ranzige Butter und Fladen ohne Sauerteig rochen, die auf einem heissen Stein brutzelnd goldgelb gebakken wurden – und wie gut vor allem die Nelken dufteten, mit denen der Körper der Bäuerin vor ihm, ihre Haare, ihre geflickten, indigofarbenen Kleider einbalsamiert waren. Sie war von derselben Gattung wie seine Mutter, rein und ungeschliffen, vor der Welt der Schakale durch ihre eigene Unerfahrenheit und durch das Nichtdenken geschützt. Denn seine Mutter dachte nicht. Mit Tränen in den Augen beschwor er Hadscha: „Ich bin ein Berrani, eine Waise des Lebens, ein Fremder mir selbst gegenüber. Segne mich, Mütterchen, im Namen des Herrn! Gib mir das Zeichen."

Mit dem Zeigefinger zeichnete sie ihm das Zeichen aus alten Zeiten auf die Stirn, einen Fisch mit einem fünfzackigen Stern darum. Dann faltete sie die Hände über dem Kopf des Inspektors und segnete ihn: „Friede, Friede, Friede sei mit dir! Der Friede der Berge und der Ebene, der Wüste und der Bäume, der Flüsse und des Meeres. Welchen Namen hat Gott dir gegeben?"

„Ali. Ich heisse Ali. Ich bin ein verlorenes Schaf."

Als Hadschas Hände ihn berührten, liess er einigen grauen Erinnerungen, die ihm als Anhaltspunkte dienten, freien Lauf. Er spürte ein Schluchzen in seinem Hals aufsteigen – und liess es hochkommen.

„Friede, mein Sohn", sprach Hadscha. „Du kommst aus der Stadt, Ali? Von dort unten, ganz dort unten?"

„Ja, Hadscha", antwortete er und vergoss heisse Tränen. „Ich bin von unten, von ganz unten!"

„Sag mal, du da!" tobte der Chef in der Sprache des zwanzigsten Jahrhunderts, *„meinst du nicht, du tust ein wenig zu viel des Guten?"*

„Hat dein Freund Durst?" erkundigte sich Hadscha. „Räuspert er sich deswegen?"

„Ja, Hadscha, so ist es. Er hat Durst. Ihm ist heiss, er ist müde, er ist zornig auf die Sonne. Er ist es nicht gewöhnt."

„Du fliegst raus", brüllte die offizielle Stimme. *„Krokodilsgesicht! Ich werde sofort einen Bericht über dich aufsetzen, wegen Beleidigung eines Vorgesetzten bei der Amtsausübung ... und das ... und das in Anwesenheit von Fremden! Noch schlimmer: von Verdächtigen!"*

„Oh!" rief Hadscha mit mitleidsvoller Stimme aus. „Er röchelt ja, der arme Mann! Sein Hals ist bestimmt ganz ausgetrocknet!"

„Vollständig", stimmte der Inspektor zu und wischte sich die Tränen aus den Augen. „Du sagst es, Mütterchen! Ganz abgesehen von der Galle, den Eingeweiden und den Därmen, dem Herz und all dem. Alles ganz trocken, wie das gute alte Hammelfleisch, das man früher mit einem Haufen Gewürz in der Sonne getrocknet hat. Erinnerst du dich? Das war vor der Unabhängigkeit und den Konservendosen."

„Und ob ich mich erinnere!" bestätigte Hadscha und bekam dabei feuchte Augen. „Das habe ich bestimmt schon seit zehn oder acht Jahren, vielleicht sogar schon seit zwanzig Jahren nicht mehr gegessen. Gut hat das gerochen, da war der Geschmack des Lichts drin, fein war das, und wie fein! Schweig, Sohn!" schloss sie in einem Ton, der keine Widerrede duldete. „Schweig sofort! Du lässt mir das Wasser im Mund zusammenlaufen. Es gehört sich nicht, eine alte, verschrumpelte Frau wie mich mit Leckerbissen in Versuchung zu führen, vor allem dann nicht, wenn es die Lekkerbissen gar nicht gibt."

„Ja, Hadscha. Ich bin sofort still. Verflucht sei meine Schweinszunge! Ich habe nichts von dem blöden Fleisch gesagt. Gar nichts. Vergiss es, vergiss es!"

Derweil überliess sich der Chef, unabhängig von seinem Willen, rasend und aufgrund höherer und anarchischer Gewalt, der Zügellosigkeit und opferte dafür rückhaltlos die Errungenschaften der Zivilisation, Verbote, Tabus, Diensteifer und sogar Freuds geliebtes Über-Ich – er schüttelte sich und trampelte auf der Stelle mit den Stiefeln auf den Boden. In alle Richtungen flogen Steine, langsam und dicht stieg der Staub bis auf Manneshöhe – und während die Bergbewohner, Kinder, Greise, Männer und Frauen, wie die Hasen im Frühtau mit gespitzten Ohren und knopfrunden Augen aus ihren Löchern krochen und sich höchst neugierig dicht an dicht hufeisenförmig um ihn scharten, vollführte der Polizeichef mit seinen Armen ruckartige Kreisbewegungen in der Luft und zeterte dabei in allen möglichen Sprachen, die nur er kannte: in seiner Muttersprache, auf französisch, auf englisch, auf pokeramerikanisch, bierkellerdeutsch und auf wolof, somit in allen zivilisierten Sprachen, in denen er sich die Schimpfwörter angeeignet hatte. Indem er dies tat, benahm er sich wie der typische Dritte-Welt-Bewohner, der vom Abendland zusätzlich zum letzten oder vorletzten Kulturschrott den Abschaum der Werte und obendrein die Waffen erhalten hat. Im Augenblick war er allerdings weit entfernt von irgendwelchen gedanklichen Abschweifungen, sondern vielmehr dabei zu röhren. Irgendsoetwas wie*: *„Ladin muk et de ta race! ... Ch'vais t'enculer, putain de ta mègue! ... Bugger off shit! ... Son of a bitch! ... Oukc'est mon fusil que ch't'écrabouille les claouis à coups de crosse? ... Kleb des chiottes! ... Schweinhalloufhund! ... Katolikuyyunbande!"*

„Und zudem", befand Hadscha, „hat er Dämonen, der Ärmste!"

„Das ist der Regentanz", war eine Greisenstimme zu vernehmen, „er tanzt den Regentanz. Holt die Schüsseln heraus, Kinder, auf, auf! Beobachtet den Himmel!"

„Mir scheint, Grossvater, als sei seit geraumer Zeit nicht ein Tropfen gefallen", meldete sich ein hochgewachsener junger Mann mit Brille zu Wort. (Sie nannten ihn den Gelehrten, alias Wörterbuch. Er kratzte sich ununterbrochen die Kopfhaut.) „Seit der Zeit der 'Frankauis', wenn ich mich recht entsinne."

„Jetzt ist nicht der richtige Augenblick für eine Predigt",

* Ich habe „irgendsoetwas wie" geschrieben, nicht wahr? In Anwendung des kulturellen Gesetzes über den „Verstoss gegen die guten Sitten" musste ich die hitzigen Ausdrücke des Chefs ein wenig temperieren. (Anm. d. Verf.)

Dennoch musste ich aus Gründen der Schamhaftigkeit im folgenden Zitat auf sprachmittelnde Tätigkeit verzichten, es ist auch so für jeden etwas dabei. (Anm. d. Übers.)

hielt ihm sofort ein Bengel ohne Hose entgegen. „Wir sind ja schliesslich nicht in der Moschee. Also klapp deinen französischen Koran zu, ja, du Schlaumeier?"

„Gib ihm was zu trinken, Mütterchen", bat der Inspektor, als er sah, wie das Gesicht seines Chefs den Farbton roher Leber annahm. „Falls ihr in diesem Dorf überhaupt ein bisschen Wasser habt. Hab Erbarmen, er muss sofort abgekühlt werden. Er gibt sonst ein lächerliches Bild von der Regierung unseres Landes ab. Es ist die Hitze, die Kurija."

„Wasser!" rief Hadscha und wandte sich nach hinten. „Gib mir die Feldflasche! Los, los, los!"

Aus den Tiefen der Höhle ertönte die dünne Stimme und erhob sich mit jedem der einzeln betonten und voneinander durch eine nachdenkliche Pause getrennten Worte über das Getöse der Einzelpersonen und die Kakophonie der Völker: „Sofort, Hadscha. Aber-ich-muss-dir-etwas-sagen. Etwas-sehr-sehr-Wichtiges."

„Gib mir endlich die Feldflasche", gab Hadscha zurück, „und mach deinen Schnabel so fest zu, wie deine Augen es seit einiger Zeit sind. Vor mir steht ein Sohn Adams und der Stadt, der gerade den Geist aufgibt. Er quillt ihm aus den Augen, den Ohren und vor allem aus dem Mund. Er röchelt."

„Geht - in - Ordnung, Hadscha, da - ist - die - Feldflasche. Aber - ich - muss - dir - etwas - sagen, das - keinen - Aufschub - dul-det. Es - geht - um - Leben - und - Tod."

Dumpf wanderte die Feldflasche von Hand zu Hand, während Hadscha in die Höhle herrschte: „Heuschrecken sind mir lieber als so ein Flegel wie du. Eidechsen genauso. Oder die Fliegen und die Wespen, die Gott geschaffen hat, um die Menschen zu plagen. Sei jetzt still! Ich höre dir nachher zu."

„Geht-in-Ordnung, Hadscha. Aber-was-heisst-nachher?"

Hadscha drehte sich ganz herum und warf einen Fladen in die Höhle: „Fang auf, iss und schweig!"

„Oh, danke, Hadscha ... Gott möge ..."

„Nachher heisst nachher. Die Sonne steht noch hoch am Himmel, die Nacht ist noch nicht hereingebrochen. Wir haben Zeit. Bist du womöglich ein Kind Beelzebubs und nicht einer meiner Enkel, wie ich geglaubt habe?"

„Da sei Gott vor!" protestierte die dünne Stimme höchst eilig. „Mit diesem Dämon der Hölle möchte ich nichts zu tun haben! Ich bin dein Enkelkind, und ich heisse Basfao."

„Also gut, Basfao, dann hör bitte auf, mir mit deinen albernen Bemerkungen auf die Nerven zu gehen. Ich höre dir nachher zu, das heisst, bevor der Tag zu Ende ist. Bis dahin ist noch eine Ewigkeit Zeit. Trotzdem nehme ich an, dass das, was du mir sagen wirst, wieder nur Eselsgewieher sein wird. Wie immer."

„Oh, nein, Hadscha", widersprach die Stimme, die langsam die Ruhe und die ihr eigene Sprechgeschwindigkeit wiederfand. „Dieses - Mal - nicht. Wir - haben - nichts - zu - essen. Ausser - den - Fladen - und - ein - paar - Saubohnen. Ganz - ganz - wenig - Saubohnen. Also - fragt - dich - Basfao: Was - sollen - wir - unseren - Gästen - anbieten?"

„Schweig", sagte Hadscha lebhaft. „Senke deine aufmüpfige Stimme."

„Geht - in - Ordnung, Hadscha, ich - senke - sie. Aber - diese - Leute - haben - um - die - Gastfreundschaft - Gottes

- gebeten - und - das - wird - die - absolute - Achschum - geben, die - absolute - Peinlichkeit, wenn - wir - ihnen - einen - so - gut - wie - leeren - Napf - vorsetzen, mit - fünf - oder - sechs - Bohnen - für - jeden - darin. Haha!"

„Senke deine Stimme noch weiter, bis deine starrsinnige Zunge sich endlich in deinem Mund dreht und ganz tief in deinen Bauch hinunterrutscht! Ich weiss wohl, dass der Topf leer ist. Warum erinnerst du mich also mit Worten daran?"

„Grossmutter, Hadscha, vielleicht - stirbt - der - Mann - ja - dahin - und - uns - weg? Das - würde - die - Katastrophe - zur - Hälfte - lösen, haha!"

„Halt den Mund! Nein, er ist wieder auferstanden, Gott sei gelobt. Er hat getrunken, und sein Kamerad klopft ihm gerade auf den Rücken und spricht in der Sprache der Dämonen mit ihm, bestimmt weil er ihm so die Dämonen austreiben will. Der ist ein guter Mann, er heisst übrigens Ali wie einer der Kalifen aus alten Zeiten. Kennst du sie noch, die Geschichten, die ich der Familie erzählt habe, damals, in den Zeiten des Segens, des Grases und der Herde? Als wir Milch und Käse im Überfluss hatten, und Datteln und ... in der Sonne getrocknetes Fleisch!"

„Wir - haben - nur - noch - Bohnen - und - nackte - Füsse, haha! Und - Ölkalifen! Aber - erzähle, Hadscha. Sag - mir, was - du - siehst."

„Das ist nicht so einfach, da schwirren nämlich zu viel Staub, Geschrei und Stimmen herum. Hörst du sie, Basfao?"

„Ja, in - der - Höhle - klingt - es - wie - ein - Gewitter, aber - ich - verstehe - nichts. Hilf - mir, Hadscha, sag - mir, was - sie - machen."

„Nun ja, sie kühlen weiter den Mann ab. Fünf oder sechs Aït Yafelman bespritzen ihn mit Wasser. Die Feldflasche ist jetzt leer, aber der Mann ist gerettet, er schüttelt sich und prustet, sein Gesicht ist nicht mehr ganz so rot, Gott sei gelobt."

„Dann - ist - er - jetzt - wieder - lebendig - und - gefrässig? Da - haben - wir - also - ein - ganzes - Regiment - abzufüttern."

„Sei still, sei doch endlich still! Wegen dir kann ich nicht sehen, was los ist, deine Eselsworte versperren mir die Sicht."

„Geht-in-Ordnung, Hadscha. Ich-sage-nichts-mehr."

Eine Zeit lang hörte man nur das zwanzigste Jahrhundert auf dem Berg. Sonst nichts. Dann schlug Hadscha, zur Höhle gewandt, vor: „Wir könnten eines der beiden Schafe opfern, die wir noch haben?"

„Diese Schuhsohlen?" gab der Blinde blitzschnell zur Antwort. „Raho - meint, ihre - Keulen - wären - hart - wie - Holz. Aber - Hadscha, was - soll - unsereins - dann - diesen - Winter - essen? Hast - du - dir - das - einmal - überlegt? Unsere - beiden - Gäste - leben, aber - die - Aït - Yafelman - müssen - sterben."

„Schweig, halt den Schnabel."

Unvermittelt fing sie an zu lachen, und dabei entlud sich ebenso unvermittelt das Trommel- und Pfeifenkonzert ihrer Freude in alle Himmelsrichtungen. Sie legte ihre Hände trichterförmig vor den Mund und rief: „Burgin! He! Burgin! Wo bist du zu dieser Stunde? Bur-gi-in!"

„Hier, Hadscha", ertönte eine tiefe Stimme aus dem Nichts. „Ich bin da, Hadscha."

„Hast du noch dein Kartenspiel?"

„Habe ich, Hadscha. Und wie! Bergpoker!"

„Dann spann den Maulesel an und komm bei mir vorbei. Komm und nimm die Bestellung auf."

„Alles klar, Hadscha", antwortete Burgin und lachte laut heraus. „Ich bin gleich bei dir."

„Ich-habe-verstanden", schloss der Mann in der Höhle. „Du - denkst - schnell - und - folgerichtig, das - muss - man - dir - lassen! Du - bist - nicht - älter - geworden, Hadscha."

„Sei jetzt endlich still, in Gottes Namen. Wenn nicht, mache ich dir den Mund auf und male dir die Zunge schwarz an. Mit Teer. Sei still und richte unseren Gästen ein Ruhelager dort, wo es kühl ist. Dann können sie sich ausruhen und ihre Kleider ablegen. Sie sind ja voller Staub, Müdigkeit und Alter, ich werde sie ausbürsten und in die Sonne legen, solange die Herren ein Nickerchen machen. Die Männer aus der Ebene und von dort unten muss man pflegen."

„Ich-habe-verstanden", wiederholte der Blinde, und es klang wie eine Art Wiehern.

„Also dann heraus mit dir! An die Luft mit dir, lüfte deine Gedanken. Du vermoderst noch da drin."

„Geht-in-Ordnung, Hadscha. Ich-komme-sofort-heraus. Endlich-kann-ich-auch-beim-Fest-dabeisein."

Dem blendenden Gleissen der Sonne war der düstere Friede der Höhle gefolgt, die die Rebellen gegen die Geschichte der Menschheit über Generationen dem Berg in die Flanke gegraben hatten. Die Wände schwitzten wohltuend, auf dem Boden lagen überall alte Felle, denen fast alle Haare ausgefallen waren. Der Polizeichef, der in einer steifen, rauhen

Dschellaba steckte, richtete sich auf, stützte sich auf die Ellenbogen und betrachtete den Inspektor, der mit offenem Mund im Sitzen schlief. Tiefe Traurigkeit erfüllte ihn und auch Bitterkeit; den tierischen Instinkten gegenüber war er wehrlos. Er konnte keinen anderen Ausdruck dafür finden, es war tierisch. Das war vielleicht ein Ding! Vor ihm sass ein Mann, dessen Eltern und Ahnen kolonisiert, dominiert und zermalmt worden waren, und dieser Mann war dank der freien, souveränen und demokratischen Regierung sein Adjutant, die rechte Hand des Chefs, geworden! Er hatte ein Stückchen Autorität inne, er hatte Würde und die Achtung seiner Mitbürger erhalten, er durfte befehlen, leiten und ausführen! Und was machte er zu dieser Stunde? Er schlief wie die Dritte Welt! Man brauchte gar nicht gross weiterzusuchen, hier sass die Erklärung, und sie war klar und deutlich: Die Führer der Supermächte, die befanden sich in einem Zustand ständiger Wachsamkeit. Die machten keine Witze, die hatten mit diesem Sackinspektor nichts gemein, der da mit entblösstem Zahnfleisch seinem Schicksal und sich selbst überlassen war und sich in fatalistischem Jahrhundertschlaf der Pflicht entzog. Und zu allem Überfluss lagen auch noch die Insignien seiner Autorität auf einem Schafsfell neben ihm: ein Paar Handschellen, sein Notizbuch, sein Kugelschreiber, sein Polizeiinspektorenausweis, seine Marke und seine Brieftasche mit allen seinen Papieren! Giscard d'Estaing, Breschnew, Carter und Frau Thatcher, die schliefen nicht wie Tiere in einer Höhle!

Der Chef setzte seine planetare Energie unter Spannung, liess die Muskeln an seinem Hals anschwellen und donnerte heraus: „Wach auf!"

„Hä?" fuhr der Inspektor zusammen.

„Wach auf. Seit der Hauptstadt schnarchst du ununterbrochen. Ich muss hier die ganze Dreckarbeit alleine machen. Du bist mir überhaupt keine Hilfe. Ein unnützer Kerl. Genau das bist du. Unnütz und träge."

„Ich habe überhaupt nicht geschlafen. Chef. Bei Allah und dem Propheten."

„Du hast wieder einmal nachgedacht, stimmt's?"

„Oh nein! Chef, das stimmt nicht. Das tue ich nie wieder. Du bist der Chef, deshalb bist du zwangsläufig auch derjenige, der nachdenkt, nicht ich. Ich nicht", wiederholte er und schüttelte den Kopf von links nach rechts und wieder zurück. Er bemühte sich, ein langes Gähnen – so lang und gewunden wie eine Boa – zu unterdrücken und fügte hinzu: „Ich habe mich ausgeruht." Er hörte auf zu gähnen, lächelte von einem Ohr zum anderen und erklärte in klaren und mathematischen Begriffen: „Ich habe nicht geschlafen, ich habe mich ausgeruht. Das ist ein riesengrosser Unterschied, versteht sich." Seine Augen waren ausdruckslos, sein Gesicht voll der Unschuld.

Der Chef wedelte mit seinem geschwollenen und deshalb um so bedrohlicheren Daumen: „Wir werden gleich sehen, ob ich ein Idiot bin oder ein Chef, dem Respekt und Achtung gebührt. Hör gut zu."

Im Geiste befürwortete der Inspektor die erste Annahme, liess sich jedoch nichts anmerken. Er verscheuchte diesen revolutionären Gedanken, so wie die Pilger in Mekka bei ihrer Pilgerreise den Satan vertreiben, indem sie Steine auf ihn werfen. Aus diesem Grund zog er die Kapuze über den Kopf, bevor er den Äusserungen seines Chefs aufmerksam das Ohr lieh.

„Nun hör mir mal gut zu: Wovon hast du dich ausgeruht? Und warum hast du dich ausgeruht?"

„Es ist ganz einfach, Chef. Ich brauche es eigentlich gar nicht zu sagen."

„Was ist einfach, du Einfacher im Geiste?"

„Nun ja", gab der Inspektor bedächtig zur Antwort, „ich habe auf deine Entscheidungen gewartet, Chef. Deine Befehle. In meinem Kopf ist alles klar und hell, so sicher wie drei und drei auf französisch sechs ist. Und in deinem ist es bestimmt noch viel heller und lichter. Ich habe mich ausgeruht, während ich deiner Anweisungen harrte." Er gähnte noch einmal und fügte hinzu: „So ist es."

„Hmmm", brummte der Chef. „Hmmm!"

„Ja", stimmte ihm sein Untergebener zu. „Alles ist einfach, man braucht nicht nachzudenken. Es genügt, sich ein bisschen auszuruhen."

Der Chef kratzte sich bedächtig am Schädel, am Ohrläppchen, an der Nase. Dann stellte er fest: „Hier riecht es nach Ziegenbock."

„Ich?" fragte der Inspektor entsetzt. „Was ich gesagt habe oder ich selbst?" (Er fing unverzüglich an, seine Dschellaba zu beschnüffeln. Sie war zu Beginn des Jahrhunderts gewebt worden, hatte Löcher, war zusammengeflickt, sandfarben, und wenn sie nach etwas roch, dann nach der unverwüstlichen Zeit, durchaus vielleicht auch ein wenig muffig nach Schaf – aber nach Ziegenbock auf keinen Fall!)

„Nicht du", sagte der Chef. „Hier in der Höhle. Findest du nicht?"

„Ach ja? Ach so! Nun ja, meiner Meinung nach ... meiner unmassgeblichen Meinung nach selbstverständlich ..."

„Selbstverständlich. Und wie lautet diese Meinung? Nur heraus mit deinen Gedanken!"

„Nun ja, mir kommt es so vor, als ob es hier vielmehr nach Armut riecht."

„Ach wirklich?" der Chef setzte sich auf sein Hinterteil.

„Ja, Chef. Armut, Not und Unwissenheit. Diesen Geruch kenne ich gut. Man braucht nicht unbedingt Polizist zu sein, um ihn zu erkennen."

„Erläutere das bitte näher."

„Sofort, Chef. Es ist dasselbe wie die Sache mit dem Ochsen."

„Mit welchem Ochsen? Was verzapfst du da?"

„Der Ochse, Chef, ist nicht besonders intelligent. Wie der Name schon sagt, handelt es sich hier um einen Wiederkäuer, dessen Gedanken heugenährt sind."

„Ja und? Ich verstehe nicht."

„Es liegt doch auf der Hand: Der Ochse zieht den Pflug, und der Bauer läuft dem Pflug hinterher. Jetzt setzt du für den Ochsen Unwissenheit ein, und was kommt dann hinterher? Not und Armut. Ganz einfach, siehst du?"

Einen langen Augenblick sah der Chef seine Nägel an, als wollte er sie befragen. Er bewegte seine Fusszehen und betrachtete auch sie. „Mach deinen Kopf frei", schlug er vor, „das ist mein väterlicher Rat."

„Ja, Chef."

„Sag, dass diese Höhle arm, dreckig, mittelalterlich und als Behausung für so ein Sammelsurium von primitiven Bergbewohnern gerade gut genug ist. Aber erzähl mir nichts vom Ochsen und von Geschichtsphilosophie."

„Ja, Chef. Da sei Gott vor."

„Siehst du, mein Sohn, du bist ein guter Junge, aber sehr, sehr schwierig. Du versuchst, wie ein Chef zu denken, und das verdirbt deinen Charakter. Du vermischst dann deine Gedanken mit deinen Worten. Das Nachdenken ist meine Sache. Du für deinen Teil hast nur auszuführen. Ich bin völlig am Ende, weil ich nicht weiss, wie oft ich dir das schon gesagt habe."

„Einverstanden, Chef. Denk nach und sag mir, was ich ausführen soll. Wie lauten deine Befehle?"

„Das ist es ja gerade!" rief der Chef aus. „Willst du, dass ich mich unbedacht und hirnlos unverzüglich, auf der Stelle, sofort überstürze? Du musst endlich begreifen, dass das wahre Denken etwas sehr Wichtiges ist. Das geht nicht so aus dem Stegreif."

„Ja, Chef."

„Hol deinen Notizblock heraus und schreib sorgfältig auf, was ich dir jetzt sage."

Er wartete geduldig, bis der Inspektor bereit war, die Weisheit entgegenzunehmen, dann begann er zu diktieren: „Schreib: Heute, am 11. Juli 1980, hat der Chef gesagt – Anführungszeichen auf: Das wahre und eigenständige Denken gleicht einem Samenkorn; es wird in den fruchtbaren Boden des Gehirns gesät – Gedankenstrich – die fruchtbaren Gehirne jedoch sind nur dünn gesät. Auf dass eine Keimung stattfinde, bedarf es eines Ad-hoc-Anbaus und der intellektuellen Düngung, was nicht jedem gegeben ist, leider!"

„Soll ich 'leider' schreiben?"

„Wenn du willst, schreib alles, es ist wichtig für deine Zukunft. Ich sagte also: ... der intellektuellen Düngung, eines gewissen Fingerspitzengefühls, ständiger Aufmerksamkeit und des Begiessens mit Moral, genau wie Pflanzen mit Wasser begossen werden müssen. Kannst du mir folgen? Ist es dir nicht zu kompliziert?"

„Ich folge dir, Chef. Es ist das reinste Vergnügen, dir zuzuhören. Und weiter? Der Gedanke kommt also im Frühling aus deinem Gehirn, und daraus wird dann eine Blume oder ein Kaktus, oder vielleicht sogar ein Baum? Stimmt's?"

„Mach das Notizbuch zu und steck dir den Kuli irgendwohin", sagte der Chef unendlich traurig.

„Ja, Chef, sofort. Bei dieser Dämmerbeleuchtung kann ja auch kein Mensch richtig schreiben."

„Schon gar nicht bei der düsteren Beleuchtung in deinem Hirn. Wie du vorhin ganz richtig bemerkt hast, zieht der Ochse den Pflug – und ich, ich schleppe dich wie einen Klotz am Bein hinter mir her."

„So ist es, Chef. Du bist mein Ochse. Was wäre ich ohne dich? Also, was soll ich tun? Was soll ich ausführen? Wir müssen doch an die offizielle Mission denken. Die Zeit galoppiert uns auf ihren Eisenhufen davon."

Der Chef streckte sich gemütlich auf seinem Lager aus, rollte ein paar Kleidungsstücke zusammen und legte sie sich als Kissen unter den Kopf. „Ich werde nachdenken, reiflich nachdenken und dabei ein kleines Nickerchen halten. Der zerebrale Vorgang läuft von ganz alleine in meinem Kopf ab, du wirst nichts davon merken. Stör mich nicht bei meiner geistigen Arbeit!"

„Ich käme ja nicht im Traum auf den Gedanken, das kannst du mir glauben", protestierte der Inspektor. „Kann ich jetzt wieder einschlafen?"

„Wenn du willst, aber schnarch nicht. Das könnte sich negativ auf meine Gedanken auswirken. Und halte dich beim geringsten Anruf bereit. Weck mich nicht, es sei denn, ein offizielles Telegramm beordert mich höheren Orts."

„In Ordnung, Chef", antwortete der Inspektor, dessen bleischwere Zunge ihm kaum mehr gehorchte.

„Was ich gern wüsste, eine Sache: Bist du auf meiner Seite, ich meine für Ordnung, Disziplin und Pflicht? Oder bist du zufälligerweise auf der Seite dieser räudigen Bauern ..."

„Ich, ich?"

„... wie mich dein Verhalten von vorhin hat argwöhnen lassen? Lass mich ausreden, Himmel noch einmal! Ich verstehe, dass du ihnen aufgrund deiner bescheidenen, deiner äusserst bescheidenen Herkunft näher stehst, aber ich wüsste es gerne von dir. Also sprich. Artikuliere dich, drück dich klar aus. Ich werde nicht dulden, dass du Unsinn verzapfst. Eines Tages wirst du aus dem Stacheldraht in deinem Schädel nicht mehr herauskommen. Und dann bin ich nicht mehr da und kann dich nicht mehr aus der Patsche ziehen, nicht einmal mit einem Pflug. Zähl nicht auf mich."

„Es ist ganz einfach, Chef. Wie sagen noch gleich die Franzosen? *Chacun pur lin et tous pure soie* – jeder reines Leinen und alle reine Seide."

„Was brabbelst du da? Was soll das heissen, Leinen und Seide?"

„Die Amerikaner aus Amerika sagen: *Pure newwoolmark extra guarantee.* Aber es ist dasselbe, Chef."

„Hast du dir vorgenommen, mich am Einschlafen zu hindern?"

„Oh nein, Chef, das darfst du nicht glauben. Du hast mich etwas gefragt, und ich gebe dir eine klare Antwort. Du und ich, wir sind zusammen und für immer, wie die Amerikaner und die Franzosen sagen. Wir sind jeder für einen und alle für sich – *chacun pour l'un et tous pour soi.* Ganz leicht, ganz einfach."

„Schweig, Schweigsamer!" sagte der Chef auf französisch. *„Lass mich schlafen."*

„Oké, Chif."

Einen Augenblick später waren wie durch ein Wunder nur noch zwei schnarchende Polizisten zu hören, die mit offenen Mündern dalagen, während der Schlaf die Zivilisation zu Stein erstarren liess. Die offizielle Mission konnte warten.

Hadscha sass wie eine Bärin im Eingang der Höhle und stiess einen tiefen Seufzer aus. Halblaut stellte sie fest: „Endlich sind sie eingeschlafen, die Söhne der Ebene. Ihre Worte haben sie besiegt."

„Soll ich die Besorgungen immer noch erledigen?" fragte Burgin.

„Mehr denn je", gab sie zurück. „Und sprich leise. Bei den Kindern von dort unten kann man nie wissen. Sie sind wie Krieger, die beim geringsten Geräusch aufwachen. Flüstere lieber!"

„Gib deine Bestellung auf, Hadscha", murmelte Burgin.

Bekleidet mit einem Bauerngewand, das mit einem Seil in der Leibesmitte gegürtet war, stand er kahlgeschoren und barfuss auf seiner Heimaterde unter der Sonne und liess fingerfertig ein Kartenspiel von einer Hand in die andere flattern, als Ziehharmonika, als Spirale, als Wasserstrahl, dann fing er die Karten auf dem Handrücken auf.

„Also, was soll ich holen, Hadscha? Bestell dir was!"

„Fleisch", sagte sie sofort und ohne eine Sekunde zu zögern. „Fleisch für uns alle und für unsere Gäste. Und Kuskus für die Gastfreundschaft. Teufelsschwanzsuppe hat es wahrlich lang genug gegeben. Aber Burgin, bist du sicher, dass du es schaffst? Wird es klappen? Ist das wahr?"

„Mach dir keine Gedanken, Hadscha. Das ist meine Sache. Die Karten kennen mich. Sie flutschen nur so. Ein As gefällig? Bitte sehr!"

„Senke dein Lachen und deine Stimme. Möge Gottes Segen dich begleiten! Nimm noch ein bisschen Butter dazu, ein Pfund. Ein gutes Pfund, ja?"

„Sagen wir zwei Kilo", schloss Burgin. „Du bekommst sie. Schöne gelbe Butter."

„Ja, die mag ich am liebsten! Möge Gott dir ein langes Leben schenken, mein Sohn. Und Honig, nur ein kleines Töpfchen voll, Honig tut einer alten Naschkatze wie mir so gut. Das ist nahrhaft, da kommt das Blut wieder in Schwung."

„Gut", Burgin warf die Karten hoch und fing sie hinter dem Rücken wieder auf. „Ich notiere das Ganze im Kopf: ein ganzer Hammel mit allen vier Keulen, einen Sack Kuskus, zwei oder drei Kilo Butter und einen Krug dickflüssigen Honig."

„Sei still, Sohn, mir läuft das Wasser im Mund zusammen."

„Und Gemüse? Willst du Gemüse?"

„Ah ja! Fast hätte ich das Gemüse vergessen, ohne Gemüse geht es nicht. Zucchini, Kichererbsen, Paprika und ein paar schön scharfe Peperoni, nur ein paar. Nimm auch Gewürze, damit die Nahrung wohl bekommt und die Zunge lange im Mund verweilt, wenn wir mit dem Essen fertig sind.

Vor allem 'Ladenspitze', das ist ein feines Gewürz, wenn man es schön lang ziehen lässt. Knoblauch, Zwiebeln. Kannst du das wirklich alles bekommen?"

„Kann ich. Ganz leicht. Mach dir deswegen keine Gedanken."

„Dann ist es gut. Wenn ich vielleicht noch, bevor ich sterbe, nach Mekka fahre, spreche ich dort für dich ein besonderes Gebet. Nimm noch ein paar Rosinen dazu."

„Einen Sack Rosinen", bestätigte Burgin und liess das Kartenspiel wie ein Zauberkünstler unter seinem Gewand verschwinden. „Und Brot? Du hast das Brot vergessen. Möchtest du Milch? Bestell, Hadscha, nur keine Scheu. Heute ist Überfluss angesagt."

„Möge Gott dich beschützen und über deine Schritte wachen, mein Kleiner! Gäbe es ... gäbe es ..."

„Na los, heraus damit. Du bekommst alles, was du willst. Man braucht nur ein bisschen Kapital am Anfang. Ohne Kapital kommt man zu nichts. Das hat ein Philosoph aus dem Eis gesagt, Kalamass* hiess er, glaube ich. Nur keine Scheu, Hadscha. Sag, was du haben möchtest. Du bekommst es umsonst."

„Scho ... Schokolade. Nur eine Tafel. Die reicht mir dann für den Rest meines Lebens. Ich bin eine richtige Naschkatze, was?"

„Zehn Tafeln, sagen wir zwanzig. Schokolade wiegt nicht viel."

„Mögen die Zedern in den Bergen und die Palmen in der Wüste dir ihre Gesundheit schenken und ihre Baumeskraft

* Karl Marx

auf dich übertragen! Wirst du all die Esswaren auf dem Rükken des Maultiers transportieren können? Aber ... Aber ich sehe das Tier gar nicht! Hast du es noch nicht angeschirrt?"

„Ich brauche kein Maultier, Hadscha. Ich nehme das Auto von den beiden da. Es steht so untätig auf dem Dorfplatz herum, haha!"

„Senke deine Stimme und lass das Spotten. Und wie willst du es in Gang bringen? Das ist kein Esel, dem du mit dem Stock eins überziehen und Rrrrah! Hü! zurufen kannst. Das Ding ist aus Eisen, da braucht man einen Schlüssel."

„Ich brauche keinen Schlüssel, Hadscha. Ich habe das hier. Mit diesem Stück Draht könnte ich ein Flugzeug in den siebten Himmel abheben lassen."

„Aber wird es nicht mit seiner Eisenstimme grollen und seinen Herrn aufwecken?"

„Nein, oh nein! Das wird es nicht tun. Das Gebirge ist oben, und die Ebene ist unten. Dieses Auto wird also geräusch- und motorlos im Leerlauf hinunterrollen. Zurück, meinst du? Natürlich ist der Weg steil wie ein Hund, aber ich habe an alles gedacht: Ich nehme den Maulesel und einen langen Strick zum Ziehen. Der hält das aus, er ist ja schliesslich ein Maulesel."

„Dann ist es gut. Ich segne dich. Und mit wem willst du Karten spielen und vielleicht gewinnen?"

„Ich werde ganz bestimmt gewinnen, mach dir darüber keine Gedanken. Die Karten gleiten wie Seife durch meine Hände. Erinnerst du dich an Said, Hadscha? Den Kerl, der früher einmal ein Haus im Dorf hatte? Er ist irgendwo da unten im Hochland Mul Busta, Postmeister, geworden. Vor fünf oder sechs Jahren war er noch ein Bauer wie wir. Jetzt ist er reich und kennt uns nicht mehr. Aber er spielt gern Poker. Ah! Mütterchen, den werde ich rupfen! Den ziehe ich ab von Kopf bis Fuss, haha!"

„Lach nicht. Gut ist es nicht, was du da tust."

„Ach ja? Wieviel hast du dem Dicken aus seinem Geldbeutel geklaut?"

„Ich weiss nicht, Burgin, ich kann nicht lesen. Den Geldschein hier finde ich ganz hübsch. Er sieht aus wie ein Bildchen zu den Geschichten von König Salomon. Denk daran, ihn unversehrt zurückzubringen – oder einen, der genauso aussieht."

„Gib her. Er wird sich vermehren, dicke Kinder mit runden Backen wird er bekommen. Kalamass hatte recht mit seiner Behauptung, man brauche Kapital im Leben. Die Rossen waren Bauern wie wir, Sklaven. Und jetzt ist ihr Land atomar-o-tomatisch. Die Baraka."

„Dann möge Gott dich begleiten. Aber bring den Schein oder seinesgleichen zurück, damit ich ihn wieder in den Geldbeutel zurückstecken kann. Keiner soll etwas davon wissen. Überhaupt sind wir ehrbare Leute. Ich möchte nicht, dass irgend jemand von mir sagt, ich sei eine Diebin, das ist nämlich nicht wahr."

„Wer hat denn so etwas behauptet, Hadscha? Du hast nur ein bisschen was ausgeliehen und wirst es noch heute abend zurückzahlen, und zwar mit Zinsen in Form eines Abendessens, wie wir seit Jahren keines mehr bekommen haben. Denk daran, Hadscha! Denk an den Honig und an die Schokolade!"

Er ging davon, der Sonne entgegen, die Karten hingen wie ein Regenbogen in der Luft.

In der Mitte der Koppel sass Raho auf einem flachen Stein zwischen den beiden durstigen Schafen und dem unbeweglichen Esel und blickte in die untergehende Sonne. Jedes Ding war aus ihr hervorgegangen, jedes Ding war in ihr enthalten. Die Sonne liess die Pflanzen keimen, sie trocknete sie aus und liess sie sterben. Ein Mensch, der sein ganzes Leben zwischen Erde und Sonne verbracht hatte, konnte nicht anders, als das Leben anzunehmen. Die Erde war nackt, ohne Wasser, seit Generationen unfruchtbar; und die Sonne war ihr Herrscher. Wozu kämpfen, sich einsetzen, einen Unterstand bauen – sich schützen? Wogegen denn? Die Hitze war eine Kraft, die Entsagung ein Geschenk. So viele Dinge, so viele, waren unnütz in dieser Welt, Dinge, die die Menschen zur Zivilisation erhoben und in Zivilisation umgewandelt hatten, und dabei bezahlten sie Schatten mit Licht. Der Islam, der bis auf ihn, Raho, gekommen war, war der nicht da unten geboren worden, vor langer Zeit, ganz da unten in einer trockenen Wüste zwischen Sand und Sonne – und sonst nichts? Wie der Islam und seine Bestimmung kam ein jeder nackt aus dem Bauch seiner Mutter und kehrte nackt in die Eingeweide der Nährmutter Erde zurück. Die Haut war Zeuge!

Die Sonnenstrahlen, die am Rande des Horizonts verglühten, gaben dem Gesicht des alten Mannes die Farbe von Kupfer und Zinn, dann seinen Armen, seinen Beinen und seinem ganzen Körper, während er sich auszog und das, was ihn einen ganzen Tag lang vor den anderen und sich selbst verhüllt hatte, weit von sich warf. Er ging in die Hocke, streckte die Hände nach vorn, führte sie wieder zu sich heran, als trügen sie eine Garbe reifen, goldenen Weizens, und begann, sich mit Armen voll vom Licht der untergehenden Sonne zu waschen.

Jede Religion, ob sie aus dem Morgenland, dem Abendland oder sonstwoher kam, hatte ihm nichts anderes als Gedanken gebracht. Und er, Raho, er war gedankenlos geboren worden und würde auch gedankenlos sterben. Das Leben war so einfach. Langsam benetzte er sich das Gesicht mit einem Guss roter Strahlen, rieb sich dreimal die Hände. Dann verbeugte er sich vor dem versinkenden Gestirn.

Was hatte der Weltentag, der nun zu Ende ging, letztendlich für eine Bedeutung gehabt? Für andere Menschen, die in anderen nahen oder fernen Gebirgen, in den Ebenen, auf dem Lande oder auf dem Wasser lebten, hatte er bedeutet, was er bedeutet haben mochte. Raho wusste nichts davon, hatte keine Ahnung davon, nicht die geringste. Es war die ihre, ganz allein ihre Bestimmung. Er, Raho, hatte seinen Tag bekommen, und zwar als neuerliche Gabe der Sonne.

Für das Dorf, die Gemeinschaft, deren Mitglieder fast zur Hälfte von ihm abstammten, hatte dieser Tag im Leben das Eindringen von zwei sich selbst ausgelieferten Fremden mit sich gebracht, die sich ebenso unglücklich und aggressiv gebärdeten wie die Eroberer sämtlicher Rassen und Religionen, die im Lauf der Geschichte über das Land hereingebrochen waren. Aber hatten sie deshalb alle miteinander die Sonne auslöschen können? Die Stirn des Mannes aus den Bergen legte sich unvermittelt in Falten, die sich in einer fliessenden Bewegung um seinen Mund zogen – und dann begann Raho geräuschlos zu lachen wie ein Wolf, wie jedesmal beim Gedanken an die legendäre Gestalt von Kommandant Filagar.

4

„Ja", sagte Hadscha, „Kommandant Filagar war ein Bauer wie wir, ja, ja, ja!" Und dann brach sie in Gelächter aus. Sämtliche Mitglieder der Familie stimmten in ihr Lachen ein, das nah und fern und bis auf den Gipfel des Berges zu hören war.

Verzückt hockten alle Aït Yafelman vor dem dampfenden Festessen auf den Fersen – ausser dem Polizeichef, der aufgrund seiner Autorität auf einer alten Kiste Platz genommen hatte, wohl um die Rolle des Tischherrn zu übernehmen, und ausser Hadscha, deren Beine wie seit Urzeiten gerade vor ihr ausgestreckt lagen –, tauchten genüsslich die Finger in das Essen, sprachen voll Rührung und Dankbarkeit: „Im Namen des Herrn!" und formten sich Kugeln aus Kuskus, deren Grösse einschliesslich Gemüse je nach Alter oder Hunger des Essers zwischen einem Taubenei und einer Melone schwankte. Mit dem Fleisch, diesem Leckerbissen, der aus der Erinnerung verschwunden war und als „der Unglückliche", „das Opfer" oder „Uld Brahim"* bezeichnet wurde, verfuhr man derart, dass eine glückliche Hand ein Stück Hammelschulter aus den Tiefen der Schüssel hervorgrub und sie dem gegenübersitzenden Bruder hinstreckte. Dann zog wie in jenem Kinderspiel mit dem Seil, das in den Schulen des Abendlandes im Sportunterricht heute noch gang und gäbe ist, um Bizeps und Durchsetzungsvermögen zu trainieren, jeder mit aller Kraft in seine Richtung an dem

* „Sohn Abrahams"

Fleisch, und im Handumdrehen waren ohne Gabel und ohne das kleinste Messer zwei Stücke daraus geworden. Fünf oder sechs Schüsseln standen von der Familienhöhle an den Berg hinauf verteilt bis dort oben hin, wo Zedern und Judendorn wie Wachttürme emporragten, und zwar diese flachen Schüsseln, die mit viel Geduld aus dem harten Holz der Eisenholzbäume geschnitzt und ausgehöhlt werden. Um jede Schüssel sassen fünf bis sieben Mahlzeiter. Und hier und da steckten brennende Harzfackeln wie leuchtende Weihnachtsbäume in der Erde. Wer im Schatten sass, machte sich nichts daraus, denn jeder kannte instinktiv den Weg zu seinem Mund. Und ausserdem war es ein und dasselbe Essen, zu dem sich ein und dieselbe Familie zusammengefunden hatte. Schatten oder Licht – einen sozialen oder politischen Rangunterschied bedeutete das nicht.

Aus verschiedenen Richtungen ertönten Stimmen, fast gleichzeitig und ineinander verflochten: „Danke, Hadscha, danke-für-dieses-Festmahl, das-eines-Kaid-würdig-ist! Oh, danke!"

„Hadscha", meldete Burgin, während er mit weit auseinandergespreizten Fingern in der Schüssel stocherte. „Ich habe die Bildchen zu den Geschichten Salomons wieder dahin zurückgetan, wo sie vorher waren, zwischen die zwei Lederstücke. Und das Maultier hat die Blechmaschine – du weisst schon – einwandfrei hochgezogen. Es lebt wirklich von Himmel und Wind, das kannst du mir glauben!"

„Bei uns ist wohl ganz plötzlich die Baraka ausgebrochen, oder was?" warf eine hohe Frauenstimme ein. „Wie ist das Leben doch schön. Gestern war es noch unten am Nullpunkt."

„It was a long time", sagte der junge Mann mit der Brille, der mit dem Spitznamen „der Gelehrte", alias Wörterbuch. Er sprach in reinstem Oxford-Englisch, die Worte fielen ihm zusammen mit zahlreichen winzigen Essensresten aus dem Mund – etwa so: *It wös ö lonnn töim!**

„Er sprischt Änglisch, Chif", bemerkte der Inspektor mit vollem Mund. Er schluckte krampfhaft einen Bissen hinunter und fügte dann hinzu: *„Is das einö Verdäschtischör?"*

„Ich fürchte ja", gab der Chef zurück. *„Sieht mir ganz nach einem Insektuellen aus."*

„Sollen wir für morgen und den Winter etwas aufheben, Hadscha, oder sollen wir so tun, als habe Allah seine Gaben über uns ausgeschüttet?"

„Kau", flehte eine Mutter. „Du erstickst sonst. Kau, mahle mit den Zähnen. Du hast Zeit, das Essen nimmt nicht die Beine unter den Arm und läuft weg."

„Meine Rede, seit ich geboren wurde: Wenn Hadscha den Teig in die Hand nimmt, macht sie daraus einen so köstlichen Schmaus, dass es schmeckt wie in dem Paradies, von dem der Koran spricht."

„Möge Gott dir ein langes Leben schenken, Hadscha! Du bist die Grundlage unserer Existenz."

„Hadscha, he, Hadscha!" wiederholte Basfao wie ein Echo vom Grund der Zeit. „Ich - muss - dir - etwas - sehr, sehr - Wichtiges - sagen."

Hadscha sass inmitten der Stimmen und hörte ihnen allen zu, als verfüge sie über ein Dutzend Paar Ohren, sie regi-

* Für die Richtigkeit der Aussprache kann ich keine Gewähr übernehmen, da ich selbst kein Wort Englisch spreche. (Anm. d. Verf.)

strierte jedes Wort, auch die, die nicht zum Stamm gehörten und deshalb nichts zu bedeuten hatten. In aller Ruhe, jedoch auf verschiedenen Registern, antwortete sie in der Reihenfolge der Wichtigkeit – zuerst Basfao, dann dem Mann, der sich wegen der Not am nächsten Tag sorgte, und dann dem Gelehrten: „Iss, und zwar in Frieden! In dieser Stunde gibt es nichts Wichtigeres, als mit dem eigenen Magen in Frieden zu leben."

„Und du da drüben, du kannst ja gerne die verlorene Zeit wieder einholen, wenn du meinst, aber pass auf, dass du morgen nicht tot bist, wenn du weiter das Essen so in dich hineinstopfst. Gedulde dich mit deiner Seele!"

„Und du, Bauer mit der Brille, eines Tages wird sich dir die Zunge im Mund herumdrehen, wenn du dich weiter über die Worte des lieben Gottes lustig machst!"

„Was habe ich denn gesagt?" wandte der Gelehrte ein. „Ich habe gesagt, dass es lange her ist, seit ..."

„Aber du hast die Worte verbogen!" unterbrach sie ihn.

„Das ist Englisch. Das war, als ich in diesem Hotel da in der Hauptstadt Portier war, ein Hundeleben! Ich musste doch verstehen, was die Milliardäre zu mir sagten, wenn sie mir ein Trinkgeld hinwarfen! '*Hey, boy!*' riefen sie mir zu, '*taxi! Get a move on!*' Und wenn das Taxi dann quietschend um die Kurve kam, meinten sie: '*It was a long time!*' Das bedeutet: 'Es ist schon lange her, seit wir etwas Anständiges zu essen bekommen haben' in unserer Sprache hier. Dann sagten sie zum Fahrer: '*To the airport! Hurry up!*' Der Fahrer verstand natürlich kein Wort. Also habe ich es ihm übersetzt: 'Sie wollen im Port, im Hafen, essen gehen. Hast du nicht einen Cousin mit einer Kneipe in der Medina? Los, gib Gas, aber dalli! Und schieb mir das Geldstück rüber!' Sie haben mich aus dem Hotel rausgeschmissen, ich verstehe bis heute nicht warum. Vielleicht gar, weil ich die Typen aus der Medina gesponsert habe? Na, was meinst du dazu?"

Aber Hadscha hörte ihm nicht mehr zu. Es war so: Die Leute aus der Ebene und von anderswo hatten ihm die Sprache verbildet, genauso wie sie ihm auch die Augen verdorben hatten. Zwei Glaskreise, um die Seinen wiederzuerkennen! Eine Uhr am Arm, um zu überprüfen, was für jeden Bauer offensichtlich war, nämlich wo die Sonne am Himmel stand! Na ja, so lange war er ja noch nicht wieder zurück im Lande. Die Berge hatten soviel Geduld wie Felsgestein ...

Hadscha grub auf dem Grund der Schüssel nach den besten Stücken, förderte die Hammelhoden zutage und bot ihren Gästen auf ausgestreckten, offenen Händen je eine weichgekochte Keimdrüse an. „Die sind für euch, meine lieben Kinder! Bedient euch, nehmt! Unser Haus ist auch euer Haus! Euch stehen die besten Stücke zu."

Inspektor Ali nahm sich, ohne eine Sekunde zu zögern, seinen Hoden. „Bei Allah!" rief er aus und strahlte dabei über das ganze Gesicht. „Meine Lieblingsspeise! Die Vorsehung hat es gut mit mir gemeint, als sie mich hierhergeführt hat."

Er setzte seinen Kiefer in Bewegung. Aus den Mundwinkeln troff ihm der Hormonsaft, den er jedoch mit seiner beweglichen rosa Zunge auffing, um keinen Tropfen der ambrosischen Flüssigkeit zu verlieren. Seine Augen leuchteten. Der Polizeichef sah seinem rückständigen Untergebenen zu, wie er von primitiven Instinkten beherrscht kaute. Er dachte sich sein Teil, nicht ohne die Gesamtproblematik der Dritten Welt in seine Überlegungen einzubeziehen.

Der Schah im Iran war auch aufgrund von Fortschritts-

und Bildungsfeindlichkeit aus seinem Land verjagt worden, und zwar weil sich der Fortschritt, den er für sein Land gewollt hatte, bei einem so unzivilisierten Volk wie den Persern nicht hatte durchsetzen können! So und nicht anders war es doch gewesen, das staatliche Fernsehen und die offiziellen Presseorgane hatten es immer wieder klar und deutlich verkündet. Ausgeschlossen, dass der Staat sich in seiner Beurteilung täuschte, wo käme man denn da hin! Betrübt starrte er auf das weiche, triefende Etwas zwischen Daumen und Zeigefinger seiner Hand, das aussah wie eine ertrunkene Ratte, und versuchte, sich die schönen Dinge im Leben vor Augen zu halten – wichtig im Leben waren Reife, Verantwortung und Fortschritt. Von was hatte er selbst, der heute Polizeichef war, sich früher, in den finsteren fortschritts- und bildungsfeindlichen Zeiten, ernährt? Von Suppe und Kuskus. Und heute? Na bitte? Wie sah es heute aus? Er war heute ein fortschrittlicher, dieser Bezeichnung durchaus würdiger Vorgesetzter, und was er in der Polizeikantine zu essen bekam, war als fortschrittliche Ernährung einzustufen. Da gab es paniertes Fleisch, Konserven aus hochindustrialisierten Ländern, frisches weisses Brot. Wenn er in Gesellschaft anderer hochstehender Beamter in einem der Restaurants im europäischen Viertel essen ging, fühlte er sich gegenüber seinen Mitbürgern wie ein wahrer Vertreter des 21. Jahrhunderts. Ein Tischtuch war über den Tisch gebreitet, sauberes Besteck aufgelegt, wie es sich gehört, der Ober hatte Epauletten wie ein Marschall, der Whisky dampfte vor Kälte im Glas, und die Rauchwolken, die er aus seiner Zigarre mit Original-Bauchbinde stiess, waren eines Churchill würdig. Respekt, sozialer Aufstieg, nationale Souveränität.

Dort war alles einfach, die anderen Gäste entsprachen seinem Niveau, distinguierte Menschen aus der Elite des Landes, finanzkräftige Touristen, die ihre Rechnung beglichen, ohne etwas zu bezahlen, einfach indem sie eine Kreditkarte vorzeigten. Und er machte es ebenso, zeigte ganz nebenbei eine Kreditkarte von American Express, Visa, Interbank ...

„Merci, Monsieur! Thank you, Sir! Danke schön", sagte darauf höflich der Ober in den Sprachen der harten Währungen.

„Ich esse ihn für dich", liess sich die Stimme des Inspektors vernehmen, „du kannst ihn mir gerne geben, wenn du keinen Hunger mehr hast."

„Nein, nein doch", warf Hadscha schnell ein. „Du hast deinen Anteil gehabt, du bist ja ein richtiger Vielfrass. Sei doch nicht so egoistisch! Schliesslich ist er dein Kollege."

Sie wandte sich an den Kollegen: „Lass dir nichts vormachen, mein Sohn. Es ist nur noch ein Hoden übrig, und der gehört dir. Iss ihn, solange er noch heiss ist. Möchtest du Kümmel dazu?"

Den Polizeichef durchzuckte ein Schauder des Ekels und unmittelbar danach sein Dienstgewissen. Er knabberte zögernd an dem lauwarmen Sexualorgan und dachte dabei an seine offizielle Mission, die zu Ende gebracht werden musste. Zu diesem Zweck hatte man seine wahren Empfindungen, sein inneres Selbst, hinter einem Schleier zu verbergen. Schlimm genug, dass er auf diesem Platz sass und wie diese rückständigen Eingeborenen eine schmierige Dschellaba trug, anstatt einer Serviette einen alten Sack auf den Knien. Aber die Pflicht ging vor. Der Staat.

„Also", nahm Hadscha den Faden wieder auf, als habe sie

mit dem, was sie bisher gesagt hatte, ihren Zuhörern nur den Mund wässrig machen wollen. „Der Kommandant Filagar war ein Bauer wie wir, ein einfacher Mann aus den Bergen. Er war damals schon weit über seine Jugend hinaus, glaube ich. Vor jenem Tag war ihm noch nie etwas zugestossen."

„Vor welchem Tag, Hadscha?" ertönten mehrere Stimmen. „Erzähl es uns!"

Diese störenden Einwürfe verscheuchte sie mit einer Bewegung ihrer flachen Hand wie einen Schwarm in der Dunkelheit angreifender Mücken.

„Von wegen", brachte sie mit Nachdruck vor, „ihr haltet euch da raus! Euch habe ich die Geschichte schon zigtausend Mal erzählt. Ihr seid jetzt nicht dran! Gebt die Ohren unserer Gäste frei, ihr stört sie beim Zuhören."

„Was war das für ein Tag?" fragte der Inspektor und knetete sich aus dem Kuskus eine mundgerechte Kugel.

„Und was für ein Kommandant?" wollte der Polizeichef wissen. Er würgte mit verzerrter Miene an dem letzten Rest des toten Hammels.

„So, jetzt haben wir's", in Hadschas Stimme klang Lachen mit. „Er war ja vorher nicht Kommandant, er war einfach nur ein Bauer. Wie wir. Er hatte keine Geschichte, weder hinter sich noch vor sich. Weder Vergangenheit noch Zukunft. Er war ruhig und glücklich. Möchtest du Peperoni?"

„Was?" entschlüpfte es dem Chef vor Überraschung über die unerwartete Frage.

„Das beruhigt den Magen", gab Hadscha zurück. (Sie sah ihm tief in die Augen.) „Es gräbt den Mageninhalt um, räumt auf und schafft Platz, damit der Rest vom Essen hineinpasst."

„Nein danke, danke nein."

„Aber ich will", meldete sich der Inspektor zu Wort.

„Nein, nein, du nicht", erwiderte sie, „du nicht, mein Sohn. Du hast keine Probleme mit der Verdauung. Und dann ist er eines Tages ins Nachbarland hinuntergegangen, mit zwei Hühnern, die er an den Füssen zusammengebunden hatte, und einem Korb voll mit Eiern."

„Was für ein Land?" erkundigte sich der Chef.

„Da drüben, auf der anderen Seite der Berge."

„Algerien?"

„Genau, das Land der Algerier. Sie werden so genannt, aber es stimmt nicht ganz. Sie sind Berber, wie wir, unsere Brüder."

„Ach ja?" liess sich der Chef vernehmen. „Ach so!"

„Ja, nicht wahr? Er ging auf den Markt in einer kleinen Stadt im Land der Algerier, es war an einem Frühlingstag. Wisst ihr, es war nicht so furchtbar weit, einen halben Tag zu Fuss. Damals hatten wir Eier und sogar Hühner. Also ging der Alte, um sie denen zu verkaufen, die keine hatten, und brachte dafür mit, was seinen Leuten fehlte, Mehl oder Tee zum Beispiel. Die Algerier dort und die Berber hier erwiesen einander Gefälligkeiten."

„Ach ja?" sagte der Chef wieder.

„Ja. Er ahnte ja nicht, was ihn an diesem Tag erwartete. Früh im Morgengrauen war er aufgebrochen und wollte am Abend zurück sein. Er hatte also genau einen Tag Zeit. Wie heisst du, mein Sohn?"

„Was, ich?" brachte der Chef heraus. „Äh, ich komme aus der Stadt."

„Der alte Bauer hatte nicht die leiseste Ahnung davon,

dass auf der anderen Seite der Berge, im Land der Algerier, Gottes Zorn waltete. Dort herrschte Krieg. Welchen Namen hat Gott dir gegeben, mein Sohn?"

„Hä? Ach so, ich bin ein Stadtkind. Ich arbeite dort für unser Land, für uns alle. Gut ist er, dein Kuskus, das muss ich schon sagen."

„Er kannte den Weg haargenau", fuhr Hadscha fort und lächelte. (Sie beobachtete den Chef. Vor allem der unglaublich listige Ausdruck in seinen Augen fesselte ihre Aufmerksamkeit. Ihr schien, als erklärten sich daraus die wirren Umwege, die er beim Sprechen machte.) „Seit Jahren ging er ungefähr einmal pro Woche denselben Weg. Jeder Stein, jedes Loch waren ihm vertraut. Weisst du, wie die Leute bei uns gehen? Sie schauen zur gleichen Zeit in den Himmel und auf den Boden, nach rechts und nach links und sogar hinter sich. Du hast doch bestimmt einen Namen, deine Mutter hat dir sicher bei deiner Geburt einen Namen gegeben?"

„Hä?" gab der Chef überrumpelt von sich. „Einen Namen ... meine Mutter ... Mohammed."

„Das wusste ich gar nicht", rief der Inspektor aus. „Das ist mir ja ganz neu."

Hadscha legte sich eine Hand auf die Wange, auf ihrem Gesicht erstrahlte ein stilles Lächeln. „Wie der Prophet?"

„Ja", sprach der Chef, „genauso ist es. Wie unser aller Prophet."

Der Inspektor freute sich wie ein Kind. „Chef Mohammed! Und ich habe nichts davon gewusst. Chef Mohammed!"

„Dann bist du also ein friedfertiger Mensch", zog Hadscha ihre Schlussfolgerung, „einer, auf dessen Wort man sich verlassen kann, ein ehrbarer Mann. Darüber bin ich sehr froh. Was für ein ausserordentlich gesegneter Tag ist heute. Ein guter Mann, wie der Kalif Ali aus den alten Zeiten, und ein ehrbarer Mann, wie der Prophet! Es gibt also unten im Flachland doch noch Menschen mit reinem Herzen, wer hätte das gedacht. Bring den Tadschin, Burgin! Und die Wassermelonen!"

„Ja, sofort, Hadscha", rief Burgin betont laut aus dem Hintergrund.

„Es ist einfach eine Baraka", rief der Inspektor aus. „Tadschin mit was, Hadscha? Komm, sag's mir jetzt gleich, damit ich mich so richtig darauf freuen kann."

„Hammel mit Oliven und Datteln, und ein bisschen Ingwer ist noch dran, skendschbir."

„Oh, Hadscha, liebe, liebe Hadscha", Tränen standen dem Inspektor in den Augen. „So habe ich zwar noch keinen gegessen, aber ich habe schon viel davon gehört." Er sank auf die Knie und küsste ihr die Hände.

„Steh auf und iss, mein Sohn." (Sie liess den Chef keine Sekunde aus den Augen.) „Du hinderst mich nur daran, die Geschichte von Kommandant Filagar zu erzählen. Diese Geschichte ist lang, sogar ziemlich lang. Siehst du die Fakkeln rings um uns herum brennen? Auch wenn sie bis ans Ende heruntergebrannt sind, geht die Geschichte von Filagar immer noch weiter, bis tief in die Nacht ..."

Unser Bauer ging ruhig und sorglos seines Weges. Es war noch gar nicht lange her, seit er die beiden Hühner und die Eier verkauft hatte. In seiner Dschellaba klimperte das Geld, eine ganze Handvoll Münzen. Er ging barfuss – aber auf seinem Kopf trug er einen Turban, wie jedesmal, wenn er sich ins Nachbarland begab, auf den Platz direkt in der Nähe des Bahnhofs, wo er sich auf dem Gehsteig zwischen die Beine der Passanten hocken konnte. Es hatte nicht lange gedauert, kaum ein paar Stunden, bis er die Hühner in einer fröhlich zähen Diskussion über die Ernte, das Land, die Familie und die hohen Preise, vor allem für Hühner, an den Mann gebracht hatte; die Eier waren langsamer weggegangen, er hatte sie alle, oder zumindest die meisten, stückweise verkauft. Aber er hatte aufgepasst und sich in eine frische, luftige Ecke gesetzt – die Hitze hatte sie nicht verdorben. Der Bauer ging mit leicht schlurfenden Schritten auf einem geteerten Landsträsschen fürbass, als auf halber Strecke zwischen der Bahnstation und dem Anfang des Gebirgspfades scheppernd und knirschend ein Jeep hinter ihm zum Stehen kam. In herbstblätterfarbenem Drillichzeug stiegen zwei Soldaten mit umgehängten Gewehren aus.

„He, du da!"

Unser Mann war stehengeblieben, drehte sich aber nicht um. Er wartete.

„Papiere!"

Der Nachmittag ging dem Ende zu, im Osten zogen ein paar dicke, dunkle Wolken auf, aber drüben, über dem Gebirge, dort, wo er geboren war, trübte nichts den klaren Horizont. Es bestand also keinerlei Gefahr. Zwar verstand er nicht recht, was diese Krieger von ihm erwarteten, aber es würde sich bestimmt alles regeln lassen. Er war von den Bergen gekommen, hatte seine Ware verkauft und kehrte nun nach Hause zurück, so sah es aus. Er hatte nichts vor den Soldaten zu verbergen. Er drehte sich also in aller Ruhe um, in seinen Augen standen weder Angst noch Provokation. Zum Beweis seiner lauteren Absichten streckte er ihnen seine Handinnenflächen entgegen.

„D'où tu viens, toi?" fragte der Kleinere, Untersetzte, der wohl dem anderen die Befehle gab, denn er hatte das bösere Gesicht von beiden.

„Eh?" machte der Bauer verständnislos.

„Tu es sourd ou quoi? Bist du taub oder was? D'où tu sors?"

„Eh?" wiederholte der Alte. Er lächelte ihnen verständnisinnig zu und klopfte sich mit dem Zeigefinger aufs Ohr, um noch deutlicher zu machen, dass er kein Wort Französisch verstand.

„Mnin tdschi?" brüllte der andere auf kasernenhofarabisch. „Woher kommst du?"

„Ah!" gab der Mann aus dem Gebirge erleichtert zurück. „Ndschi filagar."*

Genau in dem Augenblick, als er diese eindeutigen und verständlichen Worte aussprach, brach der Schrecken des Krieges mit voller Wucht über ihn herein. Als er geraume Zeit später wieder zu sich kam, lag er, mit seinem eigenen Turban gefesselt, grün und blau geprügelt und blutüberströmt im hinteren Teil des Jeeps, der mit Höchstgeschwindigkeit dahinjagte.

Noch eine geraume Weile später weitere Soldaten in einem Keller, weitere Schläge, mit Gewehrkolben, mit dem Ochsenziemer, mit Fäusten und Stiefeln, blendendes Licht, greller als jemals die Sonne mitten im August, barbarisch ro-

* „Ich komme vom Bahnhof" (= la gare).

he Stimmen, ebenso laut wie unverständlich, unsinnige und unzählige Schmerzen.

„Er ist ein Fellagha! Er hat gestanden, der Dreckskerl."

„Wo habt ihr die Sachen versteckt? Wirst du wohl reden, du?"

„Wo sind die anderen Dreckskerle, die anderen Fellaghas?"

„Ndschi filagar!" beteuerte der Bauer. „Missié ... guttes Froind, ndschi filagar."

Die ganze Nacht lang, all die unendlichen Stunden bis zum Morgengrauen, wiederholte er ununterbrochen die Wahrheit Gottes, aber nicht der Menschen: „Ndschi filagar!" Er kam vom Bahnhof, dort war er hingegangen, dort hatte er die Hühner an einen Bruder verkauft, wie er hiess, wusste er nicht, aber ein Bruder war es auf jeden Fall gewesen ... Die Eier? Mhm. Ach ja! An verschiedene andere Brüder, die wie er Berberisch oder Arabisch sprachen ... Er hatte niemandem etwas zuleide getan, er war müde, und es war so weit bis zu dem Weg, der ihn in seine Berge führen würde, aus denen er niemals hätte weggehen dürfen, wenn er sein Schicksal aus den Zeichen des Himmels zu lesen verstanden hätte, aber der Himmel war klar im Westen ... Und wie, wie nur in aller Welt sollte er jemals den vertrauten Weg wiederfinden?

Und dann ward Friede. Der Frieden trat am frühen Morgen mit einem Vorgesetzten aus den unteren Diensträngen ein, und mit ihm die Stille. Auf wundersame, dem Wirken Gottes gebührende Weise fanden Leid und Unverständnis ein Ende. Denn der Unteroffizier war stehengeblieben und sprach in seiner Sprache mit ihm. Er sprach sie fast ohne Akzent, und überdies verstand er sie. Alles würde wieder in Ordnung kommen, an den Platz zurückkehren, wo es hingehörte, die Eidechsen in ihre Löcher, die Soldaten in ihren Krieg, und er, der Mann aus den Bergen, er würde wieder in seine Berge zurückgehen, wo niemals etwas passierte ausser Ereignissen in der Natur. In seiner Sprache war alles wieder einfach und greifbar, der französische Vorgesetzte, der ihm zuhörte und dabei den Kopf langsam hin- und herbewegte, war sein Zeuge. Ja, Monsieur, er kam vom Bahnhof, „filagar". „Fellagha?" Wer, er? Um Himmels Willen nein, bei Allah und seinem Propheten und beim de Gaulle der Christen, er war doch kein Fellagha, Monsieur! Das war ein Irrtum, einfach ein menschlicher Irrtum, eine „Fehlleistung", wie der Unteroffizier seinen Männern klarmachte, ohne sie dabei richtig anzusehen.

Niemand brachte ein Wort der Entschuldigung vor. Kein einziger hatte den Mut dazu – wenn sich überhaupt irgendeiner auch nur ansatzweise schämte. Aber man liess ihn seine Geldstücke einsammeln, auf allen vieren, bis unter die Folterbank, auf der er so schwer geprüft worden war. Sie waren ja nur aus Nickel oder irgendsoeinem Material, das silbrig glänzte, aus kaltem Metall, so kalt wie das Herz der Menschen, wenn in ihren Köpfen das Böse Fuss fasst, aber er brauchte sie nun einmal, um das Mehl und die anderen Nahrungsmittel, die er unterwegs für seine Leute kaufen wollte, zu bezahlen. Er ging rückwärts hinaus und stützte dabei die Hände in Höhe seiner Nieren ab. Langsam, ausserordentlich langsam verliess er den Keller, als habe er unendlich Zeit, all die Zeit, die er brauchte, um sich mit ausdruckslosen Augen jeden Zug im Gesicht eines jeden dieser menschlichen

Wesen einzuprägen, die ihm gerade eben seine Menschenwürde genommen hatten.

Sieben Tage und sieben Nächte lang schlief er in einer Höhle. Ohne zu essen und ohne zu trinken. Wie ein Bär, der Winterschlaf hält. Fern von den anderen und fern von sich selbst. Die Verbände, die ihm seine Frau aus Blättern, gestampften Wurzeln und einer bestimmten Sorte lehmiger Erde auf die Wunden legte, brachten Tag für Tag Linderung, auf seinen Nägeln, seinen Füssen, seinem Nacken, seinem Bauch, der mit Brandwunden von ausgedrückten Zigaretten übersät war. Innen in seinem Kopf jedoch hatte sich eine sehr tiefe Furche eingegraben. Und in dieser Furche fasste eine äusserst zählebige, giftige Distel Wurzel, ein Gefühl, das um so unbezähmbarer war, als er es bis dahin gar nicht gekannt hatte, das Gefühl der Rache. Die Distel nährte sich von Hass, Grausamkeit und dem Wunsch zu töten. Ein winziges Körnchen hatte genügt – ein ungehöriges Wort –, um einen einfachen Bauern, der als guter Mensch geboren und bis zum Anfang des Alters ein guter Mensch geblieben war, in das Wesen zu verwandeln, das er in den darauffolgenden Wochen und Monaten wurde, nämlich der Kommandant Filagar.

Eine Truppe hatte er nicht, nicht einen Mann. Sogar die Kämpfer von der FLN, der Nationalen Befreiungsfront, glaubten lange Zeit, es treibe ein blutrünstiger Tiger aus den Bergen sein Unwesen in den Tälern. Nachdem sie dann seine Geschichte über das arabische Telefon erfahren hatten, gaben sie ihm den Spitznamen „Kommandant Filagar" und liessen ihn in Ruhe seinen Ein-Mann-Krieg im Verborgenen führen. Er war ein Verbündeter, einer, der keine Gnade kannte, ein Einzelgänger, ein Freischärler, der ausser seinem Esel, der nicht minder armselig und lahm war als er, kein Transportmittel besass, keine Nachschubversorgung, keine Logistik und keine Waffen. Er hatte nur ein einfaches Messer mit einem Griff aus Horn, das er in die Nährmutter Erde steckte, um es zu säubern. Das Töten machte ihm keinen Spass, aber er tötete. Er musste sein Herz abkühlen, um wieder der Sohn der Berge zu werden, der er früher gewesen war.

Seit seiner Kindheit waren ihm jeder Pfad, jeder Einschnitt im Gelände, jeder Busch vertraut. Spuren von Schritten, ein abgebrochener Zweig, ein Geruch in der Luft, die Farbe des Himmels, jeder Stein, das waren die Elemente seines Universums. Seit Urzeiten kannte er sie und sie ihn. Die geringste Veränderung war ein Zeichen, konnte Leben oder Tod bedeuten. An Beharrlichkeit konnte er es mit einem Felsen aufnehmen, an Geduld mit der Ewigkeit. Wenn er so den ganzen Tag unbeweglich an eine alte Mauer gelehnt oder im Schatten seines Esels sass, der genauso mit der Landschaft verwachsen schien wie sein Herr, wer sollte auf diesen altersschwachen Greis achten? Konvois zogen vorbei, Stahl auf Stein defilierten Panzereinheiten, auf seine Apathie und seinen Schlaf schien das keine Wirkung zu haben. Sie stiessen ihn, schüttelten ihn wach: „Los, hau ab!" Mit Steinen warfen sie nach ihm. „Zieh Leine! Hau ab! Verpiss dich! Fissa!"

Ohne Hast, im Gesicht ein rechtes Idiotengrinsen, sammelte er seine nackten, schmutzigen Füsse unter sich zusammen und legte sich ein Stückchen weiter wieder hin. Der Esel folgte ihm, sein Schwanz schlug unruhig gegen seine Flanken. Ja, ja, er war sehr hilfsbereit bei bestimmten Gelegenheiten, er gab den Kriegern gerne Auskunft, er war für alles zu haben, wenn man ihm nur seinen Frieden liess.

„Hast du welche von den 'Fellagha-Fritzen' gesehen?"

„Eh?"

„Araber? Fellaghas?"

„Ach so", gab der Bauer verständnisinnig von sich. Dann streckte er langsam den Arm aus und zeigte auf einen Punkt am Horizont, an eine Stelle, von der er sicher wusste, dass die FLN dort im Hinterhalt lauerte. Bisweilen kam es vor, dass er als ortskundiger Führer in Dienst genommen wurde, er führte dann mit Verräter-Miene eine ganze Brigade ihrem Schicksal zu, das sie in einem verlassenen Winterlager, einer Meschta, ereilte. Die Soldaten kamen bei Einbruch der Dämmerung dort an und verbrachten die Nacht in Erwartung des Feindes. Für alle Eventualitäten hatten sie Vorsorge getroffen, nur nicht für die Flöhe, die sie keine Sekunde in Ruhe liessen. Nur wenige waren im Morgengrauen kampffähig. Den Kommandanten Filagar hatte in der Zwischenzeit die Nacht verschluckt – und wer hätte schon mit Sicherheit einen Esel von einem anderen unterscheiden können, glichen sich nicht alle Esel wie Brüder? Wie sollte man auch in diesem Land einen modernen Krieg führen? Dazu hätte man erst einmal sämtliche Grautiere umlegen und das Gebirge plattwalzen müssen.

Das Messer des Kommandanten blitzte im Dunkeln nicht auf, die Klinge war rostig. Vor dem Lagerplatz schob ein Posten Wache. Als die Ablösung kam, fand sie nur noch seine Leiche, die Gurgel von einem Ohr zum anderen durchgeschnitten. Nicht mehr als eine Leiche, ein Racheakt pro Nacht, nahm sich der Kommandant vor. Das war genug.

Schliesslich hatte das Jahr 365 Tage, vielleicht auch mehr, das kam ganz auf das Jahr an. Bei Tagesanbruch lag irgendwo zwischen den Bergen und dem Hochland ein alter Bauer und schlief mit offenem Mund, in der Nähe stand müssig ein Esel ohne Alter. Hin und wieder bewegte er den Schwanz, um die Fliegen zu verjagen, aber das war auch schon alles. Er konnte einen, wenn man an ihm vorbeiging, mit seinen grossen Augen hinter den langen Wimpern äusserst mitleidig ansehen, als habe man im Reich der Tiere absolut nichts zu melden. Und das, was hier und dort und sonstwo aussah wie verstreut liegende kleine Steinhaufen waren andere Bauern, bar jeder Beschäftigung und Habe, die ebenfalls schliefen, einer in derselben erdfarbenen Dschellaba, im selben Alter, in denselben bleischweren Schlaf versunken wie der andere. Aufrecht, unbeweglich und völlig untätig standen andere Einhufer in der Landschaft, lauter Zeugen der Gleichgültigkeit eines ganzen Volkes. Und, soweit das Auge reichte, unfruchtbares, unwirtliches Land, allem entfremdet, der Sprache, den Sitten, der Zeit – dem 20. Jahrhundert.

Ob Kommandant Filagar Nahrung zu sich nahm? Gewiss. Brombeeren und was er sonst noch an Beeren von Büschen pflückte, Essensreste, die er sich in den Truppenquartieren erbettelte oder im Morgengrauen aus Abfalleimern heraussuchte, Wurzeln, die er langsam mit den wenigen, ihm verbliebenen Zähnen zerkaute. Viel Appetit hatte er nicht, aber das lag am Alter. Ihm genügte so wenig, um weiterzuleben! Ausserdem war Gott gross und liess seine Geschöpfe niemals Not leiden, der „Esel der Nacht" (wie sein Herr ihn nannte, weil das Tier niemals in der Nacht schlief) war der lebende Beweis dafür, er fand immer irgendwo etwas zu kauen, er verspeiste sogar die Flugblätter, die die Hubschrauber in alle Winde ausstreuten und in denen die Fellaghas dazu aufgefordert wurden, „ihre Messer an der Garderobe zu hinterlegen, bevor sie sich an den Verhandlungstisch setzten". Gewiss, Allah sorgte dafür, dass Mensch und Tier bekamen, was sie zum Leben brauchten, ganz gleich, ob es vom Himmel fiel oder aus der Erde spross. Gelobt sei er! Mildtätig war er und barmherzig. Er gab Leben, Er war es, der das Leben Filagars dem Leben auf der Welt hinzugefügt hatte. Der Tod war Menschenwerk, der Mensch zerstörte sich selbst, genau wie er den anderen Vertretern seiner Art und der gesamten Erde den Tod brachte, sogar erntereife Weizen- und Roggenfelder unter Gottes Sonne setzte er mit Napalm in Brand.

Kommandant Filagars Blick reichte in weite Ferne, sein Auge war wachsam wie das eines Falken. Geistesabwesend, langsam und geduldig registrierte er von morgens bis abends in sitzender Haltung und gebrechlich wirkend lebendige Wesen und leblose Dinge in allen Einzelheiten, wie ein Fotograf mit einem dieser altertümlichen Apparate mit Ziehharmonika-Balg und dreibeinigem Stativ. Er hatte Zeit, den ganzen Tag. Auf seinen Negativen war die Landschaft in ihrer Gesamtheit verzeichnet. Allmählich lenkte er dann seine Aufmerksamkeit auf die Bewegungen eines einzelnen Mannes. Der da, der war der Bösartigste, den würde er sich gleich bei Sonnenuntergang als Beute vornehmen. So stand es geschrieben! Mektub! Kommandant Filagar konnte nichts dafür, es war Schicksal. Als der letzte Sonnenstrahl den Himmel in Brand setzte, gab er einen kurzen Befehl: „Rrrra!"

Daraufhin setzte sich der „Esel der Nacht" friedlich in Bewegung, um die militärische Mission zu erfüllen, die nur er kannte und die darin bestand, sich unbemerkt in ein Dorngestrüpp zu schleichen, dort Steine loszutreten, mit allen vier Hufen wie ein Dämon aus der Hölle Lärm zu schlagen, die Aufmerksamkeit, die Angst und die Kugeln auf sich zu ziehen (aber er konnte laufen wie ein Besessener und stand unter der Baraka Allahs) – während ein Schatten durch das Dunkel glitt und sich auf seine Beute stürzte. Unmittelbar danach grub sich Kommandant Filagar in ein Loch ein, das er zuvor ausgemacht hatte.

Jedesmal wenn einer tot war, spürte er, wie sein Herz ein wenig mehr abkühlte, wie ein Dampfkessel, unter dem nicht mehr nachgelegt wird. Und zwar, weil er weinte. Im Lauf der Wochen und Monate und Morde weinte er immer heftiger und öfter. Es war von weitem zu hören, und die Leute kamen herbei, ihn zu trösten. Vielleicht hatte er seine Kinder im Krieg verloren und war nun eine betagte Waise? Sag es mir, Gevatter, haben sie in ihrem Wahn deine Hütte niedergebrannt, deine spärliche Ernte in Flammen gesetzt, die Ziege und den Bock geschlachtet? Der Totengesang wurde angestimmt, um dem armen Mann Erleichterung zu bringen, um ihn auf islamische Weise daran zu erinnern, wie klein und unbedeutend der Mensch auf dieser Erde ist: *„Erbärmlich ist unsere beklagenswerte Lage, und vergänglich ist unser Körper. Nur das erhabene Antlitz Gottes ist von Bestand!"* Filagar sprach kein Wort, er hörte nichts und niemanden. Er schluchzte, Krämpfe schüttelten seine Schultern bis zur völligen Erschöpfung ...

„Ja", sagte Hadscha und wandte sich mit einem treuherzigen Lächeln an den Polizeichef. „Er weinte wie ein kleines Kind oder wie eine Frau, und das in seinem Alter. Hast du deinen Vater schon einmal weinen sehen?"

„Wer, ich?" gab der Chef, völlig aus der Fassung, zurück. (Er wischte sich schnell mit dem Jutesack, der ihm als Serviette diente, über den Mund.) „Nein, ich glaube nicht ... Ich kann mich zumindest nicht daran erinnern."

„So, so", erwiderte Hadscha.

Der Griff des Messers, mit dem sie die Wassermelone in Schnitze zerteilte, war aus Horn. In ihrem alten Kopf, in dem sich jahraus jahrein der Ablauf der Jahreszeiten eingeprägt hatte, stieg die Erinnerung an Feigen hoch. Sie wurden gepflückt, wenn sie richtig reif waren, in der Sonne getrocknet und dann, sobald sie trocken genug waren, auf einen Hanf- oder Dum-Faden aufgezogen, eine nach der anderen, und danach hatte man eine ganze Feigenkette in der Hand, oder gar mehrere, damals, als der ziemlich dichte Feigenbaum dort drüben, gegenüber der Höhle, noch am Leben war. Jetzt war der arme Kerl tot, seine Asche – oder was eben von ihm übriggeblieben war – hatte der Schirokko verweht. Aber Hadscha erinnerte sich noch sehr genau an die getrockneten Feigen, und dabei reihten sich viele Kleinigkeiten, die sie den ganzen langen Abend über aufgelesen hatte, in ihrem Kopf aneinander, die einen schon reif, andere noch weich und unbestimmt, bedeutungslose Einzelheiten, die sie dem Chef ganz nebenbei und wie selbstverständlich aus der Nase gezogen hatte, während sie ihn, ohne irgendwie in ihn zu dringen, in ein Kreuzverhör genommen hatte, dessen er sich nicht eine Sekunde bewusst gewesen war. Sie wusste jetzt, wer er war, sie kannte seinen Familiennamen, wusste, was sein Vater arbeitete, kannte die verschlungenen Zusammenhänge in seiner Familie, die Holzmaserung auf seiner Schreibtischplatte, das Dorf, in dem er geboren war, wusste, wie und warum er in der grossen Stadt arbeitete, wie er sich ernährte; woran er sich erinnerte und woran er dachte, war nur sehr mühsam aus ihm herauszubringen gewesen ... Ein ganzes Leben hatte sie mit Hilfe kurzer, unverfänglicher Fragen rekonstruiert, die sie immer wieder in einen Nebensatz eingeflochten hatte, während sie die Legende von Kommandant Filagar vortrug und alle Aufmerksamkeit darauf lenkte.

Sie bot dem Polizeichef einen Melonenschnitz an: „Hier! Nimm, mein Sohn!"

„Warum hat dieser Mann geweint, warum nur?" fragte er.

„Ich weiss es nicht", antwortete sie.

„Vielleicht war er traurig?" warf der Inspektor ein, „vielleicht hatte er Kummer und ein schlechtes Gewissen?"

Der da war genauso ein offenes Buch für sie. Er fing an zu sprechen, bevor er noch die Worte richtig aneinandergereiht hatte. Zu viele überreife, matschige Feigen.

„Ich weiss es nicht", wiederholte sie, „keiner hat es je erfahren."

„Also wenn ihr mich fragt", gab der Chef gewichtig kund, „ich glaube, ich weiss warum. Ich bin mir sogar ziemlich sicher. Es springt einem ja förmlich ins Auge und liegt doch eigentlich auf der Hand. Man muss nur hier oben, wo die kleinen grauen Zellen sitzen, ein bisschen Grips haben, dann kann man verstehen, was in den Köpfen der Menschen vor sich geht."

Er sprach nicht weiter, sondern liess lediglich seinen Blick in die Runde schweifen, in der Hoffnung, irgend jemand würde ebenfalls dieser Meinung sein oder zumindest auf seinem intellektuellen Niveau stehen. Zwei Zuhörer konnte er ausmachen, die ihm aufmerksam lauschten, einen Erwachsenen, der offenbar dem Wind nachträumte, und ein Kind, in dessen Augen alle Traurigkeit dieser Welt zu liegen schien. Inspektor Ali bearbeitete unverdrossen seinen Melonenschnitz mit den Zähnen, es hörte sich an wie der Abfluss eines Spülbeckens. Um sie herum sassen die Aït Yafelman wie eine einzige grosse Familie und lauschten. Kein Hüsteln, keine Bemerkung. Die Gastfreundschaft war eine heilige Sache.

„Es ist glasklar", schmetterte der Chef in die Menge. „Dieser Mann war stolz! Er, ein einfacher Bauer, ein primitiver Mann, will sagen ohne die geringste, ohne überhaupt irgendeine Bildung, ist auf einmal und aus eigener Kraft zum Kommandanten aufgestiegen. Einzig durch die Kraft seines Willens hat er sich an die Spitze oder zumindest in die obersten Ränge der Militär-Hierarchie, das heisst einer staatlichen Körperschaft, katapultiert."

„Ach ja?" sagte Hadscha. „Iss deine Melone. Melone schmeckt wunderbar und reinigt innerlich, Melone ist frisch und beruhigt."

Er wedelte mit seinem Melonenschnitz in der Luft wie ein Mathematiklehrer mit dem grossen Lineal. Fortgerissen von seiner Begeisterung, führte er weiter aus: „Er hat die Ketten der Armut, des Elends und der Sklaverei gesprengt. Ich bin stolz auf ihn, ja, Stolz ist das Gefühl, das hier in mir aufkommt. Er hat den Mut aufgebracht, sich gegen die Kolonialisten zu erheben, und er hat sie bezwungen ... jawohl, bezwungen! Trotz ihrer Waffen und trotz ihres Zerstörungsapparates. Er weinte, weil er stolz war, weil er seine Würde zurückgewonnen hatte, weil die nationale Souveränität wiederhergestellt war. Wie oft habe ich es meinen Leuten schon gesagt, immer und immer wieder: Wenn jeder Bürger in diesem unserem schönen Lande an den Staat denkt, werden wir alle glücklich und zufrieden sein. Das ist so klar wie Klossbrühe."

Der Chef machte eine Pause in der Hoffnung, irgend jemand würde zumindest ansatzweise Interesse bekunden, irgendeiner, der wenigstens mit einem Anflug von Intelligenz gesegnet war. Aber niemand schenkte ihm die geringste Beachtung, niemand rief ihm zu, er möge in seinen Ausführungen fortfahren und noch mehr seiner edlen Worte über die mit dem Messer kahlgeschorenen Häupter ergiessen. Sein Publikum wich seinen Blicken aus, mit Ausnahme des Kindes, das noch trauriger dreinschaute, und des Erwachsenen, der ihn wie ein Trottel anstierte. Der Inspektor – der ja immerhin sein direkter Untergebener war, es war wirklich kaum zu fassen – vertilgte in aller Ruhe die Essensreste auf dem Teller, als habe er zum ersten Mal in seinem Leben etwas Richtiges zu essen bekommen. Aber warte nur, Bürschchen! Gleich nachher ... oder besser morgen ... oder am besten, wenn die offizielle Mission vorbei war! „Zeit und Geduld haben mehr Erfolg als Gewalt und Zorn", wie der grosse französische Meister der Schrift schon gesagt hatte ... richtig, La Fontaine hiess er ... der war es gewesen, in der Grundschule hatten sie seine Fabeln gelernt, er hatte nichts vergessen ...

„Ganz bestimmt", fuhr er eigensinnig fort, „ist dieser Filagar jetzt in der Hauptstadt. Er hat natürlich eine Dienstwohnung, einen Stab Untergebener und ein Auto mit kleinen Standarten dran. Und das ist auch richtig so! Es darf ihm an nichts fehlen, denn er erntet die Früchte, die ihm für das, was er geleistet hat, rechtmässig zustehen. Er gehört jetzt zu den Obersten der Oberen, er ist ein wertvolles Element. Ich bin sicher, dass ich ihn irgendwo einmal kennengelernt habe."

„Ich nicht", bemerkte der Inspektor.

„Natürlich nicht, das kann ich mir denken", stimmte der Chef zu, „du kennst niemand von den Oberen, das ist doch logisch."

„Ich meine, in der Kartei steht nichts. Und ich habe sie durchgelesen, von der ersten bis zur letzten Eintragung."

„Was redest du denn da? Hör auf, in der Nase zu bohren!"

„Da steht nichts über diesen Sowieso namens Kommandant Filagar. Über den ist nichts eingetragen, absolut nichts. Tut mir leid. Die Papierberge dort sind meterhoch, das weisst du. Ich habe sie durchgeackert. Nichts. Kein Kommandant Filagar, weder auf der Rück- noch auf der Vorderseite. Nicht einmal sein Schatten. Auch nichts über einen gewissen Sergeant Filagar, genausowenig über einen einfachen Soldaten, der einfach so Filagar geheissen hätte. Sag, Hadscha, was du uns da erzählt hast, ist eine Legende, nicht wahr? Einfach eine nette Legende, um sich die Zeit zu vertreiben und das wunderbare Essen zu würzen, an das ich mich mein Lebtag erinnern werde? So ist es doch, Hadscha, oder?"

Ihr Blick verweilte nacheinander auf den beiden Männern aus dem Flachland dort unten, dann klatschte sie in die Hände. „Burgin!"

„Ja, bitte, Hadscha?"

„Hol den Eimer und tu die Schalen hinein, auch die von den Melonen. Der arme Esel ist auch ein Geschöpf Gottes, es ist nur selbstverständlich, dass er etwas von unserem Festessen haben soll. Halt, nein", beeilte sie sich, „die Knochen nicht, lass sie! Die brauchen wir für die Suppe morgen, inschallah! Und bring Kommandant Filagar etwas zu essen, damit er nicht mit leerem Magen schlafen gehen muss."

Der Chef sah plötzlich furchtbar müde aus, die dunklen Ringe unter seinen Augen wurden noch tiefer, seine Mundwinkel sackten herunter. Seine Stimme zitterte: „Der Ko ... Kommandant? Ist der hier? Hier?"

„In der Kartei war eben nichts", schrie der Inspektor, sein Gewissen war wieder rein. „Nicht das geringste Fetzchen Papier. Wer hat recht gehabt, hä? Du oder ich, hä?"

„Er heisst Raho", erläuterte Burgin. „Für uns hier hat er zumindest schon immer so geheissen. Soll ich ihm einen Teller Kuskus richten, Hadscha, und was dazu?"

„Datteln", erwiderte sie ohne zu zögern, „und Schokolade. Er mag gern feine Sachen. Bring ihm eine ganze Tafel, wer weiss, ob morgen noch etwas übrig ist."

„Soll ich ihm sein Messer zurückbringen?"

„Ja, klar, er wird es auf jeden Fall brauchen."

„Aber ... aber ...", stammelte der Polizeichef, „also dann ... also dann, dann ist ja alles ganz anders! Dann ist wirklich alles ganz anders, Ehrenwort!"

Raho hockte auf den Fersen, liess die Achseln auf den Knien ruhen und betrachtete die Sterne. Sie waren sehr weit weg, aber ihr Licht war warm, er wusste es. Sie nahmen die Dunkelheit von der Nacht und von den Herzen der Menschen. Seit Anbeginn der Welt waren sie da, vertraut und beruhigend, denn die Menschen lebten nicht im Dunkel ihrer Einsamkeit, oh nein! Durch Religionen und Kulturen hindurch, gerade so, als hätten alle menschlichen Unternehmungen Löcher, durch die sie gegen ihren Willen die Essenz des Lebens hindurchschlüpfen liessen, war die antike Überlieferung von der Herrschaft der Elemente Erde, Wasser, Luft und Feuer von Generation zu Generation auf ihn gekommen. Auch der Mensch war antik und blieb antik, hier oben in den Bergen und dort unten in der Ebene genau wie anderswo in anderen Ländern des Teufels oder Gottes – antik und irdisch in seinem Fleisch, in seinen Leidenschaften und in seinen Bedürfnissen, sogar in seinen Gedanken. Er wusste es. Er war Zeuge.

Die Sterne standen dort am Himmel, seit er in dieser Welt seine Augen geöffnet hatte, es waren mit Sicherheit dieselben Sterne, sie standen ausserhalb der Zeit, und jeder von ihnen folgte seiner Bestimmung zu einem festgelegten Ziel. Sie hatten seine Ahnen von einer Flucht zur anderen geführt, als sie von den fruchtbaren Ebenen in das trockene Hochland und dann, als letzte Zuflucht, auf engsten Raum ins Gebirge abgedrängt worden waren. Und nun war ihm, Raho, und dem, was vom alten Volk übriggeblieben war, weder Land zu bebauen noch ein Ziel zu erreichen geblieben, und auch keine Bestimmung mehr, weder auf der Erde noch im Himmel.

Die Eroberer und Zivilisatoren aller Rassen und Worte hatten sie in ihren ursprünglichen Zustand zurückversetzt, sie wieder zu dem werden lassen, was sie in der Morgendämmerung der Schöpfung gewesen waren, zu Wesen, die, von allem entblösst, den Elementen gegenüberstanden. Und vielleicht gab es irgendwo auf dem Erdball ganz in der Nähe oder ganz weit weg andere Überreste von Völkern ähnlich den Aït Yafelman, die die Zeit auf ewig versteinert hatte. Man konnte sein Los sehr wohl annehmen, so wie der Kaktus den steinigen Untergrund annahm, auf dem er wuchs; man konnte durchaus die Armut als das fünfte Element des Lebens ansehen. Aber warum gab es dann die Hoffnung?

Raho wusste sehr wohl, dass das Wasser die Lippen des Mannes, der sich damit begnügte, die Hände danach auszustrecken, nicht erreichen konnte. Ja, aber wenn man die Hoffnung in vollen Zügen durch den weit geöffneten Mund in sich hineinschüttete und dann dort, am Ende der Hoffnung, die uralte Not unversehrt wiederfand, wie sie nur auf einen gewartet hatte, dann schien sie einem noch furchtbarer, und man konnte sich nicht mehr wie zuvor damit abfinden. Raho sah zu den Sternen hin und weinte. Er erinnerte sich, dass er früher schon so bitterlich geweint hatte, dort unten im Land der Algerier, in seiner Zeit als Kommandant Filagar. Es hatte ihn bekümmert, dass er, um sein eigenes Leben wiederzufinden, Franzosen den Tod gebracht hatte, die zwar Krieg geführt hatten, aber auch seinesgleichen gewesen waren. Mit jedem toten Mann war ein wenig von seinem eigenen Leben wiedergeboren worden. Und er hatte geweint, weil ihn gleichzeitig die Schönheit der Welt umgab, die

Schönheit der Berge, die Schönheit der Sonne, der Bäume, des Mondes, der Sterne, der Wolken, die Herrlichkeit des Lebens, die das Herz vor Freude höher schlagen liess.

Und jetzt sass Raho auf dem Berg mit seiner Traurigkeit, richtete seinen Blick in den Abgrund der Milchstrasse und schluchzte, aufgewühlt bis in Tiefen, die vom Abendstern bis zum infinitesimalen Flimmern des Himmelsgewölbes reichten. Die beiden Männer aus der Stadt, die zum Angriff auf seinen Frieden heraufgekommen waren, bedeuteten für das Dorf eine todbringende Gefahr – oder, was noch schlimmer war, eine hoffnungbringende. Würde er noch einmal gezwungen sein zu töten?

Mit wortentleertem Gehirn und Bäuchen so prall wie Kapoksäcke schliefen sie, die Hundesöhne, die aus der Ebene gekommen waren und unter den Menschen nichts ausser Bellen zustandebrachten. Diesen Sachverhalt konkret und dröhnend zum Ausdruck zu bringen hatte sich Burgin gerade vorgenommen, aber Hadscha schnitt ihm im selben Augenblick das Wort ab und übermittelte ihm mit leiser, kaum vernehmbarer Stimme Rahos genaue Anweisungen. Einen Augenblick starrte Burgin sie unbeweglich mit offenem Mund an. Dann lächelte er. Ohne den geringsten Laut von sich zu geben, fing er an, lang und anhaltend zu lachen. Es war wie ein Signal, das von Mund zu Ohr, von Burgin zum „Wörterbuch" und von einem Aït Yafelman zum nächsten Mitglied der Familie ging, von nah und fern wurde die Losung an die vier Himmelsrichtungen ausgegeben, geschwinder als über jeden Nachrichtensatelliten. Kupferglanzumstrahlt erhob sich der Silbermond in den Himmel. Er wurde

Zeuge von freudigem und fast lautlosem Getuschel nicht nur in diesem Dorf, sondern auch in den anderen der Umgebung bis dorthin ins Hochland hinaus, wo das Ende des 20. Jahrhunderts und der Abglanz einer Zivilisation begannen, die vor langer Zeit von anderswoher gekommen war und die alten Feudalzustände modernisiert hatte.

Morgen, so Gott wollte, spätestens übermorgen würden die Aït Yafelman eine Diffa geben, ein richtig urtümliches Fest mit Trommeln und Flöten. Raho hatte die Gestirne befragt. Aus gesicherten Erkenntnissen gemäss dem antiken Gesetz wusste er um die Vorsehung.

5

Zwischen dem, was noch die Nacht darstellte, und dem, was sich in Bälde als Morgendämmerung erweisen würde, erwachte im Stehen der Esel auf dem Berg. Unter ihm stieg von der Erde ein kühler Hauch zwischen seinen vier Hufen auf, nur kurz, gerade solange wie der Abglanz des Morgentaus. So viel stand fest: Die Tage wurden jetzt lang, sengender denn je, disteltrocken, ohne das geringste Windchen oder Wölkchen dort oben. Er konnte nichts daran ändern. Es war so. Früher hatte es Regen vom Himmel und grünes Gras gegeben.

Bewegungslos lockerte er die Muskeln, atmete langsam ein und aus und liess dabei den frischen Atem der Erde in sich eindringen, speicherte ihn in seinem Körper für den ganzen kommenden Tag. Gedankenlos, wunschlos. Einer nach dem anderen verblassten die Sterne, und während sie immer höher im Himmel verschwanden, setzte die aufsteigende Sonne zum Angriff auf die Berge an, liess die Gipfel erglühen und überflutete fast gleichzeitig den roten Esel Welle um Welle vom Schwanz bis zu den Ohren mit ihrer Flammenflut, derselben, die sie bei Sonnenaufgang vom Horizont bis zum Strand über das Meer legt. Der Esel beugte die Knie, liess sich sanft auf den Bauch gleiten, wälzte sich auf den Rücken, streckte alle viere in je eine Himmelsrichtung von sich und rieb sich ausgiebig die Haut, scheuerte sie von einer Flanke zur anderen auf dem steinigen Boden. Sein schwerer Kopf folgte dem Rhythmus in einer langsamen Pendelbewegung. Genau in dem Augenblick, in dem er mit einem kräftigen Iah den Gott des Lichts begrüssen wollte, erblickte er seinen Herrn, der sich im Angesicht der Sonne verbeugte.

Er wusste seit langem, dass er unter keinen Umständen auch nur das geringste Geräusch machen durfte, wenn Raho diese Stellung innehatte, nicht einmal seinen Tierschatten durfte er zwischen den Mann und die Stelle dort oben auf dem Berg fallen lassen, an der jeden Morgen der Feuerball neu geboren wurde. Deshalb stellte er sich so vorsichtig wie irgend möglich auf seine vier Beine und verharrte wie zu Stein erstarrt, den Blick auf seinen Herrn gerichtet. Die Sonne wurde rot, verblasste dann und legte sich um Himmel, Erde und Zeit.

An diesem Morgen geschah folgendes: Raho stand langsam auf, nahm seinen langen Stock vom Boden, ging auf den Esel zu und lächelte ihn an: „Adschi!"

Er tätschelte ihm den Hals und sagte noch einmal: „Adschi! Jallah! Komm, mit Gottes Huld!"

Er lächelte wie früher, die Hand, die Mal um Mal über das Fell strich, gehörte jetzt wieder einem Kameraden. Der Esel legte ein Ohr an, reckte das andere wie ein Minarett in den Himmel und bewegte sich nicht. Er sah seinen Herrn nur an.

„Aber ja!" Rahos Stimme klang beruhigend. „Wir fangen wieder an, du und ich. Los, komm! Jallah!"

Der Esel hob seinen linken Vorderhuf, dann den rechten Hinterhuf und setzte sich in Bewegung. Sein Schwanz zuckte in einer Art unsäglicher Freude. Jetzt war er fast schon alt, so lange lag die Zeit zurück, da er wie ein Dämon im Land der Algerier herumgetollt war. Aber er kannte den Weg noch, in seinem tierischen Gedächtnis hatte er ihn bewahrt.

Das Verhör verlief in zwei Phasen und ergab zwei Fassungen, die sich, bedingt durch die hierarchische Abstufung, geringfügig voneinander unterschieden, und zwar die Chef-Fassung, weil der Chef eben der Chef war und seinen Vorgesetzten gegenüber die Verantwortung für die offizielle Mission trug, die diese ihm gnädigerweise anvertraut hatten; und die Inspektoral-Fassung, die ein wenig subtiler ausfiel und die der Chef am Ende des höllischen, mit überflüssigen Worten vollgestopften Tages mit der Beurteilung vier minus in sein Notizbuch eintrug. Zwischen der ersten Frage und der letzten Antwort häuften sich die Ermittlungsgegenstände zu einem riesigen Wust namen- und formloser Palaver und Wortfetzen. Die Zeit wurde geboren, lebte und starb – und der Chef durchlief in seiner Funktion als Offizier der Staatspolizei schrittweise oder ex abrupto alle Arten von Seelenzuständen, vom angeborenen Respekt, den er sich selbst entgegenbrachte (und den ihm die anderen aus diesem einfachen Grunde schlichtweg schuldeten) bis zu vollständigem Aufgeben und regungsloser Enttäuschung mit vor dem Schicksal gekreuzten Armen, ohne hier auf die verschiedenen Zwischenstadien des Zorns oder der Fäkalsprache eingehen zu wollen. Inspektor Ali jedoch nahm fein säuberlich alles zu Protokoll, das Frage-und-Antwort-Spiel, die Fragen ohne Antwort, das Schweigen und das alberne Gekicher der analphabetischen Bauern, Wort für Wort. Irgendwann schrieb er sogar die Uhrzeit auf – „haargenau 11 Uhr

18" –, zu der der Chef, zweifelsohne weil er von einem besonders starrsinnigen Verdächtigen geärgert worden war, seinem Untergebenen um ein Haar eine Kugel in den Kopf gejagt hätte.

Für das ein wenig ausgefallene Verhör, für das sich Inspektor Ali ziemlich heftig verrenkte und krummlegte („arabische, muslimische, eingeborenengerechte Ermittlungen und so", behauptete er; „was sein muss, muss sein, lass mich nur machen, Chef!" wiederholte er mehrfach mit Verschwörermiene), verbrauchte er sage und schreibe drei Norm-Notizbücher. Der Polizeichef war gezwungen gewesen, die Stelle des Schreibers einzunehmen, und er trug ein, was er für richtig hielt, sowohl die Fragen des Inspektors, die in alle erdenklichen Richtungen schossen, als auch die reichlich fliessenden, langatmigen, strohgefüllten Antworten, die er auf Anhieb erhielt.

Vorschriftsmässig um 7 Uhr 30 auf der Quarzuhr des Chefs hatte der Tag mit einem schwungvollen Erwachen begonnen, das durch kurze elektronische Schwingungsschübe in der Höhle verursacht worden war: bip-bip-bip ...

„Was ist denn das?" Der Chef war mit einem Schlag wach.

Dann stellte er fest, wo er sich befand und wer er war. Was um Gottes Willen habe ich denn hier zu suchen? sagte er nicht, aber er dachte es ausdrücklich. Er warf seine Armbanduhr mitnichten gegen die Höhlenwand, nein. Schliesslich wusste er sich erforderlichenfalls zu beherrschen. Und ausserdem handelte es sich hier um ein hochentwickeltes Zubehörteil, um ein regelrechtes Symbol seines Entwicklungsstandes. Mit zivilisiertem Zeigefinger drückte er auf den *Alarm-off*-Knopf, und die Elektronen schwiegen wie durch Zauberhand. In Wirklichkeit war es ja so einfach.

Inspektor Ali stand der Mund über seinen grossen Zähnen offen, während er friedlich auf seiner Unterlage aus Tierhäuten weiterschnarchte. War vielleicht der Schädel dieses Sohnes eines Naturbolzens einfach zu dick? Der Chef pfiff mit gespitzten Lippen. Er pfiff lauter, diesmal mit Autorität. Dann sagte er vernehmlich: „Wach auf!"

Mit der Faust versetzte er dem Inspektor einen heftigen Schlag in die Rippen und brüllte: „Wach auf! Jeden Morgen ... jeden Morgen ist es dasselbe. Ich muss hier die ganze Dreckarbeit alleine machen!"

Inspektor Ali öffnete die Augen, eins nach dem anderen, sah seinen Chef an, als sähe er ihn zum ersten Mal, stand auf und ging schnurstracks hinaus, dabei steckte seine rechte Hand zwischen den Schenkeln, und seine Haltung liess auf Ischias schliessen. Im nächsten Augenblick war aus nächster Nähe von draussen wie in einem Hörspiel deutlich nachfolgend beschriebene Geräuschabfolge zu vernehmen: zuerst ein unter Druck austretender Flüssigkeitsstrahl, dann ein paar kurze Unterbrechungen des Flusses, denen jeweils sofort ein neuer Stoss folgte. Als der Inspektor zurückkam, wischte er in aller Ruhe den letzten Tropfen mit seiner Dschellaba ab.

„Ja, Chef? Was ist los?" meldete er sich zurück.

„Du Sau!" brüllte der Chef.

„Ja, Chef. Wie machst du es denn? Hast du keine Bedürfnisse?"

Der Chef erhob sich mühsam. „Wart hier auf mich. In dreissig Sekunden bin ich wieder da."

Er ging hinaus und kam eine Viertelstunde später mit verstopftem Gesichtsausdruck wieder zurück.

„Hast du irgend etwas gehört?" erkundigte er sich.

„Nein, Chef. Nichts. Ehrlich."

„Ich bin eben kein Schwein. Wenn ich Bedürfnisse habe, wie du so schön sagst, drücke ich sie still aus. Natürlich."

„Aber bei mir war es dringend, Chef. Bei Allah und dem Propheten!"

„Ah!" rief der Chef aus. „Lass Allah in Ruhe! Keine Gotteslästerung bitte!"

„Aber, Chef, es kam ..."

„Es reicht", schnitt ihm der Chef das Wort ab. „Ich habe verstanden. Lass gut sein. Und hör auf, dich am Sack zu kratzen."

„Ja, Chef. Zu Befehl. Was soll ich jetzt machen? Wie sieht das Programm aus?"

„Fang an, dich anzuziehen, und hol mir meine Uniform. In dieser rückständigen Bekleidung bin ich minderwertig. Meine Vorgesetzten würden mich gar nicht wiedererkennen, Ehrenwort. Hol mir meine Uniform, anstatt hier herumzustehen und zu gähnen."

„Wo denn?"

„Wo du willst, du Dummkopf. Da, wo sie zur Zeit ist. Bist du Polizeiinspektor oder bist du es nicht? Ist es möglich, dass dein Gehirn von dem ganzen Essen, mit dem du dir gestern den Bauch vollgestopft hast, rein zufällig ein bisschen weich geworden ist?"

„Ah!" rief der Inspektor aus, und sofort strahlte er über das ganze Gesicht. „Dieser Tadschin war eines Paschas würdig! Er hat so lange gedauert, wie er gedauert hat, aber alles hat auf dieser Welt einmal ein Ende. Ah! Ich werde mich an diesen Tadschin erinnern, wenn wieder einmal harte Zeiten im Untergrund kommen. Mit der Kichererbsensuppe, die mir meine Alte macht, hatte der keinerlei Ähnlichkeit, weder aus der Nähe noch aus der Ferne. Glaub mir, Chef. Ich sage die Wahrheit. Er war einfach gut! Sobald ich wieder zu Hause bin, lasse ich mich scheiden."

„Hol mir jetzt die Uniform", dröhnte der Chef mit puterrotem Gesicht um 7 Uhr 58 morgens, „oder ich bringe dich stehenden Fusses um!"

„Ich gehe umgehend, Chef. Reg dich nicht auf." Der Inspektor fügte sich. Er ging hinaus und brummelte etwas von Frühstück vor sich hin.

Dann spielte sich die zweite Episode ab, die Episode mit besagter Uniform. Oh! Sie lag nun schön sauber und schön trocken auf einen Busch gebreitet in der Sonne. Aber es war kein einziger von den hübschen, gelben Kupferknöpfen mehr daran. Hadscha hatte sie abgetrennt und zu einem Paar glänzender Armbänder für sich umgearbeitet. Wutschnaubend stand der Chef im Eingang der Höhle und hielt mit beiden Händen seine Hose. Er fand schlichtweg weder auf arabisch noch auf französisch die Worte, mit denen er seiner Empörung hätte Ausdruck verleihen können. Auch seine Stimme versagte ihm den Dienst. Ohne die Fassung zu verlieren, schlüpfte der Inspektor in die Rolle des diplomatischen Vermittlers, ging vom einen zum anderen, von dem Mann ohne Knöpfe zu der alten Frau, die in gebeugter Haltung auf dem Boden nach Reisig und Holzstückchen für ein Feuer suchte.

„Der Chef hat gesagt, Hadscha, dass ein Dschinn in der Nacht die Knöpfe von seinem Anzug hat springen lassen, um daraus Armbänder für deine Handgelenke zu machen."

„Das war kein Dschinn, das war ich. Sie sind hübsch, findest du nicht? Wie lauter Schlangenaugen."

„Ja, sicher, Hadscha. Sie sind hübsch, aber ..."

„Schau mal, siehst du das Seil, das da drüben herumliegt? Na gut, das kann er von mir aus gerne nehmen. Damit kann er seine Hose zusammenbinden."

„Damit ist er bestimmt nicht einverstanden."

„Doch, doch! Er braucht nur einen Knoten zu machen. Und die Jacke muss er sowieso nicht zuknöpfen. Es wird nämlich sehr heiss werden, mein Sohn. Dafür ist es genau richtig."

Zwanzig oder dreissig Meter weiter stand der Chef und wartete auf das Ergebnis der Verhandlungen. Mit jedem Schritt in diese Richtung einigten sich der Inspektor und sein Kopf und verwandelten die negativen Vorgaben in lächelnde Elemente. Die Sonne stand schon hoch am Himmel, es galt, jegliche Brandgefahr zu vermeiden.

„Es sieht so aus, Chef: Die Frau da aus dem Mittelalter hat nicht dieselbe Psychologie wie du, das ist so sicher wie null plus null null ergibt. Sie hat also deine offizielle Uniform sauber gereinigt und dann ... Lach nicht, Chef. Bleib ganz ruhig. Nun also, dann kam ihr so ein winzig kleiner Gedanke. Sie konnte die Knöpfe nicht waschen. Also hat sie sie blankgeputzt, glänzend gerieben und sogar parfümiert. Jetzt trocknen sie an ihren Handgelenken. Sie sind in sicherem Gewahrsam, glaub mir. Sonst hätte sie irgendsoein dahergelaufener Bauer womöglich mitgehen lassen – oder ein Raubvogel hätte sich vom Himmel darauf gestürzt. Wer weiss!"

Zwei oder drei Minuten später fragte er: „War doch eine gute Idee von ihr, was Chef?"

„Das ist mir scheissegal! Du wirst entlassen, eingelocht, kaltgemacht. Jetzt wird nicht mehr geredet, kein Wort sprichst du mehr mit dieser Frau, geh zu ihr hin und bring mir meine Knöpfe, Punktum Schluss!"

„Ah gut! Sehr wohl, Chef. Was ich dazu noch sagen wollte, ich ..." Der Inspektor verstummte und machte kehrt.

Auf den zwanzig oder dreissig Metern in die andere Richtung hatte die abschliessende Annahmeverweigerung, mit der sich der Chef einer kleinen Laune einer betagten Frau widersetzte, Zeit, sich in eine Art erinnerungs- und emotionsgeladene Rechenaufgabe mit zwei Unbekannten zu verwandeln. Etwa so:

„Wie du in deinem Kopf mit seinen Erfahrungen verstanden hast, ist dieser Mann nur eine arme Waise, auch wenn er aus der Stadt kommt. Als sein Vater starb, hat er ihm als einziges Erbe völlig wertlose Kupferstücke hinterlassen, die du nun in Form dieser Knöpfe hier sehen kannst."

„Ach!?"

„Ja. Traurige Sache, findest du nicht auch? Aber so ist das Leben. Von einem Metallstecher hat er solche gelben Schrottstückchen daraus fertigen lassen, zur Erinnerung an seinen Vater selig, möge Gott seine Seele dort, wo sie ist, ruhen lassen! Und aus Anhänglichkeit an den verblichenen Erzeuger seiner Tage hat er sie an seinen Anzug gehängt. So bleiben der Vater und der Sohn über den Tod hinaus in derselben Familie."

„Ach? Wirklich?"

„Ja. Gut, und weisst du, was wir jetzt machen, Hadscha? Mach deine Ohren und dein gutes Herz weit auf! Du gibst ihm jetzt die Totenkultobjekte zurück, und ich gebe dir dafür ein Paar schöne Armreifen. Schau mal hier!"

„Hmmm!" machte Hadscha. „Hmmm! Sieht aus wie eine Fuchsfalle. Ich werde sie Raho geben."

„Wie du willst", der Inspektor war ganz auf Toleranz eingestimmt, „von mir aus, wenn du das möchtest. Wenn er jemals einen von diesen alten Füchsen erwischt, heb für mich eine Keule auf. Ich habe mir sagen lassen, Fuchs schmeckt ausserordentlich lecker, wenn er im eigenen, tierischen Saft mit Eicheln gestopft geschmort wird." Er wies sie vorsorglich auf eine bestimmte satanische Triebfeder der Polizei hin, die gerne Stahl um Menschenfleisch einschnappen liess. Vor allem durfte man die Armreifen nicht um beide Handgelenke gleichzeitig legen, sonst war es – krack! – aus, keine Chance mehr, sich zu befreien, schon gar nicht, wenn beide Hände eingesperrt waren. „Verstehst du, Mütterchen? Da, Hadscha", schloss er, „da sind die Schlüssel, für alle Fälle."

Und dann machte er sich daran, die Knöpfe seines Chefs wieder anzunähen, zuerst den an der Hose. Der Chef hielt nicht einen Augenblick still, unablässig drehte und wand er sich wie ein Politiker, der auf früher gemachte Aussagen angesprochen wird, und wirbelte die Arme wie Windmühlenflügel durch die Luft. Und was er dabei sagte! Aber der Inspektor führte mit geschlossenen Ohren geschickt Nadel und Faden. Ihm war danach völlig schleierhaft, wie er es angestellt hatte, nicht in ein Stück Fett zu stechen, denn der Wanst seines Vorgesetzten war wahrlich fett. Vielleicht die Baraka Allahs? Die Sonne hatte schon das erste Viertel des Himmels erreicht, ihre Strahlen flimmerten. Deshalb zog der Chef, sobald das Annähen aller Knöpfe unter seiner Oberaufsicht beendet war, seine Jacke wieder aus, faltete sie sorgfältig zusammen, wischte sich den Schweiss von der Stirn und stellte fest: „Es ist heiss." Er lüftete seine Hemdzipfel und fächelte sich damit Kühlung zu. Dann nahm er in bestimmendem Ton die Sache in die Hand: „Gut. Lass uns keine Zeit verlieren. Die Ermittlungen müssen in Angriff genommen werden, und niemand geht mir dabei zur Hand. Die Zeit läuft davon, und du bringst ausser Näharbeiten nichts zustande. Was ist mit unserer offiziellen Mission, hä?"

„Ja, Chef. Drei weniger drei Viertel ergibt zweieinviertel, wenn ich mich nicht irre."

„Was erzählst du denn? Was mathematisierst du da? Lässt die Hitze dein Hirn flüssig werden?"

„Oh nein", antwortete der Inspektor in aller Einfachheit, „die Hitze nicht. Die bin ich seit meiner Kindheit im Ofen meines Vaters gewöhnt. Ich werde es dir erklären, Chef. Die Gastfreundschaft dauert für gewöhnlich drei Tage; wir sind jetzt seit gestern mittag da, das sind 18 Stunden, ein Dreivierteltag, wenn es dir so lieber ist. Endergebnis: Wir haben noch zweieinviertel Tage. Richtig? Und wir haben noch nicht gefrühstückt."

Der Chef dachte in alle Richtungen und befahl dann: „Hol mir einen Stuhl!"

„Was für einen Stuhl?" fragte der Inspektor. „Ich sehe keinen Stuhl hier, und ich habe gute Augen. Wir sind auf dem Land, also hör mal."

„Und das da, was ist das?" Der Ton des Polizeichefs war trocken, schneidend, eisig und ganz offensichtlich dazu gewählt, sein Gegenüber auf der Stelle zu durchbohren.

„Oh, das da!" sagte der Inspektor gewissermassen mitfühlend. „Das ist nichts weiter als eine alte Kiste. Mir kommt es ganz so vor, als sei da in früheren Zeiten mal Kernseife dringewesen, 14 bis 18 würde ich sagen. Im Ersten Weltkrieg. Unser Land war gerade unter die Protektion gekommen. Ich muss sagen, Chef, dass diese alte Seife gut gewaschen hat, mit schön viel Schaum ..."

„Bring mir den Stuhl, und hör auf, dich so matschig und breiig auszudrücken."

„Ja, Chef."

„Hierher, noch weiter her, damit ich die Verdächtigen sehen kann. Sie müssen im Licht stehen und ich im Schatten sitzen."

„Wir hätten Scheinwerfer mitbringen sollen."

„Und der Strom, hä?" Der Chef liess sich nieder, stellte seine Füsse fest auf den Boden, atmete durch den Mund aus, holte dann einen Drehbleistift aus der Tasche und fing an, ihn zwischen den Fingern hin- und herzurollen. Diese einfache Geste – das konnte Inspektor Ali bezeugen – gab ihm offensichtlich neues Selbstvertrauen. Der Drehbleistift hatte sich ein gutes Dutzend Mal hin- und hergedreht, da entschloss sich der Inspektor zu einer Frage: „Was machen wir jetzt, Chef?"

„Du machst gar nichts. Du gehorchst den Befehlen. Du führst sie aus. Punktum Schluss. Währenddessen denke ich nach und führe die Ermittlungen von A bis Z. Du kannst dabei etwas lernen und dich bilden."

„Ja, Chef. Es ist wahrlich eine Segnung der Demokratie, mit dir zusammenzuarbeiten."

„Alle Bürger sind nützlich", setzte ihm der Chef auseinander, „und alle Berufe. Aber du musst dir darüber im klaren sein, dass es zwischen den verschiedenen sozio-professionellen Gruppen Unterschiede gibt, und zwar riesige Unterschiede. Der Arbeiter geht in seine Fabrik, er arbeitet den ganzen Tag, aber automatisch, gell? Mechanisch, weil er nicht denkt, er hat nur auszuführen. Der Lehrer in der Schule, was tut der? Er trichtert seinen Schülern Wissen, Bildung, Kultur, Bürgerpflicht ein, aber ... aber im Endeffekt hält er sich an Lehrbücher und Lehrpläne, in denen alles schwarz auf weiss geschrieben steht. Er liest sie, Punktum Schluss. Gut, sprechen wir von den Abgeordneten und sogar von den Ministern. Die Leute glauben im allgemeinen, sie würden die Staatsgeschäfte führen. Aber nein, dem ist nicht so. Oh! Keineswegs. Sie setzen nur die Anweisungen von oben in die Tat um. Denn zu unser aller Glück ist da oben jemand, der denkt, ganz da oben. Unser Kopf!"

„Ja", stimmte der Inspektor im Ton tiefster Bewunderung zu. „Möge Gott ihn segnen und beschützen!"

„Sogar die Minister! Ja, sogar die Minister und die Bonzen. Ich will nicht sagen, dass sie nicht denken, aber sie tun es nur zur Hälfte, zu fünfzig Prozent. Glaub mir, Kleiner, gar selten sind die, deren Gehirn fähig ist zu denken, zu überlegen und die Dinge in Begriffe zu fassen. Ich will es dir an einem Beispiel erläutern, sagen wir einmal Ermittlungen – ich meine gehobene Ermittlungen wie die, mit denen die Regierung mich beauftragt hat, das ist so eine Sache! So etwas ist äusserst schwierig, denn ich muss bei Null und mit nichts anfangen. Ich muss mit dem Gehirn arbeiten und diese Ermittlungen wie ein Schiff durch das aufgewühlte Meer zu ihrem Ziel hinführen. Und um dieses zu erreichen, muss ich sie in vier Phasen einteilen wie eine klassische Symphonie mit vier Sätzen. Weisst du, was das ist, eine Symphonie?"

„Bituven?" mutmasste der Inspektor.

„Was?" der Chef fiel erbarmungslos aus allen Wolken um den Gipfel des Berges Sinai.

„Uhrwerk Orange, das habe ich im Kino gesehen. Suppa gut! Und reichlich Blut. Mit Musik von diesem Bituven oder wie der heisst."

„Heiliger Strohsack!" stiess der Chef aus. Seine wachen, schwarzen Augen vollführten wilde Kreisbewegungen in ihren Höhlen – er hatte diese Art von Augen, denen man ansieht, dass sie nie genug bekommen haben und auch niemals genug bekommen werden. „Wir wollen", besann er sich dann auf philosophischen Gleichmut, „die Dinge noch einmal von Anfang an beleuchten. Du gehörst doch der Staatspolizei an?"

„Ja, Chef. Darüber gibt es keinen Zweifel."

„Du bist doch Inspektor?"

„Ja, Chef. Ich habe einen Ausweis und einen Orden."

„Und du heisst doch Ali?"

„So ist es. Ali. Ich bin immer noch derselbe, ich habe meinen Namen nicht geändert, wie bestimmte Leute das tun. Kein Pseudonym, kein 007 wie dieser blöde James Bond. Wir sind ja schliesslich nicht im Kino. Polizei-Polizei, Kameraden später, ich."

„Auf meine Anweisungen hin hast du einige Ermittlungen geführt – Routinesachen, wollen wir mal sagen, ja? Lappalien, zweitrangige Angelegenheiten."

„Siebzehn Verhaftungen, Chef. Und ein Typ, der mir unter den Händen abgekratzt ist. Muss schon sagen, der hatte einen zerbrechlichen Hals, der Hosenscheisser!"

„Damals habe ich dich für diesen unvermeidlichen Schönheitsfehler gedeckt, du standest unter dienstlichem Befehl. Aber zurück zu unseren Eselchen: Bist du ganz sicher, dass du keinen Zwillingsbruder hast?"

„Nein, Chef. Absolut sicher. Kein Zwillingsbruder in meiner Akte, du hast sie damals gründlich studiert."

„Du hast nicht zufällig einen Doppelgänger, der an deiner Stelle hier steht, einen mordsmässigen Dummkopf, der ausgerechnet hier und jetzt unter meinen Augen den Hanswurst spielt, während sein Chef versucht, eine Diskussion zu führen?"

„Oh sowas?" rief der Inspektor aus und spuckte auf den Boden. „Ich habe doch nur Spass gemacht, bitte! Bitte, Chef! Es ist sehr heiss, und mir sind ganz ungewollt ein paar witzige Worte aus dem Mund gerutscht. Was hast du gesagt?"

Der Chef schwieg eigensinnig, während die Sonne bei der Eroberung des Himmels immer höher stieg. Es musste wohl so sein. Die einen Länder waren entwickelt und die anderen unterentwickelt und im Hintertreffen und auch unter grössten Mühen und übermenschlichen Anstrengungen kaum ein winziges Stückchen voranzubringen ... zumal die Industrieländer nicht auf sie warteten! Aber Allah war der Grösste, trotz der modernen Regierung an der Spitze des Staates ...

In Anbetracht des bedrohlich verschlossenen Gesichtsausdrucks seines Chefs trat der Inspektor höchst unentschieden von einem Fuss auf den anderen, wie jedesmal, wenn er zu wählen hatte. Die politischen Gruppierungen erreichten ihn in Form von einander ähnlichen und austauschbaren Stimmzetteln mit praktisch denselben Programmen und denselben Worten. Wie sollte er die richtige Entscheidung fällen? Es war doch so hart, sich zu entscheiden, so hart wie Feuerstein. Sollte er die Soundso-Partei wählen, die nationale Unabhängigkeit, Respekt vor den Behörden und sozialen Fortschritt predigte? Ja, sicher doch. Aber da war auch die Partei Soundso, die sich für sozialen Fortschritt, Respekt vor den Behörden und nationale Unabhängigkeit aussprach! Wo war denn da der Unterschied, die Behörden standen auf jeden Fall als zentrales Thema in der Mitte; lediglich, nun ja – das war vielleicht ein gewichtiger Hinweis –, die Unabhängigkeit und der Fortschritt hatten die Plätze getauscht, vom ersten auf den letzten und umgekehrt. Sollte sich hiervon mit aller Gewalt die Neubesetzung der Führungsposten ableiten lassen? Mein Gott, es war so schwierig, kein Fehlurteil abzugeben, das womöglich zum Zusammenbruch der konstitutionellen Monarchie führte! Ah! Wenn es nur diese verflixten Wahlen nicht gäbe! Unter den Franzosen damals war nicht gewählt worden, das war wesentlich einfacher gewesen. Da hatte es diese Spannung nicht gegeben, die das Gehirn zusammendrückte und in Brand und Blut setzte. *Herr der Gnade und Barmherzigkeit, Herrscher der Welten und König des Jüngsten Gerichts, ich flehe dich um eine Eingebung an: Flüstere mir die richtige Antwort ein. Vielleicht die Farbe des Stimmzettels ...*

Eine Hand schob den Vorhang der Wahlkabine beiseite und klopfte dem Inspektor auf die Schulter. „Draussen steht eine Schlange, mein Guter. Steck's! Lass die Frühgeburt raus. Du brauchst nicht bis zum Ende des neunten Monats zu warten."

Manchmal holten sie ihn sogar manu militari heraus, und der grünen Minna entging er dann nur, weil er den Kollegen, die das Wahllokal und die Wähler überwachten, seine Polizeimarke unter die Nase hielt. „Seid so nett, Jungs", bat er sie und drückte ihnen die Stimmzettel in die Hand. „Wählt für mich. Dasselbe wie für euch selbst, ganz einfach! Ich werde im Revier verlangt, ich habe es eilig. Und vielen Dank auch."

Was nur sollte er hier in der Höhle, von Angesicht zu Angesicht mit seinem Chef, der ihn durch seine mit Fragezeichen vollgeschriebenen Äuglein beurteilte, wählen? Es war niemand da, kein einziger Kollege, auf den er die Verantwortung hätte abwälzen können. Für den Rost an einem Nagel, für ein halbes Ja oder ein Viertel Nein konnte dieser Chef, der zu der unzählbaren Heerschar von Vorgesetzten gehörte, ihm ohne weiteres den Broterwerb nehmen, ihn feuern. Er hatte jederzeit das Recht, über ihn einen Bericht abzufassen, unter den er dann seine schnörkelige Unterschrift und einen Stempel setzte. Derart offiziell geworden, würde der Bericht andere Berichte nach sich ziehen, jeder obere Chef würde dabei den unteren Chef mit seiner Unterschrift und seinem eigenen Stempel decken und ... Der Inspektor wollte lieber nicht daran denken. Er liebte das Leben. Als er zum Sprechen ansetzte, war seine Wahl ganz einfach zugunsten einer Enthaltung in Form der vollständigen Zurücknahme seiner eigenen Persönlichkeit ausgefallen: „Chef, ich habe mir gerade Fusstritte in den Hintern gegeben, weil ich es verdiene. Mein Verhalten ist unsäglich. Immer bin ich am Blödeln und unterbreche deine Rede mit hornochsigen Betrachtungen. Wenn ich an deiner Stelle wäre, würde ich ein für alle Mal sauer werden. Aber leider bin ich nicht an deiner Stelle! Ich kann nur an meiner sein. Wenn ich denke, dass du, ein Chef, das heisst ein gebildeter, wohlerzogener, kultivierter, intelligenter Mann, wie es keinen zweiten gibt, mich eines grauen und trostlosen Tages aus dem Sumpf der Armut gezogen hast, wo ich mit dem runden Leder herumgeübt habe, weil ich nichts anderes zu tun hatte! Wenn ich nur daran denke! Die Tränen steigen mir in die Augen. Ich war zerlumpt, abgesehen von den Fussballtretern, die ich an den Füssen hatte ..."

„Schuhe", sagte der Chef. „Nicht Treter. Sprich richtig."

„Ja, Chef ... armselige Schühchen, die mir nicht einmal gehörten. Vor Hunger hatte ich Löcher im Bauch, immer nur Suppe und Brotkanten. Ich hatte nichts, und ich war nichts, oh, ganz und gar nichts. Und dann bin ich zur Polizei gekommen, und du warst schon da, du hast meine Laufbahn von oben überwacht, von dem herausragenden Platz aus, den du einnimmst. Vor drei Jahren hast du die Güte gehabt, mich einem Test zu unterziehen, damit ausgerechnet ich Zugang zu der beneidenswerten Stellung eines Inspektors bekommen sollte – einem Test, an den ich mich zeitlebens erinnern werde ..."

„Ganz bestimmt", sagte der Chef und fing an zu lächeln – dann verschloss sich sein Gesicht plötzlich wieder. „Das Diktat war jämmerlich. Aber du hast beim Schiessen gutes Reaktionsvermögen gezeigt."

„Du vermochtest die jahrhundertealte Finsternis meines Gehirns zu erleuchten, du hast die Spinnweben daraus verscheucht, möge Gott dich beschützen und dir Gesundheit an Körper und Geist schenken! Denn von einem Tag auf den anderen habe ich wie durch Zauberhand das Zentral-Kommissariat, die Ordnungshüterhütte, verlassen, wo ich von morgens bis abends wie ein A ... wie ein Affenbrotbaum herumstehen musste, und sass auf einmal in einem Büro in einem Sessel wie ein Pascha, ich, der sich nie woandershin als auf den Boden gesetzt hatte, wie schon mein Vater und alle die Meinen. Und mir stand ein Telefon zur Verfügung, mit mehreren Tasten. Du hast mir beigebracht, wie man damit umgeht."

„Ein amerikanisches Gerät", fügte der Chef hinzu. „Das beste. Was sein muss, muss sein bei der Staatspolizei. Keine Scheibe, die man drehen muss, dafür hochempfindliche Tasten. In unserem Beruf gilt es, schnell zu handeln, wie du weisst. Beim geringsten Anruf von oben."

„Ja, Chef. Und das war bei weitem nicht alles! Sondern du hast noch mehr für mich getan, in die Tiefe Gehendes. Du hast mir das Metier in allen seinen Windungen beigebogen, vor allem wie man die anderen Polizeiorganisationen reinlegen kann. Und das ist was wert, weiss Gott! Du hast mich gelehrt, wie man Akten studiert, du hast mir gezeigt, wie sie zu lesen und auf das Komma genau zu deuten sind, denn alle Wörter sind grundsätzlich schuldig."

„Nein, nein", widersprach der Chef schwach. „Manche sind nur verdächtig. Der Unterschied ist dir doch klar, oder?"

„Nicht ganz, das gebe ich gerne zu, aber mit deiner Hilfe wird er es schon noch werden. Wie kommst du nur dazu, mich nach wie vor auf dein Niveau heben zu wollen? Mir ist das wirklich schleierhaft. Mich bis zu deiner Intelligenz aufsteigen zu lassen, das hiesse, aus mir einen stellvertretenden Adjutanten zu machen, der dieser Bezeichnung würdig und in der Lage ist, dir Wort für Wort zuzuhören und deine Befehle auszuführen. Aber weisst du, Chef, manchmal sind bestimmte Ausführungen deinerseits zu ... zu weitläufig für mich."

„Wir wollen doch nichts übertreiben." Der Chef knöpfte sich den Hosenbund auf. „Sagen wir lieber zu dicht."

„Das ist es, Chef! Du hast das richtige Wort gefunden: dicht wie dicker Nebel ... Ich meine damit, dass, im Gegensatz zu deinem, mein Gehirn es nicht schafft, den Nebel zu durchdringen. Verstehst du? Und dann hast du mir da vorhin klar und deutlich erklärt, wie du diese offizielle Mission angehen willst, von der mir nicht einmal das erste Wort bekannt ist. Und ich, anstatt dir fromm zu lauschen ... Ah! Bei Allah und dem Propheten, ich habe wirklich Schläge verdient." Und mit dem Handrücken verpasste er sich eine schallende Ohrfeige mitten ins Gesicht. „Warum machst du denn auch sowas, hä, Inspektor Ali? Vielleicht schleppst du die Last deiner Vergangenheit mit dir herum? Schon möglich, in diesem Land ist alles möglich. Ich habe es dir schon hundertmal gesagt, mein Vater war ein armseliger Ofenhüter. Habe ich dir schon von meinem Grossvater erzählt? Nein, oder? Also, er war nur ein einfacher Händler. Gutsituiert, aber mehr nicht. Und vor ihm, so hat man mir erzählt, waren meine Vorfahren einfache, geschichtslose Bauern gewesen, die nur fünfzehn oder zwanzig Hektar pro Familie besassen. Oh, mehr war es kaum. Kein Vergleich mit den Grossgrundbesitzern heute, die Dutzende und Aberdutzende von Hektar aneinanderreihen ... denn die, die können zählen, das sind eben Persönlichkeiten. Nein, und abermals nein, meine Vorfahren hatten gerade genug zum Leben, wie die Armen. Getreide, Milch, Vieh, Hühner, Pferde. Siehst du, wie es war, Chef? Alles Barfüssler, deren trauriger Abkömmling ich geworden bin. In meiner Ahnenreihe findet sich keine herausragende Persönlichkeit, egal, wie tief man sich in den Dschungel der Stammbäume hineinwagt."

„Langsam fange ich an zu verstehen", meinte der Chef nachdenklich. „Ich werde dir eines Tages erklären, was man unter Bewusstwerdung und Weiterentwicklung versteht."

„Im voraus schon jetzt besten Dank dafür, Chef. So, wie man mir erzählt hat – das sind natürlich Ammenmärchen, Legenden und all sowas –, soll es damals, als Andalusien arabisch war, in meiner Familie ein paar hochgescheite Quadratschädel gegeben haben, lauter hohle Typen. Haha! Sie haben Karten von Ländern und Ozeanen gezeichnet, haha! Kannst du dir das vorstellen? Es waren sogar, wie es scheint, welche dabei, die Bücher geschrieben haben! Siehst du jetzt, wo ich herkomme? Kein Chef in meiner Familie, kein Soldat. Nicht einmal ein einziger kleiner Bulle."

„Sei nicht traurig, Bruder", sagte der Chef. „Immerhin bist ja du jetzt bei der Polizei. Also denk an deine Kinder. Ihr Weg ist vorgezeichnet. Es besteht Hoffnung, dort am Horizont 2000."

„Ja, Chef. Aber ich kann es nicht lassen, nach meinen Wurzeln zu graben, und worauf stosse ich da? Auf absolut unbedeutende Vorfahren. Da hast du dir eine schöne Null aufgegabelt, Chef, ich meine mich. Mir ist durchaus bewusst, dass du diese Null nicht in eine Drei oder eine Vier oder sagen wir in eine Zwei verwandeln kannst. Das Gewicht des Mittelalters zieht mich ständig nach hinten." Er hielt inne und begann zu seufzen.

Der Chef hatte sein Hemd längst aufgeknöpft und

schnürte sich jetzt die Stiefel auf. Glühend wie ein Feuerschwert fuhr ein Streifen Sonnenlicht in die Höhle und dehnte sich in die Länge. Abgeklärt fasste der Chef zusammen: „Es ist richtig und sogar normal, wenn der Mensch von Zeit zu Zeit Selbstkritik übt, damit wir genau wissen, was für ein Blödsinn in uns steckt. Das hast du gerade getan. Und das ist gut. Sogar sehr gut. Indem du dies getan hast, hast du dich in Frage gestellt und dich mit dir auseinandergesetzt. Du hast dich selbst verhört, Ermittlungen über dich selbst angestellt. Stück für Stück, wie das Nest seinen Vogel baut, wirst du dich schliesslich unweigerlich entwickeln, indem du immer wieder grundlegenden Fehlern und Mängeln ins Auge blickst. Unweigerlich. Und das nennt man Fortschritt. Noch musst du allerdings auf die Grossen hören."

„Ich höre auf dich, Chef."

„Nicht immer, nicht immer! Ich möchte gerne deine Entwicklung vorantreiben, soweit das möglich ist, weil ich es gut mit dir meine, glaube mir. Ich möchte gern mit dir der Zukunft entgegengehen und sie so gestalten, dass wir in sie hineingleiten können, wie der Finger in die Butter. Denn wer weiss? Heute Inspektor, morgen vielleicht schon Unter-Chef ..."

„Oh! Chef!"

„Und später, viel später, wer weiss ... Chef!"

„Oh! Mein Gott!"

„In der Zwischenzeit könntest du mir helfen, die Stiefel auszuziehen. Meine Füsse kochen, und ich muss mich von Kopf bis Fuss wohlfühlen, damit ich meine Mission in Angriff nehmen kann."

„Ja, Chef. Ausgezeichnet. Zu heiss darf es nicht werden."

Ein Stiefel nach dem anderen fiel dröhnend auf den Boden der Höhle.

„Wie ich dir gerade eben zu Beginn der heutigen Dienstbesprechung – *briefing* auf amerikanisch – gesagt habe, werde ich die anstehenden Ermittlungen in vier Sätze einteilen. Erstens werde ich ... da, nimm meinen Drehbleistift, ich vertraue ihn dir an. Mach ihn nicht kaputt. Ich hänge an ihm."

„Keine Sorge, Chef. Es ist mir eine grosse Ehre ..."

„Es ist ein TK-Matic, damit kann man tausend Meter Schrift schreiben, ohne dass man die Mine weiterschieben muss. Ohne die Mine weiterzuschieben eine Strecke von tausend Metern, das ist ein Kilometer, stell dir nur vor!"

„Bei Allah und dem ..."

„Hast du dein Notizbuch?"

„Ja, Chef. Da ist es. Ich traue mich fast nicht, mit diesem Wunderding Eintragungen dort hinein zu machen."

„Trau dich ruhig. Trag ein, was ich gerade gesagt habe, mein Freund. Also, erster Satz: Ich werde so tun, als ob nichts wäre, und mit den Bauern über Gott und die Welt, über Regen und Sonnenschein, Saat und Ernte reden, um ihr Vertrauen zu gewinnen und weil sie, abgesehen von der Arbeit auf der Scholle, alle bestenfalls zum Abschiessen etwas taugen. Zweiter Satz ... Schreibst du mit?"

„Ja, Chef. Dieses Ding tuckert von ganz alleine im vierten Gang. Auf geht's, mach weiter. Ich kann es nicht anhalten."

„In zweiter Linie begebe ich mich ins Innere ihrer Psyche, somit in ihre dicken Schädel. Ich wühle und wühle, und im Handumdrehen erkenne ich einen elementaren Sachverhalt, nämlich wer verdächtig ist und wer nicht. Obwohl diese

Erdmännchen natürlich wie Pech und Schwefel zusammenhalten ... aber verlass dich da ganz auf mich. Dritter Satz: Ich sortiere die Verdächtigen in eine Gruppe aus, und dann ... dann Tonartwechsel, und zwar von Grund auf: Name? Vorname? Beruf? Vorstrafen? Zeitplan? Alibi?"

„Wie auf dem Kommissariat?"

„Genau. Aber ein bisschen mehr in die Tiefe gehend, in Anbetracht der Umgebung, ich bin ja schliesslich nicht in meinem Büro. Vierter und letzter Satz: Der Verdächtige Nr. 1 ist gefunden, er ist schuldig geworden, und ich lege die Karten auf den Tisch. Die Arbeit ist damit zu Ende, die Mission abgeschlossen."

„Und wie lange hat es gedauert, Chef?"

„Das kommt darauf an ..., das kommt ganz darauf an ... einen Tag, zwei Tage, je nach den äusseren Umständen. Warum fragst du mich das? Hast du es eilig, nach Hause zu kommen, damit du deine Alte wiedersiehst?"

„Ich? Ich?" rief der Inspektor aus. „Da sei Gott vor! Sprich mir nicht von diesem Schafsfell*. Bis hierher musste ich fahren, um den Geschmack am Essen wiederzufinden. Kein Frühstück heute morgen, Chef. Die Bauerntrampel hier essen wohl nur einmal am Tag, wäre ja immerhin möglich."

Der Chef fing an zu lachen. Es war ein wohlwollendes, väterliches Lachen. „Ich habe an alles gedacht, du Schnekkenhirn. Da in meiner Tasche. Kekse, belegte Brote. Eine Thermoskanne voll Kaffee. Und Besteck."

* Hedura, umgangssprachlich, bedeutet wohl ein altes Schafsfell, aber auch eine Frau, die bessere Zeiten gesehen hat.

„Es ist eine paradiesische Freude ..."

„Finger weg von der Tasche. Nachher. Schreib! Bilde dich, verdiene dir deine zukünftigen Sporen im Schweisse deines Magens."

„Ja, Chef."

„Trag ein: Die Begleitung zu den vier Sätzen der Ermittlungssymphonie steht in vier verschiedenen Tonarten. Die Tonart ist zunächst vertraulich, harmlos, unverfänglich. Langsam ... aber stetig, ja? ... moduliere ich in kleinen Stufen bis ins Neutrale, Präzise, Sachdienliche. Plötzlicher Wechsel: Die Tonart wird höher, gewinnt an Weite, und zwar genau in dem Augenblick, in dem ich die Spreu vom Weizen trenne und die Verdächtigen aussortiere. Wenn ich dann schliesslich den Schuldigen hier vor Augen habe, falle ich in meine wahre Tonart zurück, in die Tonart der Wahrheit, die mich von Beginn der Ermittlungen an beflügelt hat. Es ist ganz einfach, wie du siehst. Allerdings braucht man grosse Erfahrung im Umgang mit der menschlichen Natur und ihren Schwankungen. Mach dein Heft zu und gib mir meinen Drehbleistift zurück."

„Hier, bitte, Chef. Ah! Bei Allah, wenn ich den in der Grundschule gehabt hätte ..."

„Was ist denn das?" tobte der Chef. „Was ist denn das für ein glitschiges Ding? Dir kann man aber auch nichts in die Hand geben, Ehrenwort. Du machst alles kaputt, ich bin es leid. Da siehst du, was dabei herauskommt, wenn man mit den Fingern isst, so wie du gestern abend! Da leihe ich dir ein teures Präzisionswerkzeug, und was gibst du mir zurück? Einen stinkgewöhnlichen, schmutzigen, rutschigen, fettigen Drehbleistift! Hast du dir denn seither noch nicht die Hände gewaschen?"

Er fing an, den TK-Matic mit seinem Taschentuch abzureiben, hingebungsvoll abzuwischen. Der Inspektor sah traurig auf seine Hände. In aller Einfachheit stellte er fest: „Es gibt kein Wasser mehr."

„Wie, es gibt kein Wasser mehr? Was erfindest du denn da für Ausreden? Glaubst du, so kannst du dich aus der Affäre ziehen?"

„Nein, Chef. Eine derartige Unehrenhaftigkeit ist eine Unterstellung und liegt mir fern. Ich erkläre es dir: Vorhin, als ich mich mit Hadscha kurz wegen der Knöpfe unterhielt, du weisst schon, habe ich erfahren, dass es heute keinen Tee gibt. Und somit auch kein Frühstück, solange wir das Picknick aus deiner Umhängetasche nicht essen. Deshalb knurrt mein Magen um die gegenwärtige Stunde."

Der Chef klemmte seinen Drehbleistift im Brusttäschchen seiner Uniform fest, betrachtete das Taschentuch, knüllte es zusammen und warf es in eine Ecke, so weit weg von seiner Person wie irgend möglich. Dann hob er an zu sprechen, und zwischen den Brauen kerbte sich dabei eine Furche der Verständnislosigkeit in seine Stirn ein: „Ich habe die Nase gestrichen voll! Du gehst mir mehr als auf die Nerven! Was ist das für eine Geschichte, in der alles durcheinandergewürfelt ist, deine klebrigen Finger, der Tee und unschickliche Geräusche aus deinen Eingeweiden?"

„Es ist so, Chef. Lach nicht, immer ruhig Blut. Ich mache keine Witze, Hadscha macht sie. Sie hat mir gesagt, dass gestern ein Wasservorrat da war, zwei oder drei Feldflaschen für die Woche. Und dann sind wir angekommen, und du hast ein bisschen was getrunken. Du hast dich erfrischt. Man könnte sagen, ganz ordentlich erfrischt. Dann mussten sie die reichliche und köstliche Mahlzeit von gestern abend kochen. Mit Wasser natürlich. Drei Feldflaschen weniger drei, bleiben drei leere Flaschen. Kein einziger Tropfen mehr. Auf vorsichtige Anfrage hin gibt Hadscha bereitwillig zu, dass es wohl einen Brunnen gibt, aber unten, gell? Das heisst ungefähr zehn Kilometer in dieser Gluthitze. Das hat mir die alte Dame gesagt. Und sie fügte lächelnd hinzu, dass die Dorfbewohner unablässig Wasser aus dem Brunnen schöpfen, abwechselnd. So dass zum gegenwärtigen Zeitpunkt ... du kannst es dir ja denken, Chef. Hadscha hat ganz arglos geguckt, als sie mir diese neuesten Nachrichten mitteilte. Ich habe nicht den geringsten Zweifel an ihren Worten. Sie wohnt hier. Nicht ich. Und du auch nicht, Chef. Das ist das Ende vom Anfang, wie dieser Schmerbauch gesagt hat. Churchill, oder wie er hiess, der Kerl."

Der Inspektor schluckte und gab seine innersten Gedanken preis: „Es ist eine Katastrophe", schloss er seine Ausführungen.

Einige Minuten verrannen in Zeitlupe mit der Durchflussleistung eines nicht richtig zugedrehten Wasserhahns. Die Falte auf der Stirn des Chefs, die der gedanklichen Anstrengung entsprang, hatte Zeit, sich ins Dunkelrote und dann ins Violette zu verfärben. Als er den Mund öffnete, tat er dies, um einen trockenen Befehl fallen zu lassen: „Das ist mir scheissegal! Wasch dir die Hände. Lass dir was einfallen. Wetten, dass dein Notizbuch genauso voller Fettflecken ist?"

„Jawohl, Chef. Wenn Krieg ist, ist Krieg, wie die Soldaten sagen." Der Inspektor spuckte entschlossen in die Hände und rieb sie, als wasche er sie mit Seife. Das schöne Taschentuch des Chefs lag wohl irgendwo in einer Ecke der Höhle, aber er hütete sich, es anzurühren. Umständlich wischte er sich die Finger an dem Schafsfell ab, auf dem er sass, und verwandte besondere Mühe auf die Fingernägel. Er dachte scharf nach, betrachtete seine Hände im Gegenlicht und roch an ihnen. Dann meldete er: „Sie sind sauber, Chef. Glaube ich. Wenn es kein Wasser gibt, frage ich dich höflich und hochachtungsvoll, was soll dann aus uns werden? Wir sitzen schön in der Klemme in diesem Loch, wie vor Durst – und bald vor Hunger – japsende Ratten. Keine Fata Morgana am Horizont in Sicht, ausser dem kleinen Picknick, das da wohlbehütet in deiner Reisetasche steckt. Aber das wird nicht lange vorhalten. Was ist schon eine Thermosflasche? Kaum genug, um sich die Kehle zu befeuchten, wenn man im Sterben liegt. Ich habe jetzt schon nicht mehr genug Spucke und sollte lieber meinen Mund halten. Siehst du die Sonne da, Chef? Sie heizt, sie heizt ohne Unterlass alles auf. Ich, Sohn meines Vaters, geboren und aufgewachsen in einem Backofen, wäre vorhin da draussen, während ich friedlich mit Hadscha Konversation trieb, beinahe ohnmächtig geworden. Willst du selbst mal sehen, wie es ist? Ja, Chef?"

Die Stirnfalte hatte sich verflüchtigt und war einem höchst intelligenten Grinsen gewichen, das auf dem Gesicht des Chefs erstrahlte. „Nein", antwortete er entschieden. „Mit mir nicht. Gib's lieber gleich auf. Es gibt edlere Aufgaben, die die Konzentration meiner geistigen Fähigkeiten erfordern. Ich habe keine Zeit, mit dir herumzualbern. Hilf mir lieber, meinen Stuhl zurückzuschieben. Die verflixte Sonne macht mich noch blind. Wäre ja noch schöner, wenn ich hier das Augenlicht verlöre."

„Ja, Chef. Das wäre die reinste Katastrophe. Sprechen wir nicht mehr von dem kleinen Detail." Der Inspektor schob mit aller Kraft seinen auf der Kiste sitzenden Vorgesetzten nach hinten.

„Welches Detail?"

„Das Wasser."

„Ja. Gut", sagte der Chef. „Hmmm! Hör gut zu. Nein, nein, du brauchst es nicht aufzuschreiben. Spar dir das Papier. Ich übertrage dir hier und jetzt ein Rechtshilfeersuchen. Hol mir die Bauern, alle miteinander. Ich fange jetzt endgültig mit den Ermittlungen an. Da werden wir was zu lachen haben. Du hast lang genug herumgetrödelt."

„Alle auf einmal?" erkundigte sich der Inspektor. „Wie sollen die denn in dieses Loch passen?"

„Ich habe gesagt", explodierte der Chef, „ich habe gesagt 'alle miteinander'. Und das heisst in allen Sprachen der Welt 'einer nach dem anderen, bis zum letzten'. Du zoologische Bildungslücke! Entstelle meine Worte nicht. Hol mir die Beschuldigten her, und zwar in der Reihenfolge ihrer Wichtigkeit, zuerst die grossen wie Hadscha, den Kommandanten Filagar, Burgin vielleicht noch, dann die mittleren und zum Abschluss die kleinen Fische."

„Ich gehe unverzüglich", bekundete der Inspektor. (Er machte keinerlei Anstalten, sich in Bewegung zu setzen.) „Wie wäre es, wenn du sie andersherum vernehmen würdest? Zuerst den kleinen Finger, dann gerät der Arm ins Getriebe, danach Schulter, Hals, Kopf und so weiter. Ganz einfach. Der Grosse Sprung nach vorn, zwo drei vier, wie die Chinesen zu sagen pflegten."

„Wirst du jetzt wohl gehen?"

„Sofort, Chef."

Inspektor Ali suchte nichts tunlicher zu vermeiden, als sich zu bewegen. Vor ihm stand das personifizierte menschliche Unverständnis, aber hinter seinem Rücken lag die grössere Gefahr, die Gluthitze. In Flecken und Lavaströmen hielt die gleissende Sonne triumphierend in der Höhle Einzug. Die Wände fingen an zu dampfen. Zwei Tage Gastfreundschaft waren noch übrig!

„Ich habe eine bessere Idee", sagte er. „Ich setze sie dir kurz auseinander, Chef, und zwar wie folgt: Eins, wir nehmen die Beine unter den Arm; zwei, wir starten unsere Kiste und drehen alle Fenster runter; drei, wir halten im ersten Hotel, das kommt, kurze Erfrischung und Picknick, und, kann ja sein, wenn wir wieder hierherkommen, ist der Sommer zu Ende. Wenn die Dinge zu kompliziert werden, lässt man sie besser mit philosophischem Gleichmut auf sich beruhen. Die Franzosen behaupten zwar, dass man in solchen Fällen etwas unternehmen muss, aber wir sind keine Franzosen, stimmt doch, oder, Chef?"

„Betrachte mich als deinen Bruder, Inspektor. Nimm dir so viel Zeit, wie du brauchst, um auf folgende kurze Frage zu antworten: Soll ich in dieser Minute einen Bericht über dich schreiben oder erst, wenn wir wieder in der Hauptstadt sind? Du hast die Wahl. Du darfst dich verteidigen. Lass mich deine Argumente dafür und dagegen wissen. Stell dir vor, du stündest vor einem Richter, der dir sehr wohlgesonnen ist, der versucht hat, dir zu helfen, der aber fix und fertig ist, am Ende der Sackgasse! Verdammte Scheisse!"

„In Ordnung, Chef."

„Was ist in Ordnung?"

„Ich hole die Schuldigen, Chef. Jetzt sofort. Könnte ich einen Schluck Kaffee aus der Thermoskanne bekommen?"

„Habe ich vielleicht etwas getrunken?"

„Nein, Chef."

„Habe ich vielleicht Durst?"

„Keine Ahnung, Chef."

„Na also?"

„Dann eben kein Kaffee. Reden wir nicht mehr darüber, bei Allah!"

Er ging langsam hinaus und drehte dabei jeglicher Art von Zukunft den Rücken zu. Wenn er an etwas dachte, dann an das Gewehr, das der Polizeichef am Abend zuvor bei seinem ersten Wutanfall in der Nähe der Koppel vergessen hatte, dort, wo Raho aufrecht gestanden hatte, als überwache er die Zeit.

Der rote Esel ging unter der Feuersonne ohne Eile seines Wegs in Richtung Osten.

„Sir, jaulidi!" hatte sein Herr ihm aufgetragen. „Geh, mein Sohn! Ich vertraue dir diesen Mann an. Bring ihn an den Ort, von dem du weisst."

Der Mann, um den es ging, sass seit dem Morgengrauen ohne Sattel und Zaumzeug rittlings auf seinem Rücken und schaukelte im Rhythmus des verkürzten Trabs seines Reittiers und der Unebenheiten des Weges. Seine Füsse berührten fast den Boden. Der Weg wand sich ziemlich steil und eng zwischen Brombeergestrüpp und dem Abgrund und teilweise spitzwinkelig den Abhang hinauf, so dass der Esel grosse Mühe hatte, sich an seine Vergangenheit zu erinnern. Aber er drückte die Knie durch, legte das ganze Gewicht auf die Hinterbeine und bog mit dem Weg um die Kurven. Er musste gut auf seine menschliche Last aufpassen, seinem Reiter Führer – und Augen – sein.

Von Zeit zu Zeit drang stossweise aus der Ferne ermutigend und warmherzig wie die Stimme eines Freundes der dünne Klang des Stierhorns zu ihm. Er legte die Ohren flach nach hinten und versuchte, noch den leisesten Widerhall aufzunehmen. Aber die Entfernung wurde mit jedem Schritt grösser, die Sonne stiess senkrecht herab und verflüssigte die Zeit, und bald war kein anderes Geräusch mehr zu hören als das Hämmern der Hufe auf der versteinerten Erde.

6

Ungefähr eine Stunde, nachdem er gegangen war, zwei oder drei nach Meinung des am Ende seiner Geduld und seiner Selbstgespräche angelangten Polizeichefs, kam Inspektor Ali zurück, ihm voran eine Art Aura. Unter dem Arm hielt er nachlässig seinen zivilisierten Anzug, darin eingerollt seine Schuhe, und mit dem Schuhwerk der Einheimischen an den Füssen und der Gandura der Saharabewohner um den Leib drapiert, sah er beeindruckend aus, mager, trocken und rebellisch. Wenn er über den Umweg einer ungezwungenen Unterhaltung über dies und jenes mit einem Bauern, der unter der Julisonne sein Freund geworden war, ein wenig seinen Hunger und seinen Durst gestillt hatte, dann hütete er sich wohl, das zu erwähnen. Was sein musste, musste sein – aber was nicht sein musste, musste wirklich nicht sein. Er warf einen kurzen Blick auf den Chef, legte seine Kleider in eine Ecke der Höhle und sagte diplomatisch: „Hier bin ich, Chef. Diese synthetischen Stoffe sind bequem, allen Ernstes ja, aber nur bei den Italienern, den Amerikanern, in Paris und vielleicht noch in den entwickelten Städten bei uns. Hier im Land des Mittelalters taugen sie nichts gegen die Hitze. Ein Aït Yafelman, der gerade vorbeikam, hat mir diese Gandura aus der Wüste für ein paar Geldstücke verkauft. Für dreimal gar nichts. Wenn man bedenkt, dass die Touristen aus dem Klops Méditerranée sich diese kunsthandwerklichen Gegenstände mit Devisenschlägen aus den Händen reissen! Gut. Ich habe mich also an den Bauerntölpel herangemacht, wegen des Rechtshilfeersuchens, das ..."

„Berichterstattung!" schnitt ihm der Chef das Wort ab. Er sprach das Wort emotional völlig unbelastet aus. In den vergangenen Stunden, in denen seine gesamte Autorität in einer Höhle in der Klemme, in der schlimmsten aller erdenklichen Sackgassen – nämlich der Einsamkeit, der Untätigkeit, der Wirkungslosigkeit –, festgesessen hatte, hatte seine Wut ausreichend Zeit gehabt, auf- und wieder abzusteigen. Ja, die rasende Wut hatte er inzwischen mitsamt der Galle und der Gallenblase hinuntergeschluckt und das Ganze mit allen dazugehörigen Einzelheiten in einer dicken Akte in der Tiefe seiner Erinnerung abgelegt. Er hatte einen Entschluss gefasst, und der war unwiderruflich. Aber später, später, in ein oder zwei Tagen, wenn die Mission ...

„Wo sind die Beschuldigten?" fragte er mit einer Stimme, die so gleichgültig klang wie sein pomadiges Haar glatt war.

Als der Inspektor den beinahe freundschaftlichen Ton vernahm, witterte er sofort Gefahr. Deshalb entwarf er, in Anlehnung an die Leistungen der Regierung im Fernsehen, ein vorteilhaftes Bild der wirtschaftlichen und sozialen Lage, gemäss dem Prinzip, das sich bei Kohle und Holz so gut bewährt hatte: 1) Alles ist in bester Ordnung; 2) es könnte noch besser sein, wenn die Preissteigerung bei den petrochemischen Produkten ... usw.

„Alles in bester Ordnung, Chef", vermeldete er. „Ich bin bei der Erfüllung meiner Pflicht gut mit der Sonne zurechtgekommen. Was sein muss, muss sein, denn Befehl ist Befehl. Ich bin zum Dorfplatz hinuntergelaufen. Das Auto steht noch da. Die Reifen sind platt, wahrscheinlich wegen der Hitze. Ich habe sie rundherum mit Stroh abgedeckt, damit sie sich nicht zu Latex verflüssigen. Gummi schmilzt, wie du weisst. Die Häuser stehen auch noch da, sind aber leer. Ich bin hineingegangen, keiner da. Ich frage mich, wozu sie gebraucht werden. Die Bauern sind total versessen darauf, sich in Berglöchern zu vergraben, wo sie doch halbzerfallene Häuser mit ein paar Mauern drum herum haben."

„Wo sind die Beschuldigten?" wiederholte der Chef, es klang wie ein Echo. „Wo sind Raho und Hadscha und Burgin?"

Der Inspektor liess sofort ein R-Gespräch an seinen Kopf durchstellen. Er war drauf und dran, unwägbare, dabei aber klare und deutliche Überlegungen vorzubringen, dieselben, die vor kurzem der Justizminister im Fernsehen dargelegt und währenddessen eine geschlagene Stunde lang nicht ein einziges Mal den Faden seiner beeindruckenden Gedankengänge im Zahlen- und Kommawald verloren hatte. Der Minister hatte geäussert, er sei „nicht grundsätzlich gegen den Änderungsantrag zwei, Strich einundzwanzig in seiner berichtigten Form B, der sich auf Artikel sieben A des Gesetzentwurfs über die Kriminalität bezog, durch den Artikel einhundertfünfundsechzig des Strafgesetzbuches mit Hilfe von Bestimmungen geändert werden sollte, in deren Rahmen der Finanzminister den Punkt drittens, aber nicht fünftens durchbringen wollte, denn der schien ihm eine unnötige Wiederholung von Artikel eins, Strich zweihundertsiebenundsechzig des Gesundheitsgesetzes darzustellen, nicht wahr, sondern ..." Ja, Inspektor Ali war aufgrund seiner respektvollen Einstellung gegenüber den Bonzen uneingeschränkt bereit, sich in gleichermassen rationale Erläuterungen zu stürzen, aber da sah er die Augen seines Chefs – und es war ja sowieso keine Kamera dabei. Er bemerkte prosaisch: „Dreiunddreissig weniger zwanzig, bleiben nur noch dreizehn. Ja, Chef. Gestern abend habe ich die Bauern hier gezählt. Zusammen mit uns beiden waren wir fünfunddreissig. Sieben Erwachsene und ein halbes Dutzend Kinder sind übrig. In Anbetracht der herrschenden Hitze und der verstreichenden Zeit steht ernsthaft zu befürchten, dass wir in nicht allzuferner Zukunft mit unserer offiziellen Mission am Hals ganz allein auf diesem Berg hier sitzen werden."

„Wo sind sie?" fragte der Chef und bewunderte sich selbst ob seiner Ruhe. „Ich spreche von Hadscha, von Burgin und von Kommandant Filagar, nicht von den kleinen Fischen."

„Nicht da", sagte der Inspektor. „Nichts, was ihnen aus der Nähe oder aus der Ferne ähnlich sähe. Ich habe wohl Raho auf seinem alten Stierhorn blasen hören, aber er ist nirgends, und sein Eselchen auch nicht. Vielleicht sind die Leute losgezogen, um etwas für unsere Bewirtung herbeizuschaffen. Die Gastfreundschaft ist heilig."

Eine Pause trat ein. Die Sonne brannte herunter, zwei Lungenflügel füllten sich mit heisser Luft und stiessen sie bis zum letzten Wutschnauber wieder aus. Dann begann der Chef zu reden, ohne dabei die Lautstärke über ein Murmeln hinausgehen zu lassen: „Ich wüsste gern eins: Wieviel fehlt noch von dir bis zu einem Vollidioten?"

Inspektor Ali schätzte auf die Schnelle die Entfernung ab, die zwischen ihm und seinem Vorgesetzten lag, und gab ohne Zögern zur Antwort: „Oh! Knapp ein Meter fünfzig." Und gerade noch die Kurve kratzend: „Deshalb fragt dich der Vollidiot, ob wir nicht in der Patsche sitzen?"

„Was für eine Patsche? Es gibt keine Patsche. Die Rädelsführer sind also nicht da? Na und? Heute abend kommen sie bestimmt nach Hause, und dann nehme ich sie eben heute abend in die Mangel. In der Zwischenzeit kannst du mir einen von diesen Zurückgebliebenen hereinholen."

„Einverstanden", sagte der Inspektor. „Gleich. Da ist noch etwas, das nicht ganz in mein Bezugssystem passt, denn ich habe überhaupt kein System. Seit mich der telefonische Weckdienst gestern morgen um sechs Uhr aus dem Schlaf gerissen hat, in dem ich friedlich an der Seite meiner Gattin lag, weiss ich immer noch nicht, um was es geht. Was ist eigentlich Gegenstand unserer Ermittlungen, Chef? Was genau?"

„Staatsgeheimnis", antwortete der Chef. „Man vertraut einem Marktschreier wie dir kein Staatsgeheimnis an, wenn der noch dazu so ein rechter Budschadi* ist."

„Ah!" schloss der Inspektor mit einem breiten Lächeln. „So ist das, ich verstehe. Es muss schon etwas Schlimmes sein, wenn du dafür die Widrigkeiten des Schicksals, unbequeme Zustände und das Fehlen von überhaupt irgendwelchem Komfort in Kauf nimmst. Verstanden, Chef. Bin schon unterwegs."

* Budschadi: einer, der gerne ungefragt, unverblümt und ungehobelt seine Meinung kundtut.

7

„Auf! Komm herein, du da!" sagte der Inspektor zu einem Schatten, der ihm auf den Fersen folgte. „Fühl dich wie zu Hause, geselle deine Anwesenheit der unseren hinzu."

Hieraufhin betrat, eine kurze Danksagung anstimmend, eine Art Pappel in menschlicher Gestalt, deren Stamm sozusagen knapp unter der Krone rechtwinklig abgeknickt war, die Höhle. Ein runzeliger, sehr langer und sehr schlanker Bauer mit feierlichem Ernst im Gesichtsausdruck. Sein schwarzer Bart war kurz, sein kahles Haupt blau.

„Mach es wie das Kamel", wies ihn der Inspektor an.

„Hä?" fragte der Angewiesene nach.

„Beug die Knie, setz dich."

„Ah! Sehr wohl", meinte der Bauer. „Wachcha, einverstanden." Er spuckte in die Hände, rieb sie gegeneinander, sprach „Im Namen des Herrn", dann setzte er sich.

„Aufstehen!" rief der Polizeichef. „Was sind denn das für Manieren?"

„Hä?"

„Steh auf!"

„Ah! Sehr wohl", sagte der Mann aus den Bergen. „Einverstanden."

Und nach einer neuerlichen Anrufung des Schöpfers der Berge und der Menschen richtete er sich wie ein Zollstock wieder auf. Da stand er nun mit gebeugtem Kopf – seine Schultern stützten dabei die Decke – und überragte den Chef. Sonst tat er nichts, sprach kein Wort mehr. Sein Blick ging voll philosophischen Gleichmuts zwischen den Polizisten hin und her, gewissermassen wie ein die Zeit messendes Pendel.

Der Chef sah zu ihm auf, legte dabei den Kopf um einhundertachtzig Grad zurück und stellte fest: „Nein, nein! So geht es nicht. Irgend etwas stimmt da nicht."

„Hä?"

„Setz dich wieder hin."

„Beug die Knie", fügte der Inspektor hinzu.

„Ah! Sehr wohl", sagte der Bauer. „Wachcha, einverstanden. Mit Gottes Hilfe ist alles möglich."

Gemächlich nahm er wieder Platz. In der Zwischenzeit war ein halbes Dutzend Kinder aller Altersstufen im Eingang der Höhle erschienen, einige von ihnen waren in Lumpen gehüllt, andere in aller Einfachheit nackt. Eines von ihnen beschloss hineinzugehen, und die anderen taten es ihm nach. Sie setzten sich alle hin und warteten auf den Beginn der Vorstellung. Trotz der wilden Handbewegungen, die der Chef vollführte, um sie zu vertreiben, hängten sie sich in einer dichten Traube an ihn und spitzten die Ohren.

„Geht weg!" befahl der Chef. „Geht weg!" schrie er. „Raus!"

Nicht eines bewegte sich oder machte Anstalten, die darauf schliessen liessen, es habe verstanden. Ihre Augen glühten in der Farbe von Kohle und Vertrauen. Der Inspektor fuchtelte mit dem Arm wie mit einer Fliegenklatsche und zischte: „Kschsch! Kschsch! Platz hier, geht spielen, ihr Kleinen! Hopp! Haut ab!"

Sie bewahrten die ihnen angeborene Kaltblütigkeit. Von den Allerkleinsten bis zu den Pubertierenden reagierte keines von ihnen auf das Geräusch von Worten oder Schreien, mit Ausnahme eines schwächlichen Bengels, der anfing, sich unter der Achsel zu kratzen.

„Ich werde stocksauer", brüllte der Chef. „Und wenn ich stocksauer werde, dann ist da nichts mehr zu wollen. Aus der Spass. Raus!"

Der Mann aus den Bergen gab ein leichtes Hüsteln von sich, dem eine Bemerkung folgte: „Sie mögen gerne Geschichten. Es sind Kinder."

„Sind das deine?" erkundigte sich der Chef.

„Es sind welche von mir dabei. Die drei da. Sie sind von meinem Blut und dem ihrer Mutter. Die anderen sind so gut wie auch meine. Vettern und Neffen, durchaus möglich. Sie machen ja keinen Krach, oder?"

„Krach oder kein Krach, sag ihnen, sie sollen sich verziehen. Verkrümelt euch!"

„Hä?"

„Das wird hier eine Männersache unter uns", erklärte der Inspektor. „Kannst du ihnen sagen, sie sollen mit ihrem Kindsein verschwinden?"

„Kann ich."

„Worauf wartest du denn noch?"

„Ah!" antwortete der Mann mit dem Bart. (Es klang, wie wenn eine Lokomotive Dampf ablässt – es war seine Art zu lachen.) „Ah! Keiner braucht sich mehr zu schämen auf dieser Welt, mein Herr. Sie kennen sich mit den Angelegenheiten der Erwachsenen besser aus als die Erwachsenen selbst. Ah! Haha!"

„Sag ihnen trotzdem, sie sollen weggehen."

„Ah! Sehr wohl. Einverstanden, mit Gottes Erlaubnis."

Ohne sie anzuschauen, wandte er sich mit tiefem Bedauern in der Stimme an die Kinder. „Morgen", erklärte er ihnen. „Heute gibt es keine Geschichten. Morgen, inschallah!"

Langsam standen sie auf und gingen davon, sagten kein Wort, drehten sich nicht um. Es war, als hätte es sie nie gegeben.

„Gut!" sagte der Chef. „Jetzt wollen wir aber endlich mit der freundschaftlichen Unterhaltung anfangen, damit wir miteinander Bekanntschaft machen. War die Ernte gut dieses Jahr?"

„Nun, ja, mein Herr, Gott hat getan, was er konnte. Die Kaktusfeigen sind von selbst mit ihren Stacheln gewachsen. Die brauchen wir nicht zu giessen, wie du weisst."

„Und der Weizen? Die Gerste, der Mais? Das Getreide?"

„Nun ja, mein Herr", antwortete der Bauer, „reden wir nicht mehr davon, dann sind wir mit dem Reden fertig. So geht das Leben."

„Also eine gute Ernte?"

„Mein Herr, nun ja, es ist besser, wenn du mit deiner Seele wieder in die Ebene hinuntergehst, solange du eine hast. Ja, durchaus möglich."

Der Chef, der sich bis dahin wie eine zappelnde Ringelnatter verrenkt hatte, setzte von nun an geradeheraus und angriffslustig seine Vipernzunge wieder ein. Seine Hand schloss sich drohend zur Faust und sauste durch die Luft wie ein Hammer, der auf einen verbogenen Nagel zielt. „Was willst du damit sagen, zum Donnerwetter?"

„Das was ich sage, mein Herr", gab der Mann aus den Bergen unbeirrt zurück. „Allah ist auf unserer Seite, und er ist auf niemandes Seite. Kein Boden, kein Regen oder nur ganz wenig, kein Saatgut von der Regierung – na also, mein Herr, wo sind da wohl die guten Dinge im Leben, von denen du sprichst, wenn nicht in deinem Kopf voller Leere? Bist du ein Tourist? Du siehst aber eigentlich, so wie ich, wie ein Araber aus. Das soll einer verstehen!"

Der Chef nahm im Ton tiefster Ungläubigkeit den Inspektor zum Zeugen: „Nein aber ... nein aber, hast du gehört, was er gesagt hat?"

„Ja, beileibe", sagte der Bauer, „er hat gehört, was ich gesagt habe. Ich habe nur eine Zunge. Oh! Ich sehe wohl, dass er meine Worte mit einem Lapis* hinkritzelt, aber was ich sage, sage ich."

Der Mann mit der polizeilichen Symphonie verzichtete ohne Umschweife auf den ersten Satz des Verhörs, um aus dem Stand ins Finale zu springen, somit in ein Dezibelcrescendo, das die wahren menschlichen Beziehungen am Ende dieses 20. Jahrhunderts zum Ausdruck brachte. Dominante-Dominierte, und sonst gar nichts. Übertriebene Höflichkeit hatte bewirkt, dass der Orient zu Stein erstarrt war, oh ja!

„Name, Vorname und noch schneller!"

„Hä?"

„Wie heisst du?"

„Ah! Mein Herr, kein Grund zum Schreien. Mein Name ist dein Bruder."

„Ich habe keinen Bruder! Wie ist dein Name?"

„Nun ja, mein Herr, antworte du an meiner Stelle, und die Antwort wird bestimmt richtig sein. Ganz sicher."

* Lapis: Füllfederhalter einer Marke, die vor dem Krieg bei den Gemüsehändlern und Schulmeistern stark verbreitet war.

„Ladin babek! Verflucht sei dein Vater! Weisst du eigentlich, wer ich bin? Hä? Hä?"

Der Mann aus den Bergen lächelte zum ersten Mal. Sein Lächeln war ohne Bosheit, sehr bedächtig, sehr geduldig. „Oh! Ja, mein Herr", antwortete er. „Du bist ein Mann, der herumschreit und der seine Gastgeber beleidigt." Und unter Zuhilfenahme seiner Hände, die flach auf dem Boden lagen, schickte er sich an aufzustehen.

„Wo willst du hin? Bleib sitzen! Das ist ein Befehl."

„Mein Herr, die Zeit nährt das Leben, und mein Leben stirbt gerade an Entkräftung."

„Ich ... ich bin", brüllte der Chef auf dem Höhepunkt des Zorns, „ich bin ... ein Beamter der Regierung."

„So hat Hadscha es mir auch gesagt. Durchaus möglich."

„Ich bin ... ich bin der Polizeichef von ... von ... der Staatspolizei."

Der Mann der Erde fing an zu lachen, wie einer, der eine Blume sieht, die unverhofft in einem Steinhaufen blüht. „So hat Hadscha es mir auch gesagt", sagte er noch einmal. „Zu dieser Stunde wissen es alle, sogar jenseits des Dorfes. Na und? Es gibt immer noch keinen Regen."

Übergangslos schritt der Chef zur alle Worte erübrigenden, überlegenen Tat, indem er mit ein und demselben Handgriff seine Reisetasche öffnete, einen Revolver herausholte und ohne zu zielen einen Schuss abgab. Mit ihm schossen und explodierten die neuen Herren der Dritten Welt, die sich in ihrer Menschenwürde getroffen fühlten.

„Chef!" schrie der Inspektor. Die Kugel hatte ihn knapp am Ohr gestreift, in einem fort wiederholte er das Wort „Chef!" in allen Tonlagen von Angst bis Erleichterung.

Und dann verflog der Rauch, das Echo des Schusses wurde immer leiser – und es blieben nur einige Neugierige übrig, Kinder, Frauen und Männer, die am Eingang der Höhle standen. Als sie festgestellt hatten, dass alles in allem weder den Tod eines Menschen bewirkt noch dazu geführt hatte, dass ein Sohn Adams im Sterben lag, verschwanden sie gemächlich, gefolgt von ihren Schatten. Es war, als habe die sengende Sonne draussen all ihre Zweifel ausgelöscht. Übrig blieb der Bauer, der nach wie vor mit seinem feierlichen Ernst, seinem blauen Schädel und seinem schwarzen Bart dasass. Er sagte mit der Stimme der Vorsehung: „Vor einigen Jahren hat da unten, weit weg von hier in einer Stadt der Ebene und der Berge, die Erde gewackelt. Sie hiess Agadir, glaube ich, so haben die Nomaden aus der Sahara berichtet. Ah! Mein Herr, manch einer ist gestorben, andere haben überlebt. Aber es sind nicht dieselben gewesen. Gott gebührt Lob von den einen ebenso wie von den anderen."

Der Revolver richtete sich bei den ersten Worten auf den Kopf des Bauern, dann auf seinen Bauch, seinen Mund, aus dem die hirnlose Rebellion herauskam, bedrohte jetzt seine Vorfahren über seine Schulter, hinter ihm, dort an der Wand der Höhle, und war jederzeit bereit, zwischen seinen Beinen allen seinen zukünftigen Nachkommen, Menschen, Tieren und „Affenwesen", den Garaus zu machen. All das nahm der Chef vor die Mündung, während an seinem Hals eine Ader pulsierte, die zum Bersten mit schwarzem Blut gefüllt war. „... Das nächste ... das nächste Mal erwische ich dich. Ich lege dich um, und ich habe sogar das Recht dazu, du ... du afrikanischer Windhund!"

„Ah! Sehr wohl. Einverstanden. Wenn es mektub ist, ist

es mektub. Alles steht im Himmel geschrieben, mein Herr. Auch über dich."

„Ladin muk! Eine verfluchte Hündin ist deine Mutter! Du bist verhaftet! Stehenden Fusses! Papiere!"

„Ah! Mein Herr", sagte sein Gegenüber, ohne die Stimme zu erheben. „Gott allein weiss, wer dich derart aufgeblasen hat, aber man soll die Leute nicht anblasen. Es ist sinnlos, davon fällt niemand um."

In diesem Augenblick griff der Inspektor wie ein Wasserwerfer in das Geschehen ein, genau in dem Moment, als der Chef im Begriff war, tatsächlich einen Menschen zu töten. Er hatte sich zu Beginn seiner Laufbahn bei zahlreichen Demonstrationen in der Stadt die ersten Sporen verdient, und zwar in Zivil, und er wusste, wie man einen Knüppel oder eine Eisenstange gegen die Ordnungshüter einsetzt. Nichts war danach leichter, als die Rädelsführer zu unterwandern und in eine Falle zu locken. Er kannte alle Gassen und Gässchen der Medina, er war dort geboren und aufgewachsen, hatte dort gelernt, was es heisst, ein Mann zu sein. In seiner Person fand sich alles Erforderliche vereint: Gossenausdrücke, dass einem Marokkaner die Haare zu Berge stehen konnten, Kleidung aus grobem Stoff, in der er recht armselig aussah. Er konnte die Internationale genausogut auf arabisch singen wie das Palästinenser- oder Polisario-Lied. Er war es zufrieden, wenn er auf seine Kollegen eindrosch, und empfand nicht ansatzweise Stolz oder sonst irgend etwas dabei. Und wenn man ihm verdächtige Elemente zur Aufnahme der Personalien in Handschellen ins Büro brachte, war er es ebenso zufrieden. Wo war da der Unterschied? Ah! Oh je! Was war das eigentlich für eine Arbeit? Was war das für ein

Chef, dem es dermassen an Humor fehlte? Kurz entschlossen lieferte er eine weitere Demonstration seiner Doppelrolle. Zunächst sprach er seinen Vorgesetzten mit vor Unterwürfigkeit aalglattem Gesicht auf französisch an: *„Is doch nurr einö kleinö Fisch, Chif!"*

Der Chef sah ihn betroffen an, die Kinnlade klappte ihm herunter. Sein Atem kam und ging stossweise, es klang wie in einer Schmiede.

„Kleinö Fisch, wöllisch unwischtisch, Chif!" sprach der Inspektor sehr schnell weiter. *„Sardine, faulig Sardine ... Du, die grosse Fisch, die handfeste Kerlen, also bitte! Heiliger Schtaat!"*

Und ohne weiter abzuwarten, wandte er sich an den Bauern. Während er dies tat, nahm sein Gesicht augenblicklich seinen volksnahen Ausdruck an, sozusagen sui generis, unterste soziale Schicht, dritte Klasse in der Eisenbahn. Im Ton einer Schimpftirade im Bazar bellte er los: „Hör mal, du Sowieso mit dem Kahlschlag auf dem Schädel und dem lieben Gott im Mund! Halt mal ein bisschen die Luft an und steck deine Finger in die Ohrmuscheln. Mein Chef hier ist ein höchst bedeutender Mann, so bedeutend, dass manchmal irgendwelche komische Kerle drei Monate, sechs Monate und länger warten, bevor er geruht, sie zu empfangen und einen Blick in ihre Akte zu werfen. Sie zittern vor ihm, das solltest du mal sehen! Und wer bist denn du, du? Nicht einmal eine Akte hast du! Das gibt es doch nicht, dass einer so verstockt ist, mit Kuhfladen in den Ohren und sonstwas sonstwo."

Der Mann aus den Bergen hörte und sah diesem Marktschreier zu und suchte nach einer Erklärung dafür, dass er ihm ständig zuzwinkerte, den Mund verzerrte und dabei eine Art stummen Gelächters von sich gab, das nervöse Zukkungen in sein Gesicht und den richtigen Sinn in seine Worte schrieb. Und je besser er verstand, desto breiter wurde sein Lächeln. Er sagte: „Dich verstehe ich. Ich verstehe dich genau. Du sprichst auf arabisch, und das bedeutet höflich."

„Also halt den Mund und hör zu, was ich dir sage. Wie? Da steht vor dir ein Mann von der Regierung und der Polizei, der sich die Mühe gemacht hat, in dein Loch hinaufzuklettern, und du empfängst ihn so? Wenn ich nicht zu deinen Gunsten einschreiten würde, würdest du für immer ein krätzestarrender Aussätziger bleiben. Das geschieht dir recht, das geschieht euch allen recht, Saubohnenbande! Dabei ist der Chef hierhergekommen, um euch zu helfen! Los, spuck auf den Boden!"

„Du weisst, was sich gehört", stimmte ihm der Bauer zu und spuckte.

Der Inspektor schleuderte seinerseits eine Ladung Spucke auf den Boden, bevor er seinem Chef gegenübertrat, diesmal wieder mit dem Zu-Diensten-zu-Diensten-Kameraden-später-Ausdruck im Gesicht: *„Isch kratz die verfauligtö Sardin weg, ja Chif? Un dann fängs du grosö Fisch, so Schiss-Walfisch, alles klar, Chif?"*

Erschöpft von seinem verrauchten Zorn, mit schweissnassem Rücken und trockener Zunge nickte der Polizeichef mit dem Kopf, zweimal.

„Also in Ochtnung, Chif. Isch machö seinö Eingöweidö läär, von diesö Vogöl. Du wirs gleisch seön, Chif!"

Ah! Oh je! Was war das nur für ein Chef? Am Tag nach der Unabhängigkeit war er an die Spitze katapultiert worden, weil man Löcher mit Kalk und Sand füllen musste und dazu meistens irgendwo anders Löcher aushob. Was konnte dieser Mann schon kennen ausser dem dramatischen Gefühl seiner eigenen Wichtigkeit? Wie alle anderen Vorgesetzten in zahllosen Verwaltungseinheiten konnte er es seit Jahren nicht fassen, dass er in einer derart gehobenen Stellung sass und über Macht verfügte, das heisst über das Gesetz und die Durchführung des Gesetzes. Anderswo, in anderen Büros, sassen seinesgleichen und waren auch alle Vorgesetzte. Geistliche, die man in den Rang hoher Beamter emporgehoben hatte, weil sie zwei oder drei Kapitel aus dem Koran auswendig oder in etwa richtig hersagen konnten; Histrione und Hagiographen, die in leitender Stellung schicksalhaften Einfluss auf Zeitungen, den Rundfunk, das Fernsehen, die Kunst, Seminare und die Vereinigung verdienter Schriftsteller nahmen; Generalsekretäre, Direktoren, Ämter, Papiere, Papierkriege ... Vorgesetzte in Hülle und Fülle, die ein eisenhartes Netz bildeten, einen in beide Richtungen – die vertikale wie die horizontale – starren Apparat ...

„Mach deine Gedankenkiste zu", sagte der Inspektor zornig zu sich selbst. „Eines Tages wirst du alles, was darin ist, laut zum Ausdruck bringen, und dann aber, Sohn deiner Mutter ... Und überhaupt, was bringt dir das, hä? Was bist du anderes als ein Zwischenübertragungszahnrad im Getriebe? Dominant und dominiert, herrschend und beherrscht zugleich, genau auf halber Strecke, sozusagen! Wie der Finger zwischen Hammer und Nagel. Sie geben dir eins drauf, und du gibst den Typen unter dir eins drauf ... So ist das bei der Polizei. So ist das bei deiner Arbeit, armes Inspektörchen. Los, hör auf zu denken. Mach schnell, der Chef schaut dich an."

„Redest du mit ihm auf rumi?" fragte der Bauer und zeigte mit dem Daumen auf den Chef. „Geht so eure Arbeit?"

„Hä?" sagte der Inspektor. „Ja, ich spreche in der Sprache der Römer mit ihm, geht dich das was an? Er und ich, wir verstehen uns so, das ist offiziell. Wie die rechte Hand und die linke Hand. Erfasst?"

„Nein."

„Das macht nichts. Reden wir von was anderem, mein Bruder. Der Chef hat gesagt: Papiere. Hast du Papiere?"

„Das gab es früher mal", gab der Bergbewohner zurück. „Hadscha hat es genommen, um Feuer anzumachen. Alte Kartons."

„Das meine ich nicht", sagte der Inspektor geduldig. „Schau doch mal: In den Städten haben die Leute die Taschen voll mit allen möglichen Papieren."

„Wir sind nicht in der Stadt, mein Freund."

„Ich werde es dir erklären. Gib mir deine Hand, Alter. Sie haben dort Papiere und Scheine, verstehst du?"

„Nein", sagte der Bauer. „Deine Worte dringen nicht bis zu meinem Kopf durch."

„Ich werde es dir erklären", wiederholte der Inspektor hartnäckig. „Es gibt rosafarbene, blaue, in allen Farben. Es gibt welche zum Autofahren, und zwar zwei: einen grauen Fahrzeugschein, die *carte grise*, damit du das Auto bekommst, und einen rosa Führerschein, damit du es bewegen darfst. Es ist ganz einfach."

„Ich habe kein Auto, also hör mal! Wir haben nur ein Maultier und ein Eselchen da drüben, du kannst selbst nachsehen. Und versuch mal, denen Papiere hinzuhalten, damit sie sich bewegen! Du bist vielleicht ein Witzbold, du."

„Hab Geduld mit deiner Seele, mein Bruder", mahnte ihn der Inspektor und wischte sich über die Stirn. „Gut! Du hast keinen Führerschein, und du hast kein Auto, dafür kann ich nichts. Aber in den Städten, da gibt es das, da geht es rund auf der Strasse, das solltest du mal sehen! Reden wir von etwas anderem. Hör zu."

„Ah! Gut. Einverstanden."

„Es gibt auch noch andere Papiere, massenweise. Einen Wahlberechtigungsschein, hä?"

„Wovon redest du? Ich verstehe kein Rumi."

„Gut. Du gehst also nicht wählen. Weiter. Das wird ein glühendheisser Tag, meiner Treu!"

„Nicht schlimmer als gestern. Es ist Sommer. Im Winter ist es nicht so heiss."

„Ja. Gut. Überspringen wir den Vers mit der Sozialversicherung und die Sure mit der Familienbeihilfe, denn die Regierung gibt dir nichts als Familienvater? Stimmt's?"

„Ich kenne niemanden bei der Regierung. Aber dafür gibt es da so ein Paar Söhne Adams, die einmal im Jahr kommen und uns unsere Tiere für die Steuer wegnehmen."

„Ich weiss, ich weiss!" beschwichtigte ihn der Inspektor sofort. „Reg dich nicht auf. Das ist bewältigte Vergangenheit. Die kommen sowieso nicht wieder, ihr habt ja nichts mehr, was ihr ihnen geben könntet. Aber sag einmal, wie sieht es denn mit dem Stammbuch aus. Du bist doch verheiratet?"

Der Bauer bleckte die Zähne bis zum Zahnfleisch und lächelte voll Mitgefühl. „Pass auf, wo du deine Füsse und deine Worte hinsetzt", antwortete er. „Wie hätte ich, bitte sehr, ganz allein die drei Kinder bekommen sollen, die du vorhin gesehen hast?"

„Das stimmt", sagte der Inspektor. „Das hatte ich vergessen. In diesen Fällen braucht man die Frauen. Es ist ihre Pflicht und ein wahres Vergnügen. Was sein muss, muss sein. Gesundheit, mein Bruder! Glück und Segen! Ich wünsche dir noch fünf oder sechs dazu. Du bist in der Blüte deiner Jahre, wie ich sehe. Dann steht also irgendwo geschrieben, dass du verheiratet bist, ja? In einem notariellen Zauberbuch ... einem Stammbuch, wie man in der modernen Verwaltungssprache sagt?"

„Oh, mein Herr, nein!" gab der Bergbewohner zur Antwort. „Hier sind wir im Landesinnern. Da gibt es nichts zu kritzeln. Ganz davon abgesehen, kann gar niemand kritzeln. Wir haben ordentlich ein Kapitelchen aus dem Koran aufgesagt, nachdem wir uns das Gesicht und die Füsse gewaschen hatten, wie es Sitte ist. Wir haben gesungen, getanzt und dann gegessen. Und dann, bevor wir ins Zelt gegangen sind (damals hatte ich ein Zelt), habe ich zu meiner Frau gesagt: 'Sohra, Tochter der Bani Mellil, ich nehme dich zur Frau. Es ist geschworen.' Ich habe ihr meine Zunge gegeben, verstehst du? Sie hat mir ihre auch gegeben. Sie hat zu mir gesagt, mit gesenkten Augen, wie es sich gehört: 'Ali, Sohn der Aït Yafelman, du wirst mein Mann sein. Ich schwöre es auch.'"

„Bei Allah und dem Propheten!" rief der Inspektor aus, seine Augen waren auf einmal voll Feuer. „Du heisst Ali wie ich?" Er umarmte ihn, gratulierte ihm wärmstens, tätschelte ihm den Rücken, nannte ihn „lieber Namensvetter". In sozusagen ansteckender Heiterkeit wandte er sich dem Chef zu: „Er heisst Ali, wie ich, Chef! Das gibt es ja nicht."

Dass der auch noch da war, hatte er ganz vergessen, allen

Ernstes. Was war das nur für ein Chef? Brachte die Leute noch vor den Ermittlungen um. Ah! Oh je! Um sich dann im Büro die Hirnwindungen auszuquetschen, während er mit beiden Zeigefingern auf der alten verfluchten Makina tomatik* in der offiziellen Sprache Seite um Seite niederschrieb, was die mutwillige Leiche gesagt haben sollte oder gesagt haben könnte, bevor sie den Kopf verloren und einem in der Ausübung seiner Tätigkeit begriffenen Polizeioffizier Gewalt angetan hatte. Denn das war das Schlimmste, das Unmenschlichste an diesem Beruf, dass man schreiben, erfinden, die Vorstellungskraft in der Steppe der Worte und der Sahara der Gedanken umherscheuchen musste. Natürlich, natürlich! Es gab dann eine Belohnung am Ende des phantastischen, intellektuellen Ausritts. Wenn die Arbeit mit verhängten Zügeln ins Ziel geritten kam, hatte man die Befriedigung, das Manuskript im Format 21×29,7 in beide Hände nehmen zu dürfen, lauter sauber in einfachem Zeilenabstand betippte Blätter, deren Schnittfläche man mit kurzen, hämmernden Schlägen auf den Schreibtisch niedersausen liess, um sie gleichzurichten. (Bis vor noch gar nicht allzulanger Zeit war mit doppeltem Zeilenabstand und breitem Rand geschrieben worden, um das Schrifttum „luftiger zu gestalten", wie die Vorschrift erläutert hatte. Und dann waren Dienstanweisungen und Fortbildungskurse über die Polizei hereingebrochen. Die Folge davon war, dass es nun keinen Grund mehr gab, mehr Platz als nötig zwischen zwei Zeilen freizulassen, genausowenig wie zwischen zwei Augen ... Und zierte nicht zudem alle Dienststuben ein Aus-

* automatische Schreibmaschine

hang, der die neue Politik der Regierung, die neue Sparpolitik nämlich, bekanntmachte?)

„Ali, Chef", sagte er noch einmal. „Mach ihm, wie einem Freund, ein Plätzchen in deinem Hilfsprogramm für unterentwickelte Bauern frei. Ali heisst er, Chef. Er hat doch ein kleines Bakschisch verdient."

Der Chef würdigte ihn keines Blickes. Er hatte seinen Revolver in Reichweite seines nächsten Wutanfalls hingelegt und las mit schwammigem Kopf die Notizen, die er gemacht hatte, sein Drehbleistift folgte dabei Zeile um Zeile der Fährte der Worte. Seine Lippen bewegten sich stumm. Endlich sagte er, ohne den Kopf zu heben: „Verlangsame deine Worte."

„Was?"

„Du bist zu schnell, ich komme kaum nach."

„Jawohl, Chef. Ich schalte ein paar Gänge zurück. Und du", wandte er sich an den Bergbewohner, „immer sachte, sachte im verkürzten Trab. Wir haben den ganzen Tag vor uns. Kein Grund zur Eile."

Der Sohn der Erde riss seit einer geraumen Weile die Augen auf. Sein Mund öffnete sich gewissermassen ungläubig: „Wie kann das sein, oh Heimatland? Zuerst schiesst dieser Mann auf mich, und jetzt redet er davon, dass er mir Flus geben will? Früher, da säte man Weizen und erntete Weizen. Keine Mäuse. He! Du brauchst mir nicht die Zähne zu zeigen, Kerl."

„Er hat nicht auf dich geschossen, also hör mal! Das darfst du nicht glauben, Bruder Ali! Denk nach, Ali! Er wollte nur die Beweglichkeit seiner Finger trainieren. Das macht er jeden Morgen. Er muss sich davon überzeugen, dass seine Waffe richtig funktioniert. Verstehst du?"

„Nein. So eine Sache hat keinen Namen."

„Hör mal zu, du! Du hast zwei verschiedene Dinge in deinem Kopf verwechselt, du hast sie durcheinandergebracht: Primo muss die Hand des Chefs geölt werden, das heisst, sie darf nach einer Nacht voll Schlaf nicht eingerostet sein, und die Pistole hier muss schiessen, wie es sich gehört, an jedem Tag, den Gott schafft; zweitens hast du mit dem Chef Worte gewechselt, die auf andere Worte geklettert sind, und dann ist der Zorn hochgegangen wie Sauerteig, und schau einmal, wie der Zufall so spielt, genau in dem Augenblick ist dem Chef der Gedanke gekommen, seine Waffe auszuprobieren. Verwechsle nicht den Kopf des Hundes mit dessen Schwanz, also bitte! Du bist doch ein erwachsener Mann mit drei Kindern, die ihrerseits mit Gottes Hilfe heranwachsen werden!"

„Ah?" äusserte sich der Bauer mit einem geschlossenen und einem weit aufgerissenen Auge. „Ah! Gut! Einverstanden, so. Vielleicht tut ihm leid, was er getan hat?"

„Ihm? Leid tun? Da ist nichts, was ihm leid tun könnte, du Maultierkopf ... mein Bruder! Ich sage dir ... ich sage dir, er hätte sowieso geschossen, selbst wenn du nicht dagewesen wärst."

„Ich war aber da."

„Du hättest genausogut auch nicht da sein können. Es ist ganz einfach. Vergiss es."

„Ah? Sehr wohl. Einverstanden, du. Und du sagst, dass er mir Geld geben wird?"

„Kann sein. Hmmm! Kann schon sein."

„Dann soll er es mir gleich geben, und der Segen Gottes möge in demselben Augenblick über ihn kommen. Kein Grund, länger herumzupalavern. Sag ihm, dass es schon

Monde und Jahreszeiten her ist, seit ich das letzte Mal eine Kupfer- oder Nickelmünze gesehen habe. Sprich Rumi mit ihm, dann versteht er es schneller." Er legte die Hände zu einer offenen Schüssel zusammen und streckte sie vor.

„Nein, nein", hielt ihn der Inspektor eilig zurück. „Auch hier solltest du mit deinem Bauernkopf nachdenken. Wenn ich das Manna zu verteilen hätte, gäbe es nicht so viel Theater, bei Allah und dem Propheten und dem Herrscher der Gläubigen, der uns aus einem seiner Paläste heraus von einem seiner Throne herab regiert, denn selbstverständlich gibt es in jedem seiner Paläste einen Thron, Gott bewahre und beschütze ihn. Sag Amen!"

„Amen!" sagte der Bauer.

„Ich habe es also nicht zu verteilen", fuhr der Inspektor fort. „Ich werde an dem Ziegenbockleder kratzen, das deine grauen Zellen bedeckt, und die Art und Weise, in der die Verwaltung arbeitet, in deinen Kopf hineinbringen. Weisst du, was das ist, die Verwaltung?"

„Nein."

„Das macht nichts. Stell dir ein grosses Haus in der Stadt vor, voll mit wohlgekleideten und wohlgenährten Leuten, die zwischen lauter Papierhaufen leben. Sie brauchen Papiere. Und du hast keine. Also existierst du für sie nicht. Das ist die ganze Geschichte. Du bist nicht geboren, du lebst nicht, du bist nicht einmal tot. Traurige Sache, was? Was machen wir jetzt? Hast du eine Idee oder die Wurzel einer Idee?"

„Nein", erwiderte der Mann aus den Bergen mit weit aufgerissenen Augen. „Und du?"

„Ich auch nicht."

„Also", folgerte der Bauer, „dann reden wir nicht mehr

von dem Vermögen. Das ist etwas für die Reichen, nicht für uns. Es gibt Töpfe, in denen wird immer wieder gekocht, und es gibt andere, die sind ständig leer. So ist es eben. Möge dein Tag voll des Friedens sein, mein Bruder! Ich gehe."

„Hiergeblieben", hielt ihn der Inspektor zurück. „Es reicht, wenn du heute abend zu deiner Frau kommst. Du hast Zeit. Du musst ja nicht ständig zuk-zuk mit ihr machen. Lass ihr ein bisschen Zeit zum Erholen, also ehrlich! Wenn ich dir sage, dass ich aufgrund der äusseren Umstände seit sechsunddreissig Stunden kein Dings mehr gebumst habe ..."

Plötzlich ertönte aus den Tiefen des offiziellen Puritanismus die Stimme des Chefs: „Du schweifst ab, Inspektor Ali!"

„Was?"

„Du bist ordinär. Und ausserdem bist du auf dem Holzweg."

„Das darfst du nicht denken, Chef", protestierte der Inspektor. „Alle Wege führen ins Gefängnis. Und ausserdem kenne ich die Abkürzungen."

„Genug!" sagte der Chef.

„Aber Chef, das ist eine Art wie jede andere, um ans Ziel zu kommen. Es gibt Autobahnen und Maultierpfade. Wenn die Fragen abstrakt werden, das heisst, wenn sie erschlaffen, wenn du verstehst, was ich meine, nun ja, dann ist doch nichts dabei, wenn man sie ein bisschen würzt. Damit sie besser stehen, sozusagen!"

„Ich habe gesagt: genug."

„Ja, Chef, das hast du gesagt. Das kann ich bezeugen. Aber ich kenne die Bauern bei uns. Ich bin wie sie. Wenn man mich mit dem, was du weisst, erregt, löst sich meine Zunge. Weiss der Geier warum. Liegt wahrscheinlich in der Natur des Menschen. Die einzige Beschäftigung, der dieser Typ da in unserem Land noch umsonst nachgehen kann, ist die Sache mit dem Dings. Zuk-zuk. Stimmt's, mein Bruder?"

„Ah! Gut", antwortete der Bauer mit strahlendem Lächeln. „Du, du kennst die Seele."

„So la la", der Inspektor gab sich bescheiden. „Ein bisschen. Es hilft einem, das Leben zu durchqueren. Wenn die Sache mit dem Dings nicht wäre, lieber Namensvetter, ich frage mich ernsthaft, wie dann der Laden laufen würde. Manche wandern ja aus, nur um ..."

„Genug!" brüllte der Chef, rot vor Ärger. „Schmeiss ihn raus!"

„Aber Chef, das Verhör hat noch gar nicht richtig angefangen. Ich war noch bei den Annäherungsversuchen, der platten Lippe*, wie die Dichter sagen, die Gedichte schreiben. Im nächsten Augenblick wird die Flagge gehisst, kommt das Kaninchen aus dem Zylinder."

„Schaff mir auf der Stelle dieses Ungeziefer vom Leib ... unverzüglich, Himmeldonnerwetter! Sonst schwöre ich bei den Türken und den Griechen, dass ich ... dass ich ... raus!"

„Hast du gehört? Er hat gesagt raus!" erläuterte der Inspektor dem Bergbewohner streng. „Also, raus, fissa. Mach es wie das Kamel nach einem ausgedehnten Nickerchen, streck die Knie und geh von hinnen. Raus hier, du papierlo-

* Ich glaube, der Inspektor wollte sagen: „der platonischen Liebe", aber ich bin mir nicht ganz sicher.

ser Gockel! Zisch ab, bevor zwei und zwei nicht mehr vier sind. Los, geh wieder zu deiner Frau. Hüah, und zwar im Galopp!"

Einen nach dem anderen betrachtete der Bauer lange die beiden Polizisten. Dann erhob er sich gemächlich und verschwand – lang wie ein Baumstamm – und stimmte unter der Sonne eine Anrufung des Schöpfers der Einfachen im Geiste und der Geistesschwachen an.

Von diesem Augenblick an begann der Polizeichef, sich ernsthaft Gedanken über diese verflixten Ermittlungen, Himmel noch einmal, zu machen – und über den Sinn des Lebens im allgemeinen, gesetzt den Fall. Zwei Stunden lang brachte er die Lage auf den Punkt, indem er im Sitzen mit geschlossenen Augen standhaft gegen den Schlaf ankämpfte und mit Feuer und Schwert im Gewissen die Angelegenheit im Geiste an seinen fünf Fingern abzählte. Im Verlauf dieser zwei Stunden sprach Inspektor Ali ihn dreimal in langen Abständen an. Folgende Worte richtete er an ihn:

1. „Wenn ich wenigstens wüsste, gegen wen oder gegen was wir in diesem Kaff ermitteln."

2. „Gut. Ich glaube, ich mache einen kurzen Spaziergang, um mir die Zeit zu vertreiben."

3. „Schläfst du, Chef?"

Der Polizeichef hatte sich in seinen lose verstreuten Gedanken verloren, die er mit dem einzigen Zement, der ihm zur Verfügung stand, nämlich der Kraft seines Willens, wie Trümmer wiederaufbauen und befestigen musste, und würdigte ihn keines Blicks.

Zwischen der zweiten und der dritten Bemerkung hatte

der Inspektor gemütlich Zeit gehabt, ins Dorf hinunterzugehen, und mit irgend jemand zu plaudern, oh, irgendeinem Geschöpf mit vier Gliedmassen, zwei Ohren und einer Zunge! Es fehlte ihm an Unterhaltung, an menschlichen Beziehungen. Er konnte dramatische Szenen nicht leiden und war seines Wissens weder in der Stadt noch draussen auf dem Land jemals auf eine Spur von Humor bei einer Beerdigung gestossen. Er erinnerte sich vage an einen gewissen „Racine ben Athalie" und an Schlangen, die über seinem Kopf zischten, damals, als er allein eine ganze Schulbank in der Nähe der Tür drückte. Aber das war vorbei, und dank Allahs, des Gnädigen und Barmherzigen, und auch dank der Polizei brauchte er keine Bleistifte mehr zu spitzen. War doch wirklich wahr! Er hatte die Nase voll, alles hatte seine Grenzen, sogar in einem Kommissariat. Der Inspektor würde seine eigenen Ermittlungen führen, ohne Mittel, und dann würde man ja sehen, was man sehen würde! Sollte der Chef doch alle Elemente, über die er verfügte, das Wie und das Warum und das Wieherum für sich behalten! Sollte er doch daran ersticken, wenn er so egoistisch war! Er und seinesgleichen, die hohen Vorgesetzten in allen Dienststuben und sogar in den Fussballvereinen, verfolgten immer nur ein und dieselbe Politik, und die bestand darin, alles für sich zu behalten und ihren Vorgesetztenstatus wieder und wieder durchzukauen. Inspektoren wie er, Angestellte und Stellvertreter – ganz zu schweigen von den unteren Rängen auf der Leiter! –, konnten und durften nichts anderes tun als Autos vollzutanken oder den Herrschaften die Schnürsenkel zu binden, ihnen zuzuhören, ihnen zuzustimmen, sie zu bewundern und ihnen die Koffer zu tragen. Die Franzosen waren weg, aber die

Sklaven waren geblieben – Türsteher, Hausangestellte, Sekretäre, subalterne Figuren, die auf ewig zwischen den neuen Herren der Dritten Welt und dem Volk eingeklemmt waren. Ja, bei Allah und dem Propheten, er würde seine eigenen Ermittlungen unter der sengenden Sonne führen, und wenn es nur wäre, um die Bewohner dieses Dorfes kennenzulernen. Jetzt waren sie schon 36 Stunden vor Ort, und weder er noch der Chef waren in der Lage gewesen, die geringste Auskunft über ihr Leben, ihre Wünsche und ihre Bedürfnisse zusammenzutragen. Nicht aus purer Polizistenneugier, sondern um den Zustand des Landes kennenzulernen. So und nicht anders sah Inspektor Ali einen Sinn in seinem Beruf. Und was wusste er zu dieser Stunde sicher über die Bergbewohner? Zweimal null gleich null plus ein paar Zerquetschte und Abgekratzte. Was war das für eine Arbeit, bei der man Fragen stellte und Antworten bekam und das Ganze gleichzeitig mit einem goldenen Drehbleistift in ein altes Notizbuch eintrug? Wozu hatte diese Bürokratenpolitik geführt? Zu einer einfachen, kleinen, zufälligen Übereinstimmung in einem Heuschober: Ein Bauer hiess, wie er selbst, mit Vornamen Ali. Haha! Hoho! Wenn es in diesem Tempo weiterging, war damit zu rechnen, dass bis zum Ende der offiziellen Mission, von der er nicht den blassesten Schimmer hatte, zwei oder drei Jahre ins Land gehen würden ...

Bei Allahu akbar, wie Imam Khomeini sagte, wahre Ermittlungen, die dieser Bezeichnung würdig waren, hatten mündlich vollzogen zu werden, nach der oralen Tradition im Lande, wie die mündliche Überlieferung und der Zukzuk. Man ging doch nicht mit einem Heft in der Hand auf die Leute los, also wirklich! Ein Glück, dass der Chef in seiner Paranoia nicht auf die Idee gekommen war, eine Schreibmaschine mitzunehmen! Der Inspektor grinste wie ein Esel aus dem Dschebel, während er sich ausmalte, wie er eine ultramoderne Makina tomatik auf einem Stein des Gebirges aufstellte und zu einem der Söhne der Erde sagte: „Habe Geduld mit deiner Seele, mein Land! Warte ein wenig, ich muss noch zwei Blätter aus Papier und eines aus Kohle über den Tasten einrollen. Jetzt kannst du anfangen, ich höre dir zu. Und fass dich kurz, ich habe nicht viel Papier."

Er musste einfach lachen, und dann sah er Hadscha. Der Zufall war gross, ehrlich! Da stand sie – offensichtlich hatte sie nichts zu tun – in Rufweite von der Höhle, als warte sie auf ihn, um ein wenig mit ihm zu plaudern. Er grüsste sie ehrerbietig, küsste ihr nach der alten anti-ödipalen Tradition die Hände und nannte sie „Mütterchen" und „Mamma". Er war so froh, sie zu sehen! Alles, nur nicht die offizielle Visage seines Chefs! Einen Augenblick lang dachte er an die Pflicht und die Disziplin – und hätte ums Haar Hadscha vor seinen Vorgesetzten gezerrt, schliesslich gehörte sie zu den Rädelsführern. Es wäre ihm wirklich ein leichtes gewesen, sie, ausgehend von einem einfachen Handschlag, in den Schwitzkasten zu nehmen, falls sie seinem Ansinnen den geringsten Widerstand entgegengesetzt hätte. Aber vielleicht hatte der Teig noch nicht genügend Zeit gehabt zu gehen. Man durfte Chef Mohammed auf keinen Fall bei seiner Denkarbeit stören. Er würde bestimmt am Ende eine kleine Idee an der Angel haben oder zumindest den Teufel am Schwanz packen. Ja, Geduld konnte Steine zum Keimen bringen, vorausgesetzt, man konnte warten. Hiess es nicht seit den Kreuzzügen vor allem bei den Franzosen, die hervorragendste Eigenschaft der Araber sei die Geduld? Sie sagten sogar: der Fatalismus. Inspektor Ali war Araber seitens seines Vaters, seiner Mutter und seiner Vorfahren und nicht einer dieser amerikanischen Detektive aus Fernsehserien mit B-Besetzung – alles, was recht war! Alles, was recht ist, tröstete er sich, es sind ja schliesslich nicht meine Ermittlungen. Ich weiss nicht einmal, um was es geht. Es ist mir auch monarchisch und administrativ egal. Für mich ist nur wichtig, dass ich die Arme verschränken kann, etwas zu essen habe und ungeschoren unter dem Regen durchkomme. Wenn der Chef sich Kugeln aufs Fell brennen lässt, na ja, wer weiss, kann ja sein, dass ich dann die Ermittlungen in die Hand nehme, und zwar auf meine Weise. Bis dahin tue ich lieber nichts. Ich bin ein echter Araber. Soll der Chef doch mit seinen Gedanken und seinem Revolver alleine fertig werden! Ich wäre froh, wenn er sich eine Kugel in den Kopf schiessen würde, das wäre doch fein!

Befremdlicherweise hatte Hadscha nicht dieselben Augen wie am Abend zuvor und auch nicht wie am Morgen, als er mit ihr wegen der Uniformknöpfe diskutiert hatte. Ihm schien, sie wende den Blick ab. Die Sonne stand ihr direkt gegenüber, daran lag es wohl. Gewiss war hier die Erklärung zu suchen, so sicher wie drei plus vier ... Sie hatte auch keine Lust zu plaudern. Sie liess ihn mitten in einem Satz stehen, der so lang wie eine Boa war, deren Windungen zu entwirren ihm nicht gelang. Und sie ging davon, ohne ihm auch nur „auf Wiedersehen" zu sagen oder „bis gleich zum Abendessen". Ihre nackten Füsse tippelten mit eiligen und behenden Schritten auf dem Boden geradeaus. Um sie herum stieg feiner Staub auf und fiel langsam zurück.

„Bah!" sagte er sich. „Sie zerbricht sich bestimmt den Kopf darüber, wie sie die Knochen vom Vorabend zubereiten soll. Sie hätte ruhig mit mir darüber reden können, alles was recht ist! Ich hätte ihr ein paar Rezepte geben können, die meine Mutter verwendete. Manchmal machte sie uns im Ofen feine kleine Gerichte nur aus Schalen. Das war die gute Zeit!"

Er stiess einen langen Seufzer aus, zog seine Kapuze tiefer, um sich keinen Sonnenstich zu fangen und machte sich daran, den gewundenen Weg hinunterzusteigen, der zum Dorfplatz führte. Der Chef würde bestimmt nicht daran sterben. Und dann, waren seine Gedanken nicht langsam? Ali, was hast du zu ihm gesagt? Denk nach, Wort für Wort. Hast du zu ihm gesagt: Ich glaube, ich mache einen Spaziergang, oder: ich mache einen kurzen Spaziergang? Die Erinnerungen des Inspektors waren siedend heiss und binnen kürzester Frist unter der glühenden Himmelskuppel frisch-fröhlich verkocht. Es war, als hätte es sie nie gegeben. „Der Chef wird es schon verstehen", schloss er laut. „Er hat Köpfchen. Ein Spaziergang ist ein Spaziergang, egal, ob lang oder kurz. Es kommt auf dasselbe heraus."

Raho war mit der Hacke am Werk und versuchte, in die Erde, die so hart war wie die Zivilisation, ein Loch zu graben. Geduldig, ohne sich zu beeilen, ohne einen einzigen Tropfen auf der Stirn. Warum war er nicht schweissgebadet? Er packte das Werkzeug mit beiden Händen, hob es über seinen Kopf und sagte jedesmal „Allah!", so wie andere „Hau ruck!" sagen würden, anderswo, in anderen Ländern ohne religiöse Traditionen. „Allah!" schlug er zu, und die Spitze der Hacke biss in den Boden, und bei jedem Schlag spritzten zwei oder drei Funken und ein paar Brocken weg.

Der Inspektor blieb stehen, sah ihm eine lange Weile bei der Arbeit zu und kommentierte dann: „Du bräuchtest einen Presslufthammer, Grossvater. Eines von diesen Dingern, die bzzzzrrr-bzzzzrrriiikk machen und mit denen man Löcher in die Strasse und das Trommelfeld bohrt. Moderne Strassenarbeiter benützen sie in der Stadt, vor allem im Sommer, wenn die lamirikanischen Touristen da sind. Damit die Lamirikaner auch sehen, dass unsereins ihr Material verwendet und hart arbeitet. Und dass die Araber keineswegs Indianer mit Federn oder Ali Vuds* Statisten mit Turbanen auf dem Kopf sind. Ah, was habe ich gelacht, wenn ich früher ihre Filme gesehen habe! Nicht zu fassen, wie unsere Brüder im Film so reich sein und dabei wie Massenmörder aussehen konnten! Und noch dazu kauderwelschen sie in so einer hölzernen Sprache, dass sogar ich null kapiert, nichts mitgekriegt habe. Den Kerlen, von denen ich dir erzählt habe, hören die Arme niemals zu zittern auf, auch nachts nicht. Wie auch anders, bei solchen Presslufthämmern. Es heisst, ihre Frauen schlafen in einem anderen Zimmer, weil nämlich das Ehebett unentwegt wackelt. Es sind ehemalige Bauern, die von ihren Bergen heruntergestiegen sind, um sich das nötige Kleingeld zu verdienen, damit sie sich eine Glotze kaufen und mit ihrer Familie am Wochenende im Supermarkt spazierengehen können. Aber ich möchte wetten, dass du nicht weisst, was eine Glotze ist, stimmt's?"

„Aha!" antwortete Raho und verscheuchte den Wort-

* Hollywood, glaube ich.

schwall mit einer halbkreisförmigen Bewegung der Hacke von oben nach unten.

„Ja", erklärte der Inspektor mit reichlich feuchter Aussprache. „Ich habe von Bruder zu Bruder mit einigen von diesen Kerlen gesprochen, habe sie einfach so nach ihrem Personalausweis, ihrem Arbeitsausweis und solchen Sachen gefragt. Und um herauszufinden, ob sie in der richtigen Gewerkschaft eingeschrieben sind. Du weisst nicht, was das ist, eine Gewerkschaft? Da hast du recht, Onkelchen. Und dann, wenn eine offizielle Fahrzeugkolonne kommt, muss man schnell die Örtlichkeit freimachen, keine Strassenarbeiter, keine armseligen Gestalten. Die Löcher muss man schnell – fissa! – kaschieren, manchmal mit Planen, oft mit Fahnen. Der Kleintransporter vom Dienst ist immer in der Nähe, an der Strassenecke, der Übertragungswagen vom Fernsehen kommt erst dahinter. Was sein muss, muss sein, ja? Du kennst die Stadt nicht, Papa, also erkläre ich es dir. Man braucht nicht weiter hinter den Wörtern herzusuchen. Eine knapp über dem Boden geflaggte Strasse, das ist wunderschön, da spart man den roten Teppich. So etwas bekommt man im Land der Nazarener und der Gottlosen nicht zu sehen. Ob du mir glaubst oder nicht, Grossvater, aber diese Söhne der Felder wissen nicht einmal mehr, was ein Pflug auf Gottes grüner Erde ist! Ist es ein Segen, ist es ein Fluch? Ich weiss es nicht, ich mache niemals Politik. Aber du weisst nicht, was das ist, Politik, oder? Diese Typen leiden an Gedächtnisschwund, und ich wüsste ganz gerne, seit wann. Dafür können sie dir besser als jeder japanische Rocker aus Japan was von *Choppern* erzählen, die mit allen möglichen Teilen frisiert sind ... von solchen Motorrädern mit hochgezogenem Lenker wie die Zügel der Pferde früher. Weisst du, mein Chef da oben ... ja, gut, reden wir nicht mehr davon. Meinst du, du schaffst es mit deiner kleinen Köhlerhacke, mit diesem Felsen und unter der Sonne Beelzebubs?"

„Ich weiss nicht", antwortete Raho. „Ich muss graben."

„Ja, klar. Ganz klar. Wenn man nicht gräbt, gibt es auch kein Loch, nicht das kleinste. Willst du eine Dattelpalme pflanzen?"

„Ooh, nein. Ich mache einfach ein Loch."

„Was für ein Loch?"

Raho sah ihm in die Augen und sagte in aller Einfachheit: „Ein Grab."

„Ein Grab? Bei Allah und dem Propheten, ist jemand im Dorf gestorben, während ich in aller Ruhe geschlafen habe?"

„Ooh, nein. Noch nicht."

„Was willst du damit sagen?"

„Der Mensch kommt auf die Welt, lebt, was er lebt, und dann stirbt er", erklärte der Mann aus den Bergen. „Man muss für den Tod bereit sein, ebenso wie für die Geburt. Also grabe ich ein Grab für den, der sterben wird."

„Und wer wird sterben? Wer muss sterben?"

Raho befragte langsam den Horizont im Osten, den im Westen, den Himmel, an den das menschliche Geschick geschrieben war, und die Erde, auf der er stand. Dann streckte er drei Finger in die Höhe und faltete sie einen nach dem anderen wieder herunter, während er sanft antwortete: „Ich weiss nicht recht. Vielleicht ein Mann. Vielleicht zwei. Vielleicht ein dritter Mann. Gott allein weiss es."

„Ja, selbstverständlich", stimmte ihm der Inspektor zu,

den eine jähe Hitzewelle durchfuhr. „Du bist alt, und du planst deine zukünftige Bleibe. Aber ..." Er hielt zehn Minuten lang einen Vortrag über die reine Luft der Berge, die gesunde Ernährung, das Nichtvorhandensein von elektrischen Gitarren und Punk-Rock, das natürliche Kalzium, aus dem die Knochen der Bauern bestehen, und die Fortsetzung und die Etceteras. Er erhielt kein zustimmendes Wort, keinen interessierten Blick mehr. Schliesslich gab er es auf, oder genauer gesagt, er überliess Raho den erhabenen Höhen Gottes, der allein die Antwort kennen musste. Und in dem Augenblick, in dem er gerade mit philosophischem Gleichmut abgehen wollte, fiel es ihm plötzlich wieder ein. Er sagte im Ton einer Unterhaltung zwischen zwei Freunden, die sich schon lange kennen: „Du hast nicht zufällig ein Gewehr hier herumliegen sehen?"

Der alte Bergbewohner liess seine Hacke ruhen und fragte gewissermassen verdutzt: „Ein Gewehr?"

„Ja", scherzte Inspektor Ali. „So ein Ding mit einem Kolben und einem Lauf, du kennst das doch. Der Kolben ist aus Holz, der Lauf aus Metall. Gewehr heisst das."

„Ein Gewehr?" wiederholte Raho wie ein Echo.

„Ja, selbiges. Es schiesst, es tut weh, es nimmt das Leben, das der liebe Gott schenkt. Du hast es nicht zufällig irgendwo in Sicherheit gebracht, aus Angst, es könnte rosten oder ein unerfahrenes Kind könnte, in aller Unschuld natürlich, um sich zu vergnügen versteht sich, damit auf die Erwachsenen von der Regierung und der Polizei schiessen, wie sie es manchmal in der Stadt machen?"

„Aha? So vergnügen sie sich also in der Stadt?"

„Das kommt vor", gestand der Inspektor ein, „das kommt vor. Und dann müssen wir sie im Hauptschulabschlussalter einsperren. Denn sie wissen nicht, was sie tun. Mit dem Haschisch von hier, dem Kif, fängt es an, und dann geht es weiter: Comics, Kung Fu, Fix und Speed. Ihre Eltern schauen Fernsehen. Sie essen nichts oder nur ganz wenig, aber sie haben ihr heiliges Fernsehen. Dann haben sie – es muss ja so kommen – kaum noch Zeit, um an ihre Früchtchen die Backpfeifen des Mittelalters zu verteilen, dank derer unsereins sich am Leben erhalten hat, ich bei der Regierung und du auf deinem Berg. Also, du Kommandant, der du den Wert von harten Schlägen und Waffen kennst, du hast das alte Bumbum-Gewehr ausser Reichweite der Vater- und Muttermörder gebracht? Stimmt's?"

Raho schien nachzudenken. Er betrachtete die Hacke, das Gesicht des Inspektors, das Grab, das unter seinen Füssen Gestalt annahm. Dann sagte er mit einem Anflug von Traurigkeit: „Das Gewehr für die Rebhühner?"

„Genau das!" rief der Inspektor erfreut. „Wo befindet es sich zur gegenwärtigen Stunde?"

„Dort drüben."

„Wo, dort drüben?"

„Dort."

„Wo denn? Heb den Arm und zeig mir die Stelle, ungefähr."

„Es ist weit", sagte Raho. „Ich gebe es dir heute abend zurück. Wir haben Zeit."

„Warum nicht jetzt gleich?"

„Das Grab ist noch nicht fertig. Es dauert noch den ganzen Nachmittag."

„Aber heute abend gibst du es mir? Versprochen? Bei Allah und dem Propheten?"

Raho sah ihn lange an, über sein Gesicht zogen mehrere

Schauder, so dass es aussah, als strengte er sich unsäglich an, seine Tränen zurückzuhalten. Dann schniefte er, und als er zu sprechen ansetzte, strömte unendliche Güte aus seinen Augen und seiner Stimme: „Gestern hast du mich um die Gastfreundschaft Gottes gebeten. Du kannst dich also auf mein Wort verlassen. Es gilt unverändert."

Und das war es dann. Die Hacke hob sich mit dem schweren Gewicht des Schicksals, knallte auf den Felsen nieder und zersprengte das Geheimnis des Todes in Stein- und Gedankensplitter. Trotz eines scharfen, jedoch mit reichlich Liebenswürdigkeit, Marzipan und Honig gewürzten Verhörs, das schon gleich bei der Einleitung aus der Spur der vernünftigen und vertrockneten Tatsachen ausscherte, um unverzüglich in den esoterischen Sumpf der grossen, alles umspannenden Themen einzutauchen, mit Überschriften wie „Das Irreale auf der Erde, im Himmel und unter uns" oder in der Art von „Himmel und Hölle, das ist doch ein Kinderspielzeug, sieh doch, Raho! Was sein muss, muss sein, Grossvater! Die Religion muss auf eine Viertelumdrehung anspringen, ehrlich", bekam Inspektor Ali kein Wort mehr aus dem Bergbewohner heraus, keine weiteren Informationen über das Grab, das er da methodisch immer tiefer aushob, nicht einmal über die ungefähre Identität dessen, der da sterben würde, nicht die kleinste Personenbeschreibung, keinerlei kooperative Haltung – nichts ausser den Stahl-Punktierungen, die den Boden löcherten. Die aus der Nährmutter herausgerissenen Steine flogen wie Antworten in Form einer einzigen, ewiggleichen, metallischen Silbe durch die Luft.

Als er merkte, dass er inzwischen bis zu den Knöcheln im Erdaushub stand, beschloss er zu gehen. Widerstrebend, mitten in einem beschwörenden Satz, in dem es um einen Mann ging, der zwischen zwei Fata Morganas in der Klemme steckte, und zwar einer, die ihm im Rücken sass und den Tod bedeutete, und einer, die der Horizont des Lebens war und unentwegt zurückwich. Er fragte, wo in drei Teufels Namen er in seiner Polizistenkarriere diese zutiefst düstere, gereimte, rhythmische Tirade aufgegabelt haben konnte, die wie ein Koranvers klang – und deren Sinn er nicht ganz verstand, selbst wenn er sie in eine einfache und konkrete Sprache wie zum Beispiel die marokkanische Umgangssprache übersetzte. Traurig und verlassen wie ein Waisenkind fing er an, den Gebirgspfad hinaufzuklettern. Und während er sich der Höhle und der Pflicht näherte, führte er Selbstgespräche über den versicherungs- und wirtschaftsmathematischen Bruttosatz. Bei Allah und dem Propheten, er selbst sollte nie erfahren, über welchen mentalen Prozess er so schnell von der Spiritualität zum Kapitalismus übergeschwenkt war. Irgendwann, als er gerade seinen Grips auswrang, um unter der stechenden Sonne einen zusammenhängenden Gedanken hervorzubringen, überkam ihn eine Art plötzlicher Vorahnung: Ein Schatten verfolgte ihn, er bedrohte ihn, versuchte aber gleichzeitig, ihn vor einer drohenden Gefahr zu warnen. Es war, als habe sich seine Haut eben jäh zusammengezogen.

Der Mann, der augenblicklich das Signal erkannte, war nicht mehr der abgefeimte Polizist im Schafspelz der Naivität, sondern der ehemalige Strassendieb, der er in seiner Jugend notgedrungen gewesen war, Taschendieb, Langfinger, Pickpocket, fähig, mitten in der Menge einen Bullen in Zivil zu erkennen oder in der Warteschlange vor dem Kino einen prallgefüllten, in der Tasche eines Emporkömmlings verborgenen Geldbeutel. Behend wie ein Schimpanse bückte er sich, richtete sich in derselben Bewegung wieder auf und wandte sich um, in jeder Hand einen Stein. Sein Atem ging kurz, seine Zähne waren gebleckt.

Er sah nur seinen eigenen Schatten, der, wie er selbst, unbeweglich auf der Lauer lag, zwei gebogene Beine und zwei in Nahkampf-Haltung abgewinkelte Arme, die er selbst auf den Boden projizierte. Und überall um ihn herum, soweit sein Blick reichte, vom Gipfel des Dschebel bis ins Hochland im Westen, war alles friedlich und biblisch. Die Sonne stand immer noch am Himmel, die Stille war gleissend, und von ganz da unten schien ihm, als lächle der alte Raho ihm wohlwollend zu. Aufrecht stand er dort neben dem Grab, die Hände hatte er über dem Stiel seiner Hacke gefaltet, sein Kinn ruhte auf den Händen. Hatte er wirklich Augen wie ein Habicht, scharf und direkt wie ein schwarzer Pfeil, fähig, den Raum in gerader Linie zu durchqueren, um sich zwischen den Augen des Inspektors in die Stirn einzugraben? Oder war es nur eine optische Täuschung?

„Hör mal zu, du!" warnte sich Inspektor Ali und liess die Steine fallen, einen nach dem anderen. „Das ist nichts weiter als das Konzert der Dritten Welt, die vor Hunger verreckt. Bei der nächsten Mission verlasse ich mich überhaupt nicht auf den Chef. Ich besorge mir einen Diplomatenkoffer, einen Sack, der bis oben hin mit Hargma und Mhenscha* voll ist. Ehrenwort, das mache ich, wenn ich nicht mehr daran

* Hargma: schweres, volkstümliches Hauptgericht aus Hammelhaxen, Kichererbsen, einschliesslich Gewürzen – und was für Gewürzen!
Mhenscha: Monarchengebäck, bei dem ein ganzer Harem allein für die Zubereitung drei Tage braucht.

zweifeln will, was meine Augen sehen. Überhaupt, das sind mir von allen Köstlichkeiten meines Landes die liebsten. Ich erinnere mich, dass meine Mutter, möge Gott ihre Seele ruhen lassen, früh morgens aufstand, um Hargma zu machen. Sie ...”

In seiner Nähe, einen Wortwurf entfernt, sass ein Bauer zwischen zwei von drei oder vier Monaten Sonne versengten Büschen und liess seine mageren Finger langsam eine lange Wüstenflöte entlangspazieren. Er brachte keinen einzigen Ton daraus hervor. Inspektor Ali hätte gern mit ihm eine der Melodien von früher gespielt, zu denen man tanzte und dabei die Handflächen gegeneinander schlug und die in einer Musikbox kaum zu finden waren. Zumindest hätte er gern mit ihm eine Diskussion über die Heuschrecken oder sogar über Politik angefangen, aber der Bergbewohner hielt in der Julisonne die Augen geschlossen und den Mund geöffnet – vielleicht machte er ja ein kleines Nickerchen, wer weiss!

Zwei junge, kichernde Frauen gingen Seite an Seite mit demselben in den Hüften schwingenden Schritt, jede trug umgehängt eine Trommel. Ihre Hinterteile waren halbkreis- und ihre Brüste spitzkegelförmig, und sie hatten, bei Allah und dem Propheten, eine zimtfarbene Haut, so wie sie Inspektor Ali am liebsten mochte, bei Beelzebub und allen Dämonen der tierischen Hitze! Als sie bei ihm vorbeikamen, wurden ihre Augen feuchtglänzend, und sie nahmen sich ausgiebig Zeit, um ihn als Frauen und junge Mädchen zugleich zu mustern, zwischen Arglosigkeit und Lust, zwischen Amber und Ingwer. Ihre Lippen waren leicht geöffnet und wurden in Zeitlupe von einem Mundwinkel zum anderen von einer Zungenspitze befeuchtet, die so rosig und fest war wie eine Klitoris aus der Heimat. Sie taten nichts anderes, sprachen kein Wort, begnügten sich damit, ihn mit ihren überströmenden Augen anzusehen und dieses bebende Stückchen Zunge sozusagen zitternd vor Lust spazierenzuschicken.

„Allahu akbar!" murmelte der Inspektor. „Allahu akbar!" wiederholte er laut. „Herr im Himmel, eile mir sogleich zu Hilfe! Führe mich nicht in Versuchung, bitte! Bei dieser höllischen Hitze und wo ich doch gerade mitten in den Ermittlungen für die verdammte Regierung stehe. Bismillahirrachmanirrahim ..."

Trotz seiner koranischen Beschwörungen, die seinen Geist in den Gnadenzustand erhoben, war er in seiner irdischen, durchaus tierähnlichen Hülle schon in Versuchung geraten – und damit nicht genug. Mit einer in Singapur oder auch in der Oxford Street (London, GB) hergestellten Hose wäre das Ding unvermeidlicherweise zu deutlich sichtbar gewesen, und zweifelsohne auch ein wenig zusammengedrückt worden. Nun hatte er aber, beim höchsten Namen des Schöpfers, eine Gandura an, ein Kleidungsstück, das auf alle Fälle einmal weit war. Lediglich eine Stoffalte hatte sich unvermittelt gehoben, ganz leicht nur, ehrlich, aber ohne Tabus, sagen wir in Höhe seiner Körpermitte, und darunter schwang es nun gewichtig von unten nach oben. Ich weiss, wovon ich rede, wenn ich sage, dass im Herzen von Inspektor Ali Überhitzung und galoppierende Inflation herrschten. Mit weit aufgerissenen Augen schrie er los: „Alle beide, meine Gazellen. Ich heirate euch alle beide stehenden Fusses, bei Allah und dem Propheten! O Zwillingsgazellen aus Augen, Brust und Hintern, nie habe ich so Schönes gesehen, in keinem Kommissariat unserer ach so schönen Heimat. Jetzt hört mal her und schaut, was ich tun werde ..."

Gurrend beschleunigten sie ihren Schritt und entfernten sich beschwingt und leicht. Ihr perlendes, würziges Lachen schwebte lange wie Kielwasser hinter ihnen her. Verloren stand der Inspektor einen Augenblick lang gänzlich unbeweglich da und atmete mit geblähten Nasenflügeln. Und dann fing er ohne die geringste Vorwarnung an, jemanden zu beschimpfen, der seit seiner Geburt sehr eng an ihm hing: „Obszöner Araber!" schrie er. „Ungezogener Lümmel! Da bist du ja wieder einmal in einem schön steifen Zustand, sag mal! Los, Platz! Glaubst du wirklich, du mieser Malocher, dass du mich bis ans Ende meiner Tage an der nassen Spitze herumführen kannst? Ja wili wili! Ah! Jammer unseres Jammers und der Zivilisation! Platz, wenn ich es dir sage!"

Ich möchte es genauer beschreiben: Sein Blick war auf die Mitte seiner Gandura gerichtet, und er beschimpfte lediglich seinen Gürtel, versuchte zumindest, ihn zu beruhigen. Mit beiden Händen drückte er das Ding herunter, verbog es und schrie dabei: „Uih! Uihuih! Was mache ich denn jetzt, bei Allah und dem Propheten?"

In gewisser Hinsicht beruhigt und verwaister denn je, machte er sich zehn Minuten später auf den Weg, der zur Höhle, zur offiziellen Visage seines Chefs und zur Pflicht führte. Seine Beine waren gebogen, und er ging schleppenden Schritts. Es war ganz einfach: Für ihn waren die Ermittlungen beendet, alles war von Ewigkeit zu Ewigkeit besiegelt. Er würde in guter und gebührender Form seine Kündigung einreichen, das bedeutete mündlich, und zwar in ein oder zwei Stunden, vielleicht in ein oder zwei Tagen, allerspätestens in einer Woche – und was war schon Zeit angesichts der Gegebenheiten? Man konnte sie zusammendrükken, sie mit einer Präzisionsuhr überwachen, natürlich. Man konnte sie folglich genausogut ausdehnen. Er würde schliesslich den Chef in einem Zwiegespräch in die Zange nehmen, ihn zwischen dem kleinen Zeiger, der die Stunden anzeigte, und dem grossen, der so schnell lief, wie es ihm gerade passte, einklemmen. Und dann würde er von Mann zu Mann mit ihm sprechen. Von Ali zu Mohammed. Eine freie Debatte zwischen zwei freien und souveränen Arabern. Nichts einfacher als das, so sicher wie sieben plus acht ...

Nein, nein! Oh nein! Das war nicht die richtige Methode, alles, was recht ist! Deine Ideen haben sich noch nicht gesetzt, Ali, du Zwiebelkopf! Du fischst noch im Trüben. Da siehst du, wohin es führt, wenn du dich deinen primären Instinkten überlässt! Nein, nein! Hundertmal nein, Inspektor Ali, der Chef wird dich niemals gleichberechtigt anhören. Er ist der Chef, verstehst du? Er ist da oben, ganz da oben in der Verwaltung. Er würde niemals damit einverstanden sein, sich von da oben herabzulassen. Sag lieber zu ihm ... Setz dein Schafskopf-Gesicht auf, dein Kerlchen-aus-sehr-bescheidenen-Verhältnissen- und dein Unterer-Dienstgrad-Gesicht, und wende dich an ihn als Chef. Er hat für dich die Stelle eines Vaters eingenommen, genau wie der Staat das Volk als Pater familias führt.

Der Inspektor brach in Lachen aus. Und dann fing er ein Selbstgespräch an: „Papa! Chef Papa! Papa Chef! Im Namen des gnädigen und barmherzigen Gottes, des Herrn der Welten und des Königs des Jüngsten Gerichts, lege deine Vorgesetztenhand auf meinen Proletarierschädel und gib mir deinen Segen. Vater, ich bitte dich respektvoll um die Hand der beiden zimthäutigen Gazellen. Sag ja. Ich kann mir so nicht länger Erleichterung verschaffen, so ganz allein. Wenn ich immer an die beiden Paradiesjungfrauen denke, verliere ich noch die Freude am Leben. Ich werde zu guter Letzt gehässig und giftig werden. Ich werde am Ende der Eicheln platzen! Also sag gleich ja, hochverehrter Vater. Hier ist die Luft noch nicht verschmutzt, das Essen ist gut, sogar ausgezeichnet. Ich verstosse meine Alte, die vor allem du nicht riechen kannst, und dann lasse ich mich hier für den Rest meiner Tage nieder. Und wenn du schon dabei bist, Chef, möchte ich dich hochachtungsvoll darum bitten, meiner Kündigung mit freundlichen Grüssen zuzustimmen. Ist doch wahr! Trotz der Tonnen von Mühe, die du unermüdlich aufgebracht hast, um mich auf dein Niveau zu hieven, bin ich bis zum heutigen Datum ein einfacher Eingeborener geblieben. Wenn du eines Tages, inschallah, zu uns auf diesen Berg von Primitiven zurückkommst, mache ich dir einen Teller Hargma ... oder Hhlii, in der Sonne getrocknetes Fleisch, du weisst schon. Was ist dir lieber, Chef? Und überhaupt, warum hast du mich überhaupt in diesen miesen Polizeidienst eintreten lassen?" Er sprach von der glücklichen Zeit, als er Fussball spielte. Wenn sie ihn fragten: „Na, Ali, wer hat gewonnen?", dann sagte er mit seinen grossen Zähnen „Ha! Wir." Und dann fügte er schamlos hinzu: „Wegen mir, schliesslich bin ich der König auf dem Platz." Da er weder über einen Werbeetat noch sonst irgendeine Art von Sponsoring verfügte, musste er wohl oder übel selbst für sich Werbung machen. Mit einem Stück Holzkohle schrieb er deshalb auf die Mauern der Stadt: „Ali, König auf dem

Platz". Der Platz, um den es dabei ging, war allerdings recht wenig erschlossen, ansteigende Sitzreihen gab es nicht, anstatt eines Bretterzauns standen die Jungs von seiner Bande drum herum, nicht Ellbogen an Ellbogen, sondern alle fünf oder sechs Meter auf ein Rechteck mit weichen, notfalls ausweichenden Seiten verteilt. Wie sie gleichzeitig auf das Match, die beiden Schiedsrichter und die unzähligen, nicht zahlenden Zuschauer achten konnten? „He, du da! Wo willst du hin mit deiner Tüte Erdnüsse? Hast du für deinen Platz bezahlt? Mach mal die Hand auf. Du hast nicht bezahlt, du hast keinen Stempelabdruck auf der Hand. Hau ab, fissa!"

Die letzten Meter, die ihn von der Höhle trennten, überwand Inspektor Ali in einem beschwingten Dribbling mit einem runden Stein.

Er sah in das Gesicht des Polizeichefs und vergass augenblicklich alle seine guten Vorsätze. Sie waren nichtsdestominder unwiderruflich der reine Ausdruck seiner wahren Neigungen und seiner wahren Wünsche. Er machte: „Hmm! Hmmmm!"

Er räusperte sich und fragte dann mit dünner Stimme: „Schläfst du, Chef?"

8

Nein, der Chef hatte nicht geschlafen. Ganz und gar nicht. Wenn er die Augen geschlossen hatte, so nur wegen des grellen Lichts und darüber hinaus, um besser nachdenken zu können. Und wenn er allzu menschlich gegen ein kleines, heimtückisches Nickerchen angekämpft hatte, so war sein Verdienst um so grösser. An diesem kleinen Detail erkannte man die noblen Seelen. Zu denken, frisch und beherzt zu überlegen und gegen Wind und Wellen, gegen die Primitivität dieses Kaffs und die höllische Hitze den Geist der Initiative zu bewahren, das war sein Los. Nein, hundertmal nein, der Chef hatte sich nicht von der Schläfrigkeit überwältigen lassen. Ich kann das bezeugen. Ihr kennt mich ja. Ich bin ein glaubwürdiger Zeitgenosse.

Während der Abwesenheit seines Untergebenen, die er nicht einmal bemerkt hatte, war er mit dem Versuch befasst gewesen, trotz allem Hü und Hott eine Standortbestimmung vorzunehmen, somit eine weitere Entwicklung einzuleiten. Und wenn diese weitere Entwicklung auch eine kurvenreiche Strecke hatte hinter sich bringen müssen, nach dem Prinzip ein grosser Schritt nach vorne, gefolgt von zwei oder drei Schritten zurück, diese ihrerseits gefolgt von einem gewaltigen Sprung in die Zukunft, mit Zwischenstationen an den Raststätten seiner Denkweise, so konnte er nun doch folgendes zwingende Ergebnis seiner schweisstreibenden intellektuellen Anstrengungen vorweisen: Bei den höchsten Vorgesetzten der Polizeiorganisationen aller Länder der Welt, einschliesslich der Ostblockstaaten, so konnten die

Ermittlungen nicht weitergehen! Irgendwo klemmte es, hakte es. Was war das für ein Sandkorn, das die schöne, vom Gesetz einwandfrei geölte Verwaltungsmaschinerie ins Stocken brachte? Bis jetzt war sie doch reibungslos gelaufen, zum Teufel! Alle wussten, dass das Gesetz Angst machte, dass darin sine qua non seine Aufgabe bestand. War es möglich, dass der Leerlauf bei den Ermittlungen diesen nicht kooperativen Bauern und dem sie kennzeichnenden vollständigen Fehlen jeglicher Zivilisation zuzuschreiben war? Ja, aber ...! Wenn sie nun von der Zivilisation weder geprägt noch beleckt waren, dann waren sie ja gegen das Gesetz und gegen ... gegen die Angst gefeit. Sollte da das Corpus delicti begraben liegen?

„Seltsam!" sagte sich der Chef. „Sehr seltsam! Wirklich!" Im Geiste zeichnete er fein säuberlich mit Rotstift ein Fragezeichen, das er dann in einem Winkel seines geräumigen Gehirns verstaute, für alle Fälle. Und dann ging er ohne Umschweife, unverzüglich, auf der Stelle zum nächsten Kapitel über. Er versenkte sich in sich selbst. Hierfür brauchte er weder ein Höhlenforscherseil noch Kletterhaken. Er kannte seine eigene Akte, sein Curriculum vitae, wie seine lateinischen Kollegen vor Christus es genannt hatten. Wie mitreissend, mein Gott, und ergreifend, die Verlaufkurve des Schicksals eines Menschen zu verfolgen! Vor allem, wenn es sich bei dem Betreffenden um den Chef, wie er leibte und lebte, handelte und wenn dessen Schicksal, das zwar individuell, aber konzentriert wie Tomatenmark in der Dose war, Punkt um Punkt und Jahrzehnt um Jahrzehnt mit dem wirtschaftlichen und kulturellen Aufschwung einer ganzen Nation zusammenfiel. Die Entwicklung der Preise und der

Geisteshaltung? „Sehr gut!" Dem konnte er, wenn auch mit Vorbehalt, beistimmen, „ausgezeichnet." Die Arbeitslosenquote? „Bei mir nicht!" sagte er sich. „Nicht bei der Polizei. Ich kann sogar sagen, dass wir kräftig Personal anheuern." Also, was dann, das Aussenhandelsdefizit? Der Chef antwortete darauf: „Haha!"

Während er sich mit noch immer geschlossenen Lidern den Schweiss von der Stirn wischte, fing er auf der alten Kiste, die ihm als Sitz diente, sacht und gesittet zu zucken an, geschüttelt von einem unsäglichen inneren Lachen. Irgendwann versprühte er sogar eine unerwartete Ladung feiner Speicheltröpfchen (eine Art unkontrolliertes Element), so hoch schlugen die Wellen seiner Heiterkeit. „Haha! Hahahihihuha! ... Arf-arf!"

Was war das für ein reizender Scherz! Denn obgleich das Defizit der Zahlungsbilanz bis in schwindelerregende Tiefen reichte, hatte er für seinen Teil damit nichts am Hut! Das war nicht seine Warenabteilung. Das gehörte in einen anderen Sektor, und zwar in den Bürokratie-Sektor. In einen anderen Verwaltungsbereich, man konnte ebensogut sagen in eine andere Welt. Sollten seine Kollegen aus dem Bereich Wirtschaft und Finanzen doch selbst zusehen, wie sie zurechtkamen, wenn sie schon zu nichts anderem taugten, als Stapel von Geldbündeln zu zählen und sperrige Schecks auszustellen. Sollten sie doch ihre struppigen Probleme selbst durchkämmen, wenn sogar die Experten vom IWF sie nicht verstanden und in dem Wirrwar ihre eigenen Zahlen verloren – und die waren schliesslich grosse Cracks! Internationale Cracks! Die Algebra war eine Erfindung der Araber, oder? Na also? Bei Gott und der Mathe, sollten die Chefs und die Unterchefs in der Zastersache ihre kleinen Berechnungen eben noch einmal anstellen! Wofür hatten sie denn die schönen Büros, die Sekretärinnen in Blue jeans und die batteriebetriebenen elektronischen Rechenmaschinen Marke HP 41-C! Sie trafen die Tasten nicht und standen auf der Leitung? In diesem Falle brauchten sie nur wie in früheren Zeiten den Bleistift zu spitzen und gegebenenfalls einen Dreisatz aufzustellen. Aber das war ihre Sache, ihr Markt und ihr Job!

Seine eigene Verwaltung war gesund – kernig und gesund. Wer wollte daran zweifeln? Hä, wer würde wagen zu behaupten, die Polizei sei nicht das einzige verfassungsmässige Staatsorgan mit eiserner Gesundheit? Hier überstieg der Warenverkehr mit dem Ausland jeden kulturellen Austausch meterhoch. Wie sollte er nur den gemeinsamen Nenner beschreiben, auf dem die meisten zivilisierten Polizeiorganisationen in voller Rentabilität und in zwischenstaatlicher Freundschaft zusammenarbeiteten? Vielleicht waren die Subjekte ja überall bar jeglicher Kultur? Jetzt, am Ende des 20. Jahrhunderts, da man zehn Mann hintereinander aufstellen und mit einer einzigen Kugel aus einer Magnum 35 jeden einzelnen und alle auf einmal durchlöchern konnte, ersetzte die Technik souverän alle Ideen und sämtliche Bücher. Und der technische Fortschritt – Ehre dem neuen Herrn, dem Ehre gebührt – fing bei der Polizei an und konnte sich dort zu voller Blüte entfalten.

Chef Mohammed erinnerte sich beglückt an den Fortbildungslehrgang damals in Paris. Seine französischen Kollegen hatten ihm einen so herzlichen Empfang bereitet wie einem Familienmitglied. Krüge voll Bier, Halluf, ein als Zivilfahrzeug getarnter Polizeiwagen, lange, mit knackigen Anekdoten gewürzte Plaudereien in gemütlicher Runde zwischen den Aktenschränken. Keine Spur von Differenzen zwischen dem ehemaligen „Schützling" und seinen Ex-Kolonisatoren, nein, nein, keine! Es gab da so ein paar Kniffe für Polizeiprofis, und die Zivilisatoren von gestern hatten sie ihm technisch, menschlich und natürlich mit der dazugehörigen Gebrauchsanweisung übermittelt. Er hatte zahlreiche der höheren Orte des kulturellen Erbes Frankreichs besichtigt: den Eiffelturm, das Wachsfigurenkabinett, das Polizeimuseum, das Gefängnis in Fleury-Mérogis, die in absteigender Reihenfolge ihrer Bedeutung Teil des Lehrgangs – und des internationalen Austauschprogramms – gewesen waren. Um seinen Aufenthalt möglichst angenehm zu gestalten, war ihm sogar eine kleine Blondine (eine Hostess) zugeteilt worden, und er hatte seine Pflicht als Chef erfüllt. Kein Rassismus mehr! Er war in dieser Angelegenheit Zeuge, Richter und Kläger in einem. Die Zeiten hatten sich eindeutig geändert seit jener nahen und zugleich fernen Vergangenheit, in der er als zitternder junger Mann, der sich nichts sehnlicher wünschte, als einem Abendländer gleichzuwerden und daraufhin als Mann und Mensch zu gelten, am Strand eine Europäerin angesprochen hatte, eine aus Pizzaland, und sich dafür mit „schmutzige Rasse" hatte beschimpfen lassen müssen. Während er im Licht der Fahrzeuginnenbeleuchtung am Werk war, registrierte er gerührt und mit vor Stolz und Freude geblähtem Herzen die Zukkungen und Schreie des prächtigen Geschöpfs. Ja, mein Gott, ja, die Übertragung der Macht war reibungslos vonstatten gegangen, von einer Polizei an die andere! An jenem

Abend hatte Chef Mohammed seinen ersten Whisky getrunken, auf einen Zug, genau wie John Wayne.

Hatte seine Studienreise nicht überhaupt unter glücklichen Vorzeichen begonnen? Wer war da in Orly an der Drehtür gestanden? Ein Kollege in Uniform, mit blossem Auge erkennbar. Der Chef war auf ihn zugegangen, hatte sein Amtsabzeichen kurz in der hohlen Hand aufblitzen lassen und ihn angesprochen: „Polizei. Wie geht's, Kollege? Alles in Butter?"

Ein kräftiger männlicher Händedruck und der Chef hatte die Drehtür passiert. Nichts von wegen Pass vorzeigen. Wie sollte er es ausdrücken? Zwischen Polizisten gab es keine Grenzen irgendwelcher Art. Freier Verkehr von Personen und Waren. Und von Gedanken. Aber die stimmten wahrscheinlich sowieso überein. In diesem Augenblick dachte der Polizeichef an seinen Vater. Im Geiste überwand er die Grenzen von Raum und Zeit und sah ihn in der Uniform der kolonisierten Polizisten vor sich stehen. Dazu gehörten:

primo: eine khakifarbene Uniformjacke über einem alten marokkanischen Hemd ohne Kragen und ohne Knöpfe;

zweito: eine geflickte Reithose;

tertio: graue, die Schienbeine hochgewickelte Gamaschen;

quarto: an den Füssen einfache Schlappen, Farbe: braun wie getrocknete Feigen.

Das war seine Kleidung, Tag und Nacht, bei jedem Wetter. Und als Instrument seiner Autorität durfte er einen Prügel tragen. Punktum Schluss. Wer hat da gesagt, er habe einen Pass gehabt? Oder auch nur einen einfachen Polizeiausweis? Und er nun, der leibliche Sohn seines Vaters, überwand frohgemut die Grenze (die Grenze zum Luftraum!)

der ehemaligen Schutzmacht! Es war ganz einfach: Ohne Umschweife, unverzüglich, auf der Stelle, illico presto, wie seine italienischen Kollegen im Petit Larousse, dem französischen Duden, zu sagen pflegten, begab er sich an einen Kiosk und füllte seine Aktentasche mit einem Armvoll Zeitschriften und Zeitungen. Egal welche, von Wochenblättern, in denen von der Depression der Amerikanerinnen und dem Druck auf den Franc die Rede war, bis zu Monatsillustrierten, in denen es um Schnulzensänger und Rocker ging. „Das Wasser nimmt die Form des Gefässes an, in dem es steht", hatte ein arabischer Philosoph aus alter Zeit behauptet, na also!

Und später, als er dann ein erwiesenermassen verdientes und von seiner Vorgesetztenpyramide wohlwollend beurteiltes Element war, hatte er eines Tages an Bord einer Boeing 747 die Reise über den grossen Teich angetreten. Richtung „Ju-äs-äj". Aufbaufortbildungslehrgang in der Nähe einer Stadt, die so ganz einfach San-Sinnati hiess, um sich in den Methoden und der Spitzentechnologie der Antiterroreinheit („Anti-Terrorist-Squad" auf lamirikanisch, ATS lautete die Abkürzung) weiter fortzubilden.

Ausgangsfrage: War der Vater des Chefs – möge Allah seine Seele dort ruhen lassen, wo sie ist! – jemals anders als auf Schusters Rappen, auf Esels Rücken, mit dem Zweirad oder notfalls mit der Strassenbahn gereist?

Antwort: *No comment!*

Anschlussfrage: Was hätte er gesagt, wenn er erlebt hätte, wie sein Sohn als routinierter Reisender auf internationalen Fluglinien von einer Zivilisation in die andere sprang, ohne dabei etwas von seiner Menschenwürde einzubüssen?

Antwort: Hä? ... Ah ja! Er hätte gesagt: „Ja wili wili wili!

… Ah, Jammer über Jammer, steig nicht in diese fliegende Teufelsmaschine, mein Sohn! Überlass das den Christen. Du hast Zeit …"

„Shoot again!"* forderte ihn sein Ausbilder mit näselnder Stimme auf.

„Hä?"

„Shoot again! Get a move on!"*

Der Polizeichef stand aufrecht vor einem Ding, das Space invader („Raumeroberer") hiess, einer Art Flipper mit zahllosen elektronischen Knöpfen und einem Bildschirm, und versuchte, sich nicht aufzuregen. Er musste gleichzeitig:

1. verstehen, was der Ausbilder in Hemdsärmeln daherbrabbelte, denn er sprach nicht Englisch, sondern Amerikanisch;

2. sich mit diesem teuflischen Schaltpult vertraut machen, bevor er es bediente;

3. im Geiste den langen Dialog fortsetzen, den er nach wie vor mit seinem Erzeuger führte. Wahrlich eine verzwickte Sache.

„Shoot again!"

Was sollte er denn shooten, um Himmels Willen? Und wie? Und wann? Schwindelerregend (nämlich schneller als ein durchschlagender Gedanke, wenn so etwas überhaupt möglich war) tauchte in Form einer Leuchtspur eine fliegende Untertasse aus dem Nichts auf dem Bildschirm des Space invader auf. Sie blieb keineswegs auf der Stelle, sondern raste im Tiefflug dahin und verschwand wie durch Zauberhand so lange, wie er brauchte, um die Erscheinung ins Marokkani-

* Shoot again! Get a move on! Spiel weiter! Halt dich ran!

sche zu übersetzen. Sie liess nicht locker und griff jedesmal an einer anderen Stelle an, als wollte sie ihn verhöhnen. Er musste sich konzentrieren, die abstrakte Gleichung Untertasse = Stadtguerilla-Kommando geistig verarbeiten, voraussehen, wo die Terroristenschweine angreifen würden, um sie im Handumdrehen kraft seines Denkens und der Waffen unschädlich zu machen. Da waren die Maschinengewehre in Form von drei Knöpfen. „Warte eine Sekunde", flüsterte er seinem Vater zu und gab Feuer. Auf dem Bildschirm erschien ein roter Funkenregen.

„*Roger!*" sagte der Ausbilder. „Sie haben es kapiert. Kapiert, ist das korrekt?"

Ja, *roger*, Papa. Siehst du deinen Sohn, siehst du ihn, sag? Später, in einem Konferenzraum, dessen eine Wand vollständig mit Generalstabskarten tapeziert war, auf denen bunte Stecknadeln die Brennpunkte der arabischen Welt kennzeichneten, erfasste Chef Mohammed die amerikanische Taktik und das richtige Verhalten und gab, während er dies tat, ununterbrochen Kommentare an seinen Vater selig ab. Diese Kinder der Macht hätten niemals das Wort an dich gerichtet, an dich nicht, Ehrenwort. Du warst nicht unabhängig, du hattest keine Uniform, du hattest keinerlei Autorität. Du warst nichts. Und genauso waren auch die Bruderländer nichts, oh, ganz und gar nichts – bis zu dem Tag, als das Öl ihnen eine Existenzberechtigung verschaffte, *roger?* Und wenn man bedenkt, dass es unter den Kollegen Vorgesetzte gibt, die haben ihre Väter heute noch – als Zeugen des Nichtvorhandenseins in der Vergangenheit! Sie haben sie gut untergebracht, in schönen Villen mit Hausangestellten, Badezimmern und allem Drum und Dran! Es ist ganz einfach, Vater: Bei nächster Gelegenheit, ohne Umschweife, unverzüglich werde ich dafür sorgen, dass du von den übergeordneten Instanzen rehabilitiert wirst und postum eine Polizeimarke bekommst. Das wäre völlig gerecht! Wir brauchen nur eine Gesetzesvorlage einzureichen. Wir sind mehrere Waisen in dieser Situation ...

An dieser Stelle, mitten in seinen schönsten Erinnerungen, zog er sein Hemd aus und warf es, ohne die Augen zu öffnen, in eine Ecke der Höhle. Es war heiss. Es war sogar sehr heiss. Mit der vorschriftsmässigen Unterhose bekleidet und die Zehen bewegend, packte er die amerikanische Episode und plazierte sie in dem Ad-hoc-Loch im Puzzle seines mit der Bewunderung für sich selbst vorbelasteten Lebens. Und dann ... und dann widmete er sich der Aufgabe, die Genese der Wesen und der Dinge zu betrachten.

Frage: Durch welche Absurdität, infolge welchen Fehlschlags in der Geschichte konnte ein derart aussergewöhnlicher Mann wie eine Ratte in eine solche Höhle geraten, wo er der Renitenz dieser Taugenichtse von Mistbauern ausgesetzt war und bei seinen Ermittlungen auf der Stelle trat? War es möglich, dass ihn der Rückschlag der Handkurbel traf, ausgerechnet ihn, ihn? Traf und in den Zustand der Auflösung versetzte? Ja, aber ... ja, aber es standen doch die zentrale Autorität, die Verfassung und die etablierte Machtstruktur auf dem Spiel, Ehrenwort?

Antwort: Gleich. Ich kann nicht sofort antworten. Ich muss erst ernsthaft nachdenken. Ruhe!

Polizeichef Mohammed hatte sich in seinen in loser Schüttung am Boden herumliegenden und meistbietend zu versteigernden Gedanken verloren, war von dem Staub, den sie beim Herunterfallen aufgewirbelt hatten, vollständig bedeckt und rief das Arsenal der Vorschriften zu Hilfe. Es antwortete nicht. Es reichte wahrscheinlich nicht bis in so ein verlorenes Kaff wie dieses hier. Und eigentlich hatte er auch keinerlei Lust darauf. Der Chef sank auf seiner alten Kiste zusammen, er machte sich ganz klein, nackt wie er war bis auf die Unterhose, und ahmte mehr oder minder perfekt nach, was er ursprünglich gewesen war, als er seine ersten quäkenden Schreie in diese so vielschichtig gestaltete Welt hinausgeschickt hatte. Er rief sich nacheinander den Such- und Stosstrupp, den CIA, Scotland Yard und Sherlock Holmes in Erinnerung ... Wie schafften denn die es, diese Jungs? Wie wären sie in diesem Fall vorgegangen? Kein Telefon meilenweit ringsum, die Reifen seines Autos platt, feindliche und analphabetische, wenn nicht nur blöd dahergrinsende Bauern, ein Sackinspektor, der nur fressen, schlafen und lachen konnte ... und vor allem, vor allem unsägliche Ermittlungen, von denen er bis jetzt nicht einmal das äusserste Fadenende in den Griff bekommen hatte.

„Allah, Allmächtiger!" betete er in den letzten Zügen. „Hilf mir. Ich gehe nächstes Jahr auf die Pilgerfahrt nach Mekka. Ich verrichte in Zukunft meine fünf täglichen Gebete, und nie wieder werde ich Halluf oder Alkohol zu mir nehmen. Es war nur äusserlich, Bluff. Du musst doch wissen, was in, vor und hinter den Seelen deiner Gläubigen los ist. In einem Wort wie in hundert Worten: Ich werde den Islam anwenden, von dem ich mich versehentlich abgewendet habe. Da, hör: Ich werde einen Koranvers aufsagen ..." Er sagte ihn tatsächlich auf und bewegte dabei heftig die Lippen. Dass er ein paar Worte aus der Lingua franca oder einer Fremdsprache, die nur er kannte, daruntermischte, verstand sich von selbst. War die westliche Zivilisation nicht aufs harmonischste mit der arabisch-muslimischen Welt verwachsen, und war aus dieser Veredlung nicht eines der besten Kreuzungsergebnisse dieses Jahrhunderts hervorgegangen? Da Allah ihn auf diesem Ohr nicht erhörte, traf der Polizeichef schliesslich einen grossartigen Entschluss, eine kapitale Entscheidung. Er marschierte zurück, zwo drei vier, riss das Steuer herum und gab Gegendampf. Alles hatte einen Anfang, ein Alpha.

Er fand tatsächlich die Stelle wieder, an der alles angefangen hatte, an jenem nahen und zugleich fernen Tag nämlich, an dem er die Urkunde erhalten hatte, auf der die unleserlichen Unterschriften von drei Ministern (darunter der für Landwirtschaft, wohl wegen der geistigen Wegzehrung) und drei verschiedene Dienstsiegel das tatsächliche Vorhandensein seines Tätigkeitsbereichs beurkundeten. Mit dieser Urkunde ging, wie eine Gnade, der besondere Nimbus auf ihn über, der von allen der wichtigste war, nämlich ein Offizieller zu sein. Das war etwas Besonderes, Undefinierbares, das die Stimme, den Blick, die Haltung und sogar die Kleider in einer Art Öl tränkte, das einen hohen Gehalt an immateriellen Essenzen besass. Wer über diese Eigenschaft verfügte, verwandelte sich schlagartig in den Bewohner eines anderen Planeten, in jemanden, der sich von der Menge abhob, sobald er nur den Mund aufmachte. Oh! Er verwendete weiterhin die Worte des Stammes, aber er bestrich sie sozusagen mit Fett aus der Trockenmasse. Wenn ihm zum Beispiel ein krankes Kind leidtat, konnte er wie Sie und ich sagen: „Ist das wahr? Ist es krank? Wie dumm von dem Kindchen!"

Wenn wir Derartiges von uns gäben, würden Sie und ich von unseren Landsleuten leicht verstanden, weil wir einfache Leute sind. Aber die vom Nimbus des Offiziellen umgebenen Offiziellen würden, wenn sie dieselben Worte aussprächen, anstatt eine Antwort zu hören, runde Augen und gespitzte Ohren zu sehen bekommen. Es lag am Ton. Der war an allem schuld. Man zögerte, ihnen bei Tisch den Salzstreuer zu reichen, wenn sie einen höflich darum baten. Man war nie sicher, ob sie einen persönlich oder das Salz ansprachen ... oder gar irgendeinen unsichtbaren Gesprächspartner, den man eine Elle über dem eigenen Kopf vermuten musste. Betroffen drehte man sich einmal um die eigene Achse; dann sah man in die Luft, aber mit den gerade jetzt verfügbaren Augen war keine Erscheinung auszumachen ... Und dann fragte man sich: „Hat er mit mir gesprochen? Mit mir? Und was hat er wohl damit gemeint?"

Bei der Polizei war der Nimbus des Offiziellen nicht ganz so offensichtlich. Heimlichtuerei verpflichtet. Aber wie sehr sie sich und ihn auch verschleierten, er war dennoch da und von weitem ohne Radar deutlich in seinen je nach Platz in der Hackordnung unterschiedlichen Abstufungen zu erkennen. Ein einfacher Polizist, der auf der Strasse seiner Arbeit nachging wie andere dem ältesten Gewerbe der Welt, schritt zum Beispiel so gewichtig daher, als brauche er besonders viel Lebensraum; und wenn er einen zum Beispiel nach den Papieren fragte, tat er das ganz offiziell, blies sich dabei auf und liess dann, wenn er einen ansprach, dermassen Luft ab, dass einem die Worte nur so um die Ohren schwirrten wie diese Disteln, die sich in alle Himmelsrichtungen ausbreiten. An der Spitze der Pyramide sass ein Chef, der dieser Bezeichnung würdig war, und liess einen ein Paar Stunden – genau zwei nämlich – im Vorzimmer auf einer Bank warten, und wenn er dann schliesslich geruhte, einen in seinem Büro zu empfangen, achtete man zunächst darauf, die Tür geräuschlos zu schliessen, um ihn nicht zu stören; dann setzte man sich auf den Rand eines Stuhls und blieb dort erwartungsvoll sitzen. Er las noch einmal eine Akte durch, machte Anmerkungen dazu, vielleicht war es ja die eigene. Das Telefon klingelte, er gab mit tonloser Stimme ein gereiztes „Ja!" zur Antwort, gefolgt von einigen Silben, die nicht so recht in das eigene Bezugssystem passen wollten. Er legte auf, geruhte, den Blick auf den Besucher herabzulassen, und setzte dabei einen Gesichtsausdruck auf, als frage er sich, wo man wohl ausgerückt sei.

„Ah! Sie sind's, Sowieso?" warf er einem entgegen.

„Ja, Herr Kommissar. Ich bitte vielmals um Entschuldigung."

„Morgen. Ich habe keine Zeit. Kommen Sie morgen wieder."

„Ja, Exzellenz."

Man war heilfroh, da wegzukommen, wieder in die Freiheit zurückzukehren. Obwohl er keine Drohungen geäussert hatte. Was hatte er eigentlich genau gesagt, konnte man sich fragen, vorausgesetzt, es war einem gelungen, sein heisses Gedächtnis ungeschoren mit aus dem Büro zu retten? Nichts weiter als ganz einfach: „Sie sind's? Kommen Sie morgen wieder." Haargenau so, wie man manchmal von seiner Frau zu hören bekam: „Nein, Schatz. Heute abend nicht." Das verstand man auf jeden Fall, allein schon wegen dem Klang ihrer Stimme. Man lachte sogar, wenn auch durchdrungen von einer gewissen leicht konfusen Nachsicht. Derart von einer Frau geäusserte Worte hatten nichts Offizielles. Man wurde wenigstens wahrgenommen und bekam keine Angst.

In den anderen Sphären des Staatswesens sah die Sache ganz anders aus. Da brauchte man nicht mehr wie ein ordinärer Polizist Dinge zu verschleiern. Und je näher man der reinen Politik kam, desto reiner und härter war der Nimbus des Offiziellen. Man flocht hie und da ein paar belesen klingende Sätze ein, fügte ausgewählte Brocken Fachvokabular und ein paar Computer-Daten dazu, um im Trend zu sein – lauter Attribute, die bewirkten, dass die Männchen sich vor Wichtigkeit aufblähten und bis ganz da oben hin aufstiegen, bis in die Stratosphäre, wie ein Versuchsballon. Erschien ein Offizieller auf der Mattscheibe, womöglich gar ein echter Spezialist, der den Sender auf Trab brachte, ohne auf die Zeit zu achten, um zum Beispiel über das Los der Bauern zu sprechen, dann ging das so: „Bismillahirrachmanirrahim!" begann er entschieden mit erhobener Stimme, „im Namen des gnädigen und barmherzigen Gottes."

Drei geschlagene Viertelstunden später oder nur wenig früher war dann zu vernehmen: „... und halte mich hierbei an den Wirtschaftsliberalismus nach Milton Friedman. Nächste Woche werde ich Ihnen mehr von diesem Amerikaner erzählen, inschallah! Der Ministerrat hat jedenfalls den Beschluss gefasst, die Fördergelder für landwirtschaftliche Produkte unverzüglich zur Verfügung zu stellen, also in einigen Monaten, so Gott will. Zunächst werden die mit der Lagerung betrauten Stellen dazu übergehen, bei der Annahme des Getreides die Qualität zu berücksichtigen, wofür neue Ausrüstungen erforderlich sind. Weiterhin hat man sich, um die Viehzüchter nicht zu benachteiligen, darauf geeinigt, die neuen Futtersilos dorthin zu bauen, wo das Getreide bei den Tieren zum Einsatz kommt. Diese Massnahmen sollten geeignet sein zu beweisen, dass die Landwirtschaft wahrscheinlich keine neuerliche Verschlimmerung der Lage erleben dürfte. Man kann sogar mit Hilfe Allahs, des Allerhöchsten, auf einen merklichen Aufschwung Ende nächsten Jahres hoffen."

Fernsehzuschauer, die kein Milligramm Verständnis hatten, schrien voller Bewunderung: „Ah! Der da, das ist ein Gelehrter. Der hat Köpfchen!"

Gleichgeschaltete, denen einige Tropfen von jenem Offiziellen-Öl, mit dem die Bonzen sich einreiben lassen, gewährt worden waren, pilgerten in nicht feststellbarer Zahl durch die Alleen und Gässchen der Macht. In unterschiedlichen Intensitätsgraden übernahmen sie alle Tonfall und Haltung der hohen Vorgesetzten, imitierten ihre Redeweise, die Art, wie sie sich eine Zigarette anzündeten oder wie sie ihren lieben Mitbürgern einheizten, sogar die Sportreporter fanden mitten in der Reportage über ein Fussballspiel Atem und Mittel, das Kännchen mit besagtem Öl und einen eines Vorgesetzten würdigen Bürstenstrich durchs Haar zwischen einem Elfmeter und einem Tor unterzubringen. Und dann gab es noch den Bereich des Schriftlichen, also einfacher Druckbuchstaben auf Papier, ein Gebiet, auf dem der Nimbus des Offiziellen im Prinzip keine Chance haben sollte, Hervorhebungen zu hinterlassen. Das würde aber bedeuten, dass wir die Rechnung ohne eine bedeutende Erfindung gemacht hätten – die Anführungszeichen nämlich, zwischen die immer mehr Wörter eingesperrt wurden, um sie vom gemeinen Wortschatz abzugrenzen. Einfache, banale Begriffe, Nebensächlichkeiten, Litotes erhielten auf diese Weise mitsamt der ganzen hölzernen Sprache eine gewisse Noblesse, ein markantes Profil gleich auf den ersten Blick. Um hier den Durchblick zu erringen, hatte man die Wahl zwischen den beiden Seiten folgender Alternative:

a) entweder sich dumm zu fragen, warum zum Teufel ein Wort wie Konferenz oder Stier zwei Anführungszeichen als Leibwächter neben sich stehen hatte;

b) sich mit einem Exegese-Wörterbuch zu wappnen, wenn man das Bezeichnete und das Bezeichnende an der Sache oder dem Dingsbums herausfinden wollte.

Es gab noch eine andere Art der Reaktion: die Arme verschränken und es sein lassen. Und das mache ich jetzt.

Aber der Chef war der Chef. Er liess überhaupt nichts sein. Starrköpfig zwang er seine Gedanken in eine völlig andere Richtung. Jetzt wurden sie nach ihrer Bedeutung sortiert und in verschiedenfarbigen Ordnern abgelegt. Was sein musste, musste sein, nämlich Ordnung. Und was nicht sein durfte, durfte nicht sein, nämlich Schlamperei. In diesem Stadium der Synthese angekommen, hob Chef Mohammed eine Arschbacke, liess einen geräusch-, geruch- und farblosen Wind fahren und nahm die Aufgabe in Angriff, das wahre Problem aufzuwerfen: Worin bestand im Jahre 1980 hier und jetzt die Bestimmung eines Individuums von seinem Schlag, wie es leibte und lebte? Wenn die Dinge wie diese gottverdammten Ermittlungen im Sand verliefen, musste man den Stier bei den Hörnern packen, das hiess die Debatte eröffnen und ihr einen exemplarischen Anstrich geben, also ehrlich! Da half kein Zetern und kein Hadern. Die Frage ordnete sich nur langsam in seinem Kopf, da sich offenbar wegen der Hitze die Anschlüsse festgefressen hatten. Aber er biss die Zähne zusammen und antwortete: Nation, Schicksal der Nation. Um ergänzende Informationen einzuholen, überflog er die Geschichte zunächst in seiner Muttersprache, dann auf französisch mit dem Ziel, seine Gedanken und auch sein Buchwissen in ein kartesianisches Gefäss zu fassen. Die Geschichte ... die Geschichte ...

Am Anfang waren die ersten Menschen gewesen, weiss der Geier, was es mit denen auf sich gehabt hatte! Dann waren die Römer aus Rom auf Elefantenrücken ausgerückt, mit ihren Legionen und ihren Aquädukten. Sie hatten getan, was sie konnten, das Land wollte bewässert sein. Aber sie sprachen Latein, und das war keine lustige Sprache. Sie ist übrigens später gestorben und heute tot. Nichts als Ruinen haben sie hinterlassen, wer sich davon überzeugen will, in Volubilis stehen genug davon herum. Später waren sie Faschisten geworden mit ihrem Mussolini, und seit den sechziger Jahren Terroristen. Die Roten Brigaden. Folgendes Detail scheint zunächst ohne Bedeutung, ist aber sehr bezeichnend: Hätte er, Mohammed, zur Zeit der Römer Polizeichef sein können? Nein, nicht wahr?

Dann waren die Westgoten dagewesen ... oder waren es die Ostgoten gewesen? Irgendsowelche. Horden, mit keinerlei Polizei dabei. Reden wir lieber von den Arabern. General Abderrachman, General Tarik, der Kerl, der den Hafen von Gibraltar hatte bauen lassen, Scheichs des Islams, Marabuts, Kaids, gewiss; aber durch die Geschichte hatte sich kein einziger Name eines arabischen Polizisten erhalten.

Es war eben ein Feudalsystem gewesen! Dann waren die Zeiten angebrochen, in denen die Franzosen als Kolonialisten aufgetreten waren. Wenn sie geruht hatten, sich für einige Eingeborene wie seinen Vater zu interessieren, dann kamen für diese nur die untersten Ränge in Frage. Die einheimischen Bullen waren nur Lakaien des Imperialismus. Aber dank Allah, des Allmächtigen, waren die Araber nun frei und souverän.

Hier bemerkte Chef Mohammed, nachdem er in halsbrecherischer Sturzfahrt durch die Jahrhunderte geprescht war, das erste Indiz: Wer hatte seit Anbeginn der Zeit das Land regiert? Unverzügliche Antwort: eine Handvoll Leute, eine Elite in Anführungszeichen. Sie hatte die schweigende Mehrheit in Schach gehalten und jeden, der einen Burnus trug, finanziell, landwirtschaftlich und militärisch in den Bereichen Politik und Polizei, Wirtschaft und Kultur schwitzen lassen, und zwar entweder im Namen der Religion oder der Zivilisation, was jedesmal auf Fortschritts- und Bildungsfeindlichkeit hinauslief.

Der Polizeichef grinste breit und befasste sich mit der zeitgenössischen Epoche, der Epoche der Bewusstwerdung. Die Nation war jetzt Meisterin der Lage, beziehungsweise ihres Schicksals Mätresse. Sie war in der UNO, in der OAU und manchmal, je nachdem, wie das Schicksal so spielte, auch in der Arabischen Liga vertreten; auf jeden Fall aber in der Islamischen Konferenz, was viel besser war, denn es gab viel mehr Moslems als Araber auf der weiten Welt. Das Land gehörte sogar in den Geltungsbereich des Rechts! Im Inland war das Volk flächendeckend per Fernsehen mit Massenmedien versorgt. Kultur für alle, ganz demokratisch. Die hinterletzte amerikanische Serie, die gerade *up to date* war, tauchte nach kürzester Zeit im Mattscheibenprogramm auf. Das zweite Indiz war deutlich: Wer war an der Macht beteiligt, na? Einfache Leute bescheidener Herkunft und mittlerer Bildung, die als Zement zwischen der Basis und der Spitze dienten. Waren das keine ehemaligen Söhne ihrer Väter? Das wäre ja noch schöner! Sie kamen also nicht aus den Eliteschulen und ragten nicht aus der Menge heraus? Haha! Es waren nämlich die Söhne kleiner Leute, ohne Stammbaum und ohne sperriges Gepäck, die heutzutage an den Schaltstellen aller Verwaltungseinheiten sassen, vom edlen Polizeikorps bis hin zum Beirat bei den Radio- und Fernsehsendern. Jeder von ihnen hatte vollen Anspruch auf den Ertrag aus einer kleinen Parzelle Autorität. Und zusammen hatten sie die wahre Macht. Die Meinungsforschungsinstitute setzten doch alle auf den Sieg der Rechtsstaatlichkeit. Welch ein Fortschritt seit Avicenna und Ibn Chaldun! Von den mit Ammenmärchen und Legenden durchsetzten Wiegenliedern, die die ungebildeten und ungehobelten Grossmütter gesungen hatten, bis hin zur ökonomischen Gegenwart, deren Stärke das Gesetz war. Was für ein phantastisches Glück war es da, Macht auszuüben!

Er, Mohammed, Sohn seines verblichenen Vaters, hatte Köpfchen, Autorität und Akten. Im Verlauf seiner Karriere hatte er Informationen über alle möglichen Persönlichkeiten zusammengetragen. Derart ausgestattet, genoss er nun allseits höchsten Respekt. Sein Schicksal war so nicht nur mit dem Geschick der Nation aufs engste verknüpft, sondern es war fest in Beton eingegossen. In fünf Jahren, allerspätestens in einem Jahrzehnt würde er Anspruch auf die höchsten

Dienstgrade und Besoldungsgruppen erheben können. Und das wäre nur gerecht! Schauen Sie doch mal: Woher war er gekommen, wer war er denn gewesen, dieser Adolf ben Hitler? Auch nur ein unbedeutender Anstreicher von insgesamt sehr durchschnittlicher Bildung, Sohn eines Nichtadligen aus dem Bürgerstand. Das hatte ihn nicht daran gehindert, sich Zug um Zug, wie das Nest seinen Vogel baut, an die Spitze des Gotha (so heisst der Staat auf deutsch) zu schwingen und im Schweisse seines Angesichts mit dem Faustrecht ganz Europa zu beherrschen, indem er sich an seinesgleichen hielt, nämlich an die Vielzahl der Namen- und Gesichtslosen, die beim Aufsatzschreiben immer nur durchschnittliche Noten bekamen! Ah! Wenn er nur so klug gewesen wäre und sich für die Polizistenlaufbahn entschieden hätte! Aber nein, er war übergeschnappt genug gewesen, lieber in die Politik gehen zu wollen, und dann war ihm die Macht zu Kopfe gestiegen ... Im Gegensatz zur Polizei war die Politik nicht immer ganz risikofrei. Sie zwang einen, den geradesten Gedanken zu verbiegen, sie führte zu Schlaflosigkeit, ja sogar zu Migräne. Und dann liess sich keine Politikerlaufbahn schon von Anfang an langfristig anlegen. Bei der Polizei hingegen ...

„Warte!" bremste sich der Chef abrupt. „Denk nicht weiter. Keine Bewegung!"

Mit voller Wucht hatte ihn gerade ein grässlicher Gedanke getroffen, der so subversiv war, dass er mitten im blendenden Tageslicht die Augen öffnete. Keuchend vor Schreck wagte er nicht, ihn zu Ende zu formulieren, auch nicht im allerdüstersten Winkel seines Gehirns. Wenn er das getan hätte, hätte er wahrscheinlich seinen Revolver gepackt und unverzüglich Selbstmord begangen. Und mit ihm wäre das ganze System wie ein Kartenhaus aus gezinkten Karten zusammengefallen. Das wäre ein grosses Unglück gewesen, ganz bestimmt. Da konnte man wieder einmal sehen, wohin es führte, wenn man dachte und sich wie ein Insektueller aufführte! Ladin muk filusufi! Eine Hurenmutter, diese Philosophie! Das Denken gehörte der Vergangenheit an, also ehrlich! Es war nicht nur unnütz, sondern sogar schädlich! Denn wohin konnte es schon führen? Doch nur zur Verzerrung der Tatsachen und zu Ängsten! Tiefergehendes Wissen um die menschliche Natur konnte einen Mann von gesundem Verstand wie den Chef bestenfalls verrückt machen. Und bei Allah, sein Verstand war mit Ordnung und Methode begabt ...

„Hä? Was hast du gesagt, du?"

„Schläfst du, Chef? Das geht jetzt schon eine ganze Weile."

Der Polizeichef wachte an besagtem 12. Juli 1980 nach Angaben seiner Quarzuhr um zirka 13 Uhr und 14 Minuten endgültig auf. Er schüttelte sich und holzte seine Gedanken so radikal ab, dass weder in seinen kleinen grauen Zellen noch auf seinem im Farbton gekochter Leber geröteten Gesicht irgendeine Spur davon zurückblieb. Sie waren schlecht. Sie verdienten Brand und Tod. Die folgenden Worte blies er gehörig auf: „Inspektor Ali, hör mir gut zu."

„Ja, Chef. Ich habe dir zwei oder drei Fragen gestellt, glaube ich. Du hast wohl ein kleines N ..."

„Du hörst jetzt zu. Punktum Schluss. Während du dich ausgeruht hast ..."

„Wer? Ich? Ich?"

„Ja. Du, du. Während du irgendwelchen Spinnereien hinterhergelaufen bist, habe ich über die ganze Sache nachgedacht. Ich habe die Situation in ihrer Gesamtheit sorgfältig ausgeleuchtet, von der Eingangstür bis unter das Dach, von A bis Z, wie man auf französisch sagt. Und ich bin zu einem Sine-qua-non-Schluss gekommen, das heisst einem klaren, einsichtigen und mathematischen Schluss. Hör gut zu: Es ist unmöglich, undenkbar für mich, diese Ermittlungen in einem Backofen zu führen. Das ist weder mein soziokulturelles Umfeld noch ... noch ... Schau doch, in welchem Zustand ich bin", schrie er unvermittelt. „Nein, schau doch mal!"

„Ja, Chef", sagte der Inspektor und riss die Augen auf. „Ich schaue schon eine ganze Weile. Und was sehe ich, bei meinem Ehrenwort? Du schwitzt, das Wasser läuft dir überall herunter. Das ist unmenschlich. Soll ich dich abtrocknen?"

„Wenn du willst, wenn du willst. Nein, nein! Nicht mit dem Zipfel von deiner Gandura. Mach meine Reisetasche auf und nimm ein Badehandtuch. Es ist sauber, es ist ganz neu. Nimm besser gleich zwei. Mach diesen Dreck weg, der mir den Rücken und den Oberkörper herunterläuft. Reib nur, nur zu! Keine Angst. Nicht so fest, du Zwiebelkopf! Ich habe gesagt reiben, ich habe nichts davon gesagt, dass du mir die Haut abziehen sollst."

„Entschuldigung, Chef. *Wemmal* ich meine Kraft nicht kennen. *Wemmal* mir zu schwierig ist."

„Siehst du, Inspektor, wir hätten im letzten Frühling hierherkommen sollen. Zumindest hätten wir die Ermittlungen bis zur Regenzeit aufschieben sollen."

„Welche Regenzeit?" fragte der Inspektor. „Es ist seit ein oder zwei Jahrhunderten strohtrocken hier, das lässt sich leicht an den Steinen dieser eindrucksvollen Landschaft und den Gesichtern der Bergbewohner ablesen."

„Im Herbst oder im Winter wird doch irgendein kleines Lüftchen wehen. Irgend etwas Kühles und Zivilisiertes. Anders kann es nicht sein. In meiner Satteltasche ist eine Flasche Kölnisch Wasser. Leer sie mir über den Kopf."

„Ja, Chef. Das riecht aber fein!"

„Das erfrischt, das tut gut. Jetzt fühle ich mich wie ein anderer Mensch. Meine Gedanken gewinnen in Null Komma nichts wieder die Oberhand. Siehst du, Inspektor, es ist eine Frage des Umfelds. Es ist ein grosser, ein riesiger Unterschied, ob ich in meinem Direktorial-Büro arbeite oder in diesem Rattenloch schwitze wie eine tote Ratte."

„Ja, Chef. In einer Viertelumdrehung verstanden. Du kannst mir vertrauen. Du hast mit diesem dreckigen Tier nichts gemein. Also dann geh ich jetzt runter, die Reifen von unserem Flitzer aufpumpen, und dann flitzen wir ab, so hast du es doch gemeint, ja?"

„Nein, so habe ich es nicht gemeint. Ganz und gar nicht. Du schweifst ab, du träumst."

„Ganz wie du willst, Chef. Ich meinerseits hätte allerdings vorgeschlagen, wir kehren mit heruntergedrehten Fensterscheiben und angeschaltetem Radio zum Schmaus der Ohren innerhalb weniger Stunden in die Zivilisation zurück. Warte und lass es mich erklären, Chef. Es geht ganz von selbst den Berg hinunter in die kühle Ebene zu den Supermärkten, dorthin, wo man problemlos zu trinken und zu essen findet. Denk doch auch einmal ein wenig an dein klimatisiertes Büro und an den Sessel, auf dem du gewöhnlich thronst und dem es bestimmt langweilig ist ohne dich, dem armen verwaisten Ding! Kein Vergleich mit der vermoderten Kiste, auf der du im Augenblick sitzt. Dein Hintern ist ja schon ganz eingedellt, kann ich mir vorstellen. Denk an dein Prestige, Chef! Aschurfa wal karam, wie man bei den Kalifen sagte, 'Adel und Menschenwürde'. Darauf kommt es an."

„Hmmm!" brummte der Chef. „Hmmm!"

„Zwangsläufig", fuhr Inspektor Ali fort und stellte mit strenger Dialektik ohne Regierungsgarantie fest: „Muss ja. Der Adel des Sessels beweist die Menschenwürde desjenigen, der darin sitzt, so sicher, wie sich nach einem leckeren Gericht in der Art von Hargma oder Mhenscha die Würde des Bauches beweist. Ohne die freudvolle Verdauung nach Art eines Paschas dazuzurechnen. Mit einer einfachen Bohnenmahlzeit wäre so etwas niemals möglich. Oh nein!"

„Hmmm!" brummte der Chef noch einmal. „Deine Denkweise klingt zwar etwas selbstgezimmert, aber ein oder zwei Pfosten dürften schon halten. Sagen wir einmal, sie sind lackiert. Aber sag du einmal: Was ist mit den Verdächtigen?"

„Diese Bauernlümmel? Das ist ganz einfach, Chef: Wenn der Prophet mutig zum Berg gegangen ist, dann steigt der Berg danach im Lastwagen zu dir herab. Wir sind ja schliesslich im 20. Jahrhundert."

„Wie soll das funktionieren? Ich kann dir nicht recht folgen."

„Wir schicken einfach Leute los, die die Bauern da schnell und fissa abholen. Die Kollegen von der Armee stapeln sie dann in einem Militärlastwagen aufeinander. Für die ist es nichts Neues, bei passender Gelegenheit eine Ju-ju rufende Gruppe von Leuten vom Land herbeizukarren. Und wenn sie erst in der Stadt übergeben worden sind, laufen die Ermittlungen ganz bestimmt wie geschmiert. Keine Hitze mehr, kein fehlender Komfort, kein arabisches Nervensägen."

Der Chef schwieg einen Augenblick. Dann sagte er: „Ist das Wort Einfaltspinsel auf meine Stirn tätowiert oder steht es dort mit Antimon geschrieben?"

„Weder noch, Chef. Ich bin sehr überrascht von ..."

„Glaubst du wirklich – wirk-lich –, ich hätte diese faule, völlig aus der Luft gegriffene Lösung nicht in Erwägung gezogen?"

„Bei Allah und dem Propheten! Du hast sie in Betracht gezogen? Du? Wie hast du das angestellt? Und was ist dabei herausgekommen?"

„Erste Anzeichen von Migräne. Aber nur erste Anzeichen, weil ich nämlich stehenden Fusses, sofort und auf der Stelle davon abgelassen habe. Ich habe keinerlei Lust, mich mit Aspirin vollzustopfen, ich bin in aller Form gegen jede Art von Drogen. Wenn ein Gedanke fehl am Platz ist, lasse ich ihn fallen. So bin ich gebaut, ich!"

„Du hast vielleicht ein Glück!" rief der Inspektor mit runden Augen aus.

„Ich bin es leid, dir das Offensichtliche zu erklären! Du bist nicht in der Lage zu erkennen, worin der Unterschied zwischen einer Wurst und einem Rasiermesser zum Halsabschneiden besteht. Die Vorschriften, das ist der Unterschied!" Er musterte den Inspektor von unten bis oben und wiederholte mit Nachdruck: „Das ist er!"

„Was daran so offensichtlich sein soll, verstehe ich nicht", wagte der Inspektor zu bemerken. „Ganz ehrlich. Bei Allah und dem Propheten."

„Aha! Du verstehst es nicht? Nun gut, dann werde ich mit einem in Idenbara hergestellten schottischen Hammer den Nagel deiner Dummheit auf den Kopf treffen. Hör gut zu: Ich habe den Befehl erhalten, hierher zu kommen und zu ermitteln. Hier und nicht in der Stadt, in meinem Büro. Und schon gar nicht in einem Supermarkt. Hier in diesem miesen Kaff, in dem es so brodelnd heiss ist wie im Dampfbad. Und meine offizielle Mission bis zum Schlusspunkt der Akte zu Ende zu führen. Kapierst du?"

„Nein", gab der Inspektor zurück, „nichts. Wenn ich recht verstehe, so ist die Eingangstür versperrt. Es gibt nicht einmal eine. Es gibt auch keine Ausgangstür. Du bist in der Klemme, Chef. Du kannst hier vor Ort nicht ermitteln, wegen dem Glutofen. Und ich nehme mitfühlend an deiner körperlichen und moralischen Zerrüttung Anteil. Du kannst aber auch die Bauern nicht nach Hause, will sagen in die Stadt bringen lassen, um sie sauber und ordentlich zu verhören. Und weil das so ist, klemmt es irgendwie. Ich weiss nicht, ob die Schlange sich in einer derartigen Situation in den Schwanz beisst, aber man könnte auch sagen, dass die Ermittlungen stocken, festgefahren sind und ..."

„Hör mal her, du."

„Ja, Chef. Ich hatte schon Angst, du würdest bedenkenlos und aus einem lebensnotwendigen Bedürfnis heraus deinen Zorn gegen mich und gegen das widrige Geschick richten. Aber ich sehe mit grossem Vergnügen, dass dein Gesicht heiter und entspannt ist. Das bedeutet, dass du gerade eine geniale Idee gehabt hast, um dich am eigenen Schopf aus dem Schlamassel herauszuziehen. Lass mich schnell an dem unverhofften Glück teilhaben."

„Mach meine Tasche auf und gib mir ein sauberes Hemd."

„Ja, Chef. Mit Freuden. Also, die Idee?"

„Man darf niemals in den Einzelheiten untergehen", legte der Chef schulmeisterlich den Sachverhalt dar. „Es gilt, das Problem von oben, sozusagen von einem Aufklärer aus, einzukreisen, dingfest zu machen. Da hat man dann alle Elemente auf einen Blick unter sich liegen. Logisch. Ich weiss nicht, ob du es gemerkt hast, aber wir sind demokratisch geworden. Am Ende dieses Jahrhunderts werden wir alle gleich sein. Die Veränderung nimmt in der Kontinuität ihren Lauf, versteht sich. Kannst du mir folgen?"

„Nein, überhaupt nicht", antwortete der Inspektor. „Ich mache niemals Politik."

„Ich rede nicht von Politik, sondern von der Wirklichkeit. Von der sozialen Wirklichkeit. Hier hast du ein einfaches, kleines Beispiel dafür: Wer befindet sich gegenwärtig hier, in dieser Unglückshöhle?"

Der Inspektor drehte sich auf dem Absatz um, liess seinen Blick einmal durch die ganze Höhle schweifen und antwortete dümmlich grinsend: „Nur wir beide, Chef. Ich sehe niemanden sonst."

„Wer soll das sein, wir beide?"

„Naja ... du, Chef. Und ich."

„So ist es", stimmte der Chef zu. „Nur wir beide. Nehmen wir das auseinander: Da sind ein Chef und ein Untergebener. Der Chef – in diesem Fall ich – trägt eine grosse Verantwortung. Bedingt durch die Umstände, wird der Chef dir stehenden Fusses vor Augen führen, was Demokratisierung in der Praxis bedeutet. Komm näher."

„Ja, Chef. Tut es weh?"

„Setz dich ganz nah zu mir hin. Noch näher. Hör zu: Ich werde mich dazu herablassen, meine Verantwortung bei der Führung dieser Ermittlungen mit dir zu teilen."

„Bei Allah ..."

„Ja, Inspektor Ali. Mein Kamerad, mein Freund. Was ich hier tue, ist ein Beweis meines Vertrauens, ganz demokratisch. Ich hoffe, ich bin sicher, du wirst dich seiner würdig erweisen. Also, hör zu: Höheren Orts sind Top-secret-Informationen eingegangen, die besagen, dass ein gefährliches, subversives Element, ein Bürger unseres Staates, lange in Europa gelebt hat und letzte Woche illegal über die Grenze gekommen ist. Er ist hier in diesem Dorf."

„Bei Allah und dem Propheten!"

„Ja. Die Staatspolizei kann sich nicht irren. Sie hat überall Antennen, sie arbeitet mit rund 30 Ländern Hand in Hand zusammen. Inspektor, dieser Kriminelle muss, koste es, was es wolle, gefunden und in kürzester Frist eingelocht werden."

Der Inspektor ging im Geist die Mitglieder der Familie Aït Yafelman durch, von Raho bis zu den zimthäutigen Zwillingsschwestern. „Ist es ein Mann?" fragte er mit einer gewissen Besorgnis.

„Ich habe gesagt 'ein subversives Element', nicht 'eine subversive Elementin'. Ich kenne das Vokabular."

„Dem Himmel sei gedankt!" rief der Inspektor aus.

„Wieso sei dem Himmel gedankt?"

„Nichts, Chef. Eine private Angelegenheit zwischen mir und meinem Selbst. Wie alt ist der Terrorist?"

„Zirka dreissig, fünfunddreissig Jahre."

„So wie du also."

„Hä? Ja, wenn du so willst. Obwohl ich nichts mit einem subversiven Element gemein habe. Seinen Namen kennen wir nicht. Aber er ist in diesem Kaff geboren. Und dann muss er europäisch quatschen. Versuch, ihn darauf festzunageln. Du bist geschwätzig und in gewisser Weise gewitzt. Und aufgrund deiner proletarischen Herkunft stehst du diesen Mistbauern näher, fühlst dich bei ihnen wie ein Fisch im Wasser. Aufgrund dessen übertrage ich dir offiziell und provisorisch die Ermittlungen. Was sagst du dazu, Inspektor?"

Der Inspektor dachte angestrengt nach und stieg, immer vier Stufen auf einmal nehmend, die Treppe der Möglichkeiten und Tricks hinauf. Er setzte augenblicklich sein Geistig-Zurückgebliebenen-Gesicht auf: „Hö ...!"

„Das nimmt dir den Atem, stimmt's? Ich habe dir ja gesagt, dass die Ära der Demokratisierung angebrochen ist. Nur zu, Inspektor, bring ruhig deine innersten Empfindungen zum Ausdruck. Dieser Tag muss mit einem Sternchen im Kalender versehen werden. Nur zu, Kamerad, formuliere deine Freude."

„Ich weiss nicht, ob ich es wagen soll, Chef."

„Wag es! Wag es! Hab keine Angst. Wir sind gleich, du und ich."

„Siehst du, Chef, ich bin von der Ehre, die mir gerade auf den Kopf gefallen ist, buchstäblich erschlagen. Es ist zuviel."

„Ich meine mich zu erinnern, ich hätte dazugesagt, es sei nur provisorisch."

„Das habe ich wohl gehört. Aber selbst provisorisch hat mich diese Ehre voll unter der Gürtellinie getroffen. Meine Eingeweide sind ganz verknotet deswegen. Ich weiss nicht, woran es liegt, Chef, aber das Volk hat überhaupt keine Lust, die Verantwortung zu übernehmen. Es hat Schiss. Und das nicht erst seit gestern."

„Was brabbelst du da? Erklär es mir!"

„Gerne, Chef. Es ist ganz einfach: Hast du schon mal ein Nichts König oder Präsident werden sehen?"

„Wer redet denn hier von 'Tausendundeiner Nacht'?"

„Niemand, Chef. Oh, gar niemand. Deshalb stelle ich in aller Logik fest, dass es unmöglich ist. Heutzutage lassen sich Märchen am Tage nur schlecht an den Mann bringen. Aber dafür Comics! Es tut mir wirklich leid, geliebter Chef, aber ich muss dir sagen, dass ich dein grosszügiges und uneigennütziges Angebot ablehnen muss."

Der Chef wäre ums Haar zum dritten oder vierten Mal an diesem Tag aus der Haut gefahren. Aber er beherrschte sich. Er hatte sich innerlich etwas verklemmt, trat bei den Ermittlungen auf der Stelle und brachte deswegen bestenfalls noch „Stehversuche" zustande. Zuckersüss beziehungsweise freundschaftlich erwiderte er: „Weigerst du dich, einem Befehl zu gehorchen?"

„Ist aus dem Angebot jetzt plötzlich ein Befehl geworden?" fragte der Inspektor mit ausdrucksloser Miene.

„Es ist ein Angebot, natürlich ... das mit einer gewissen ... mit ... ein auferlegtes Angebot, das ist die genaue Bezeichnung."

„Selbst wenn es in Geschenkpapier eingewickelt wäre, könnte ich es nicht annehmen, Chef."

„Aber warum? Warum, du Ersatzrad?"

„Weil du der Chef bist, Chef. Du bist für die offizielle Mission eingesetzt worden. Ich bin nur ein stellvertretender Mitarbeiter. Mein Beitrag beinhaltet keinerlei Verantwortung. Immer und immer wieder sagst du mir, dass meine Aufgabe darin besteht auszuführen. Ausführen und sonst gar nichts. Vorschrift ist nun einmal Vorschrift. Ich kann und will nicht dagegen verstossen. Ich bin nicht verrückt. Vielleicht naiv. Aber nicht verrückt."

In den Gehirnwindungen des Chefs herrschte schon seit geraumer Zeit ein hektisches Hin und Her, wie man es anderswo von der Pleuelstange kennt. Die Vergangenheit war so leuchtend gewesen: so viele erfolgreich abgeschlossene Fälle, so viele Verhaftungen, so viele gute Noten! Die Zukunft war bedrohlich: zuerst einmal das totale Fiasko auf diesem Berg und ... und schuld an allem waren diese obskuren Bauern und dieser Sohn eines Ofenhüters, für den er tiefe Verachtung empfand!

„Bruder", ergriff der Chef das Wort, „vergib mir meine Beleidigungen. Wenn ich aus Unachtsamkeit dir gegenüber Irrtümer begangen habe, darfst du mir das nicht nachtragen. Ich habe das sanguine Temperament der Mittelmeerbevölkerung, und ausserdem ist es heiss. Ich mag dich, weisst du."

„Amen!" schloss der Inspektor. „Wieviel kriege ich?" Auf dem Boden lag ein abgebranntes Streichholz. Er hob es auf.

„Hä?" fragte der Chef.

„Was bekomme ich von dir, wenn ich vielleicht an deiner Stelle die blöden Ermittlungen führe?"

„Du führst sie nicht an meiner Stelle! Das kommt überhaupt nicht in Frage."

„Dann sind wir uns noch nicht einig, Chef. Ich bin ein

treuer Staatsdiener. Entweder du wendest die Vorschriften an, oder du wendest sie nicht an. Die Entscheidung liegt bei dir. Du bist der Chef." Mit dem Daumennagel spaltete er das Streichholz der Länge nach und fing an, sich damit langsam und sorgfältig zwischen den Zähnen herumzustochern. Er hatte Zeit.

„Hör zu", setzte der Chef an.

„Ja, Chef?"

„Es versteht sich von selbst, dass wir das Ermittlungsprotokoll gemeinsam unterzeichnen werden. Dein Name wird voll ausgeschrieben darunterstehen. Auf diese Art und Weise steigst du sofort einen Dienstgrad höher. Das hier ist ein wichtiger Fall, hüte dich, das zu vergessen."

„Ich bin ein Araber, Chef, und zwar mit afrikanischem Einschlag. Wenn die Zivilisation in meinen Kopf Eingang gefunden hat, dann mit ihren konkreten Seiten. Ich zum Beispiel weiss, Suk bedeutet Markt, und umgekehrt; das Abstrakte ist nur Schall im Wind für mich. Und die Söhne der Wüste zum Beispiel wissen, dass der Schirokko und der Samum über ihre Köpfe hinwegwehen und danach spurlos verschwinden." Aus einer Ritze zwischen zwei Schneidezähnen hatte er gerade etwas zutage gefördert, das ganz offenbar sein Staunen erregte. Ehrlich, war das gar eine Fleischfaser?

„Was willst du denn am Ende der Bohnenstange?" schrie der Chef.

„*Wemmal* du bitte nicht in Stinklaune geraten, Chef. Wir reden demokratisch und freundschaftlich. Ich erinnere mich, dass der Friseur in der Medina mir eines Tages mit aller Gewalt mit seinem Gemüsemesser den Schädel rasieren, sozusagen die Birne kahl scheren wollte. Ich habe ihm gesagt ... Oh! Was ich will, Chef? Nicht viel. Die Vorschriften verlangen ausdrücklich, dass ..."

„Es reicht!" röhrte der Chef. „Du hast die volle Verfügungsgewalt. Du hast für die Dauer der Ermittlungen freie Hand."

Inspektor Ali steckte die Fleischfaser in den Mund – in der Dritten Welt durfte nichts vergeudet werden. Er warf das Streichholz weg – es war nicht mehr zu gebrauchen. Er erklärte: „Ich bin dir zutiefst verbunden, Chef. Aber wir befinden uns nicht mehr in der mittelalterlichen Epoche des mündlich gegebenen Wortes. Wir leben leider in einem eisenharten Jahrhundert, in dem alles schriftlich vonstatten geht."

„Mein Wort ist genug für dich, verdammter Hund!"

„Für mich schon. Im 15. oder sogar noch im 19. Jahrhundert hätte ich es mit geschlossenen Augen wie einen Goldbarren entgegengenommen. Aber es gibt Fluktuationen und Wechselkurse. Und so unterliegt das Wort genau wie die Devisen heutzutage dem sogenannten Floating. Und dann sind da noch diese gemeinen Vorschriften und besagen, dass in der Situation, die uns bekümmert, alle Vorgänge schriftlich festzuhalten sind, vergleiche hierzu Artikel 3, Absatz VII. Demzufolge brauche ich einen schriftlich abgefassten und von deiner Vorgesetztenhand unterschriebenen Dienstauftrag. Du findest das Material dazu sicherlich in deiner Reisetasche: Kugelschreiber, Formulare, Stempel und all das."

Sie dialektisierten lange, palaverten in alle vorstellbaren Richtungen und gerieten dabei fast in Handgreiflichkeiten.

Inspektor Ali blieb stur und gab kein griechisches Jota nach. Er kannte die gesetzlichen Bestimmungen und nicht etwa einen Abklatsch davon oder ihre Kusine oder ihre Schwägerin. Er hatte keineswegs die Absicht, sie zu vergewaltigen, auch nicht mit Vaseline, er, der Frauenheld der Medina und der Polizei in einem. Er hatte zuletzt, da die Debatte einen säuerlichen Beigeschmack bekam, seine Meinung geändert und durchaus vor, das zu bleiben, was er war, ein einfacher Inspektor ohne Verantwortung und ohne Zukunft, inschallah! ... als er zuletzt doch noch Genugtuung erhielt.

„Da ist dein Papierfetzen!" sagte der Chef. (Seine Stimme klang sonderbar heiser.) „Bist du jetzt zufrieden, Krokodilskopf?"

„Bei Allah und dem Propheten, das fragst du noch?"

„Dann schlag ein!"

Sie tauschten einen Händedruck. Die Hand des Chefs war feucht.

Gerecht und schweigend teilten sie die fiebermatten, belegten Brote, den Kaffee aus der Thermoskanne, die zähflüssige Lava dessen, was einmal Schokolade gewesen war, und die Orangen, an deren Saft und Schale sich der Inspektor gütlich tat. Die Kerne spuckte er kraftvoll wie ein Lama einen nach dem anderen gerade heraus. Einer davon hätte beinahe den Chef am rechten Auge getroffen. Beim Kauen dachte der Inspektor auf Hochtouren nach: Alles, was recht war, es gab wirklich feine Sachen in diesem Land, so sicher wie acht plus neun ... wieviel waren das genau? Sein plötzlicher Aufstieg konnte ihn ja nur seinen zwei zukünftigen Gattinnen näherbringen. Wenn er nur an sie dachte, prickelte es ihm in der

Leistengegend. Alles, was tierisch recht war, dafür wollte er das Ruder in die Hand nehmen und Tricks als Argumente durchbringen. Der Chef war momentan ruhiggestellt, sozusagen ausweglos in seinem Loch und seinem Versagen gefangen. Allah sollte ruhig in seiner grossen Barmherzigkeit die Sonne weiter glühend aufheizen und eine Höllentemperatur über dieses Gebirge ausschütten! Danke, mein Gott! Gelobt seist du! Was die hohen Vorgesetzten bei der Polizei betraf, so gab es, selbst wenn sie die auf den Computer-Terminals in der Zentrale codierten Informationen richtig gelesen und gedeutet hatten, Mittel und Wege, ihnen beizukommen. Der Inspektor kannte die Schliche und Tücken. Und überhaupt, was war das für eine Geschichte? Ein Terrorist hier – hier, mitten unter den koranischen Bergbewohnern? Seltsam, sehr seltsam!

Er hatte noch über eineinhalb Tage Gastfreundschaft gut, somit knapp achtundvierzig Stunden. Massenhaft Zeit, bei Allah und dem Propheten! Er würde die Ermittlungen auf seine Weise führen und die Hierarchieleiter hinunter anstatt den anderen aufs Dach steigen. Man konnte einen Esel an einem Bindfaden führen, aber schieben konnte man ihn nicht. Man konnte ihn auch nicht zum Trinken zwingen, wenn er keinen Durst hatte. Die Offiziellen konnten ihm von da oben den Buckel herunterrutschen. Sie waren wirklich nicht besonders witzig. Immer nur Befehle, immer nur Zwang und Angst. Und ausserdem war er auch nicht nur aus ungereimtem Zeug gemacht. Ihn wollten sie reinlegen, lebendig mit Ei und Paniermehl anschmieren wie einen Meeraal? Er wusste genau, was der Chef seinem Kopf zutelefoniert hatte, er wusste es mit Gewissheit. Dieser miese kleine Taugenichts hatte, gerissen wie er war, erkannt, dass er bei den Bauern hier, aus denen er nichts als Stroh herausbekommen konnte, in der Klemme steckte und sich gedacht, dass sein Untergebener an seiner Stelle tätig werden und wie ein Gastarbeiter die Drecksarbeit erledigen könnte und dass er dann, wenn die Ermittlungen beendet waren, einen Bericht über ihn schreiben würde, einen, wegen dem der Untergebene dann gefeuert und auf immer ausgeschaltet würde. So waren sie alle, die Vorgesetzten! Alles für sich selbst, nie etwas für die anderen, und ihr Wort war keinen Hundefurz wert, weder mündlich noch schriftlich.

Die Kraftprobe im Fingerhakeln hatte begonnen, wie zwischen Khomeini und Carter. Wer würde den Sieg davontragen? Der Islam des Mittelalters oder die Technologie der Lamirikaner? Der Inspektor setzte mit geschlossenen Augen auf den alten Patriarchen aus Ghom. Er hatte gesagt, er würde den Kopf des Schahs bekommen, und er hatte ihn bekommen. Demzufolge würde er auch den des Präsidenten bekommen. Und er, der Inspektor, würde Chef Mohammed mit seinen eigenen Karten schlagen. Wenn er auch Ali hiess wie alle Welt, Sohn eines Ofenhüters, der nichts als Armut, und einer Hausangestellten, die hienieden weder Freude noch Leben gekannt hatte. Aber er war jetzt bei den Seinen, bei seinem Stamm, ausgestattet mit allen Befugnissen.

„Allahu akbar!" liess er seine gewaltige Stimme erklingen.

„Recht so", stimmte der Chef zu, „möge Gott dir in dieser gefahrvollen Mission beistehen. Mach deinem Chef keine Schande."

Der Inspektor erhob sich wie ein Ayatollah und ging unter Danksagungen an den Herrn hinaus. Tränen standen ihm in den Augen.

9

Als der Nachmittag zu Ende ging, kannte er jeden Stein im Dorf. Wer wollte behaupten, er habe dort nicht das Licht der Welt erblickt und sein ganzes Leben verbracht? Er war gleich auf Hadscha zugestürzt, mit seinem offenen Herzen und seinen herzlichen Worten für die Mitmenschen. „Hadscha! Oh Hadscha!" hatte er zu ihr gesagt und dabei reichlich Spucke verschwendet. „Wie bin ich froh, dich wiederzusehen und ein Viertelstündchen mit dir zu plaudern! Bis die Nacht hereinbricht, so Gott will, ja? Soll ich dir dein Feuer anmachen? Wo soll die Sache denn steigen? Ich kann Teig kneten und Brot backen genau wie früher. Hadscha, Mütterchen, es ist eine Teufelsgeschichte passiert. Der Erwachsene mit seinen zweiunddreissig Zähnen, der Mohammed heisst, genannt der Chef, war schon bei seiner Geburt übergeschnappt. Sein Vater war Bulle, gezwungenermassen, – ein Lasurti* im Dienst der Christen. Und im Zuge der sogenannten Unabhängigkeit ist er selbst ein Lasurti geworden, aber ein Chef-Lasurti, sieh mal einer an! Das ist der grosse Unterschied. Ergebnis der Milchmädchenrechnung: Er ist dämlich. Entweder es packt ihn die Kurija, der schwarze Zorn aus dem Sudan, oder er schweift ab und flippt aus. Und ausserdem ist er nicht fähig, den geringsten Frühlingssonnenstrahl zu ertragen wie an diesem schönen Gottestag.

* Lasurti: Polizist, aus dem klassischen Französisch „La Sûreté", wie auch für „chemins de fer" (Eisenbahn) „Schmindifir" und für „électricité" üblicherweise „trisinti" gesagt wird. Ergebnis der kulturellen Zusammenarbeit.

Und jetzt hat er mir gerade eben doch glatt erzählt, dass hier in diesem Dorf ein gefährlicher Krimineller herumläuft! Was meinst du dazu, Hadscha?"

„Was erzählst du da?"

„Nicht ich erzähle da, Grossmütterchen. Er erzählt mit seiner unruhigen Zunge."

„Was ist das für eine kurzsichtige und hinkende Lüge? So eine Sache hat keinen Namen!"

„Es kommt vom Chef. Die Ebene ist die Ebene, die Städte sind die Städte, da geschehen unmögliche Dinge. Die Zivilisation der Rumis hat ihm den Kopf verdreht, das ist offensichtlich. Er hat nichts mehr mit einem Eingeborenen wie du und ich gemein. Du sagst, das sind Täuschungsmanöver, und ich glaube dir das. Bei Allah und dem Propheten, du beruhigst mich umfassend. Ich, der ich in dieser Stunde zu dir spreche, ich habe immer den Weizen zum Weizen, die Hunde zu den Hunden und die Lügen in den Abfalleimer gesteckt. Es ist nur Wortmüll! Denn durch welches salomonische Wunder kann es geschehen, dass einer in diesem grandiosen Gebirge subversiven Aufruhr stiftet? Hä?"

„Was ist das, subversiver Aufruhr?"

„Einige sagen: das Tor zur Freiheit; andere behaupten, es sei das Gefängnistor. Weiss der Geier! Hör zu, Mütterchen, sprechen wir von ernsthaften Dingen, wir sind schliesslich beide keine kleinen Kinder mehr und schon gar nicht plemplem! Im Namen des gnädigen und barmherzigen Gottes, sag mir, wie sie heissen."

„Wie wer heisst? Hör auf, vom Getreide zu den Fragen zu springen, die dir auf der Zunge brennen. Mir wird noch ganz flau davon."

„Glaubst du, mir ist nicht flau ums Herz? Um die Menschenseele, die Allah mir geschenkt hat? Die Sache ist folgende, Hadscha: Ich bin da vorhin den Pfad hochgekommen, ich hatte gerade friedlich mit Raho geplaudert, ich dachte an nichts, alles war im Innern meiner Haut eingeschlummert, Galle, Lunge, Leber und der Rest. Und dann ... und dann, was sehe ich da vor mir in greifbarer Nähe? Zwei ... zwei himmlische Jungfrauen, die aus dem Paradies herabgestiegen sind, umhüllt von Anmut ... Es sind nur Erscheinungen, stimmt's?"

„Jasmin und Jasmina? Meine Grossnichten?"

Im selben Augenblick hob er sie auf seine Arme, küsste sie auf die Wangen, die Stirn, das Haar. Sie roch so gut nach Nelken, Unwissenheit und Wahrheit. Er setzte sie wieder auf dem Boden ab und fing an, sich mit ihr in wildem Reigen im Kreis zu drehen. Sie wehrte sich ein wenig und lachte, alt und glücklich.

„Jasmin und Jasmina! Mein Ehrenwort, das sind meine Lieblingsnamen! Sie konnten nicht anders heissen."

„Lass mich los ... Hör auf, hör auf!" Hadschas Lachen klang wie ein Spielmannszug mit Handtrommeln und Querflöten.

„Dieser Tag ist ein Freudentag für mich", rief der Inspektor aus. „Ich will Gott preisen, Ihm dafür danken, dass Er sie geschaffen hat, Ihn mit unendlicher Dankbarkeit von meiner Geburt bis zu meinem letzten Atemzug überschütten. Ich frage mich, wie Er das geschafft hat ... sie so hinzubekommen, in solcher Vollendung, mit Seiner erhabenen Hand! Es ist in meinem unsteten Wanderleben als Araber durchaus ein- oder zweimal vorgekommen, dass ich Jasminblüten betrachtet habe. Sie sind schön, alles, was recht ist. Ihr Duft ist berauschend. Aber kein Vergleich mit diesen Geschöpfen aus dem Garten Eden, glaub mir. Ich habe gute Augen. Und sie sind deine Grossnichten! Gib mir deine Hand, dass ich sie küsse, wie es ihr gebührt! Wie konnte es geschehen, wie konnte ich so verblendet sein, dass ich sie gestern abend nicht bemerkt habe? Es war zwar dunkel, aber ihre Schönheit hätte mich eigentlich aus der Ferne blenden müssen, und zwar jeden Augenblick."

„Du hattest die Nase im Tadschin stecken", bemerkte Hadscha.

„Der war köstlich, Hadscha! Ich werde ihn zeitlebens nicht vergessen. Auch dafür danke ich dir. Also, die Sache sieht folgendermassen aus: Ich bin nicht in der Lage, mich für die eine oder die andere zu entscheiden. Sie sind gleich. Und dann möchte ich sie auch nicht trennen. Verstehst du, Mütterchen?"

„Nein", bekundete Hadscha in aller Unschuld.

„Ich hatte meine Ruhe in meinem beschaulichen Leben, in dem ich so von Tag zu Tag dahinlebte und weder Chef noch Diener war. Ungefähr so ähnlich wie ein freier und souveräner Araber, wie man so sagt. Aber du machst keine Bullitik, oder? Du hast völlig recht. Ich habe damals sogar geheiratet, um nicht einsam und alleine zu sein. Früher war meine Frau frisch und knackig wie der junge Hafer. Hadscha, mein Ehrenwort, die Stadt verschleisst die Menschen. Geh nicht dahin zum Leben, auf keinen Fall. Sie macht die Frauen aussen runzlig und innen trocken, saftlos, wenn du verstehst, was ich meine – aber du bist beileibe kein Mann. Meine Frau ist wie du auf dem Land geboren, und dann ist sie eines schönen Tages in einer kleinen Wohnung aus Beton, das sind künstliche Steine, gelandet, und jetzt rennt sie da immer nur im Kreis herum und wartet. Auf was sie wartet? Weiss der Geier. Es ist ganz einfach: Gleich morgen verstosse ich sie, inschallah, ich schick sie in das Duar zurück, aus dem sie stammt ... es sei denn, der Klops Méditerrannée hat es gekauft und für die Tourisken auf exotisch hergerichtet. Ah ja, also wirklich! Ich hätte besser mit meiner Einsamkeit zusammengelebt. Ist die Geduld eine koranische Tugend, ja oder nein?"

„Wovon redest du, mein Sohn?" fragte Hadscha bedächtig. Ihr eines Auge war halb geschlossen, das andere weit aufgerissen, gewissermassen vorstehend.

„Von meinem Leben als verlorenes Schaf", rief der Inspektor auf dem Gipfel der Niedergeschlagenheit aus. „Ich bin ein Verdammter. Was haben mir all die langen Jahre zwischen meiner Arbeit und diesem Weibsbild, das nur selten Liebe und von morgens bis abends ein langes Gesicht macht, gebracht? Und überhaupt, meine Arbeit! Soll ich dir etwas sagen, Hadscha? Willst du wissen, worin meine Arbeit bei der Regierung besteht? Es ist eine Sauerei und sonst gar nichts. Leute aufspüren und verhaften. Leute, die ich weder von Eva noch von Adam kenne und die mir persönlich nichts getan haben. Ah, Gemeinheit! Gemeinheit! Und wenn ich nach Hause komme, gibt es kein Essen, und wenn, schmeckt es scheusslich. Und da schleppt mich nun mein Chef hierher, damit ich einen von euch verhafte! Er ist verrückt. Eines Tages werde ich meinen eigenen Schatten aufspüren und mich selbst verhaften! Ich bin ein armes, von aller Welt verlassenes Waisenkind." Noch vor zwei oder drei

Minuten hatten ihn Begeisterung und Lebenslust buchstäblich dreissig Zentimeter vom Boden abgehoben. Jetzt war sein Gesicht verzerrt und tränenzerfurcht. Mit blossem Auge betrachtet, konnte es keinen Zweifel geben, dass es ihm ernst war.

„Beruhige dich", redete Hadscha ihm zu, die in ihren Gefühlen besiegt war. „So beruhige dich doch gleich, mein Sohn aus der Ebene. Ein von dir selbst verlassenes Waisenkind bist du ja noch nicht."

Aufrecht und starr sah er durch die alte Frau hindurch, als wäre sie aus Glas, und betete eine Koransure herunter, die er in frühester Kindheit einst mühsam gelernt hatte: *„Ich werde nicht auf dieses Land schwören – Ich werde aus diesem Land fortgehen – Meine Vorfahren und Nachfahren werde ich verlassen – Die Menschen dort sind so ... so niederträchtig ..."*

„Amen!" schloss Hadscha und küsste ihn auf die linke Schulter. „Hör auf, mein Sohn. Du machst Fehler, dass davon die Kalifen in ihren Gräbern aufwachen. Gott vergebe dir!"

„Es ist mein einziges Erbe, Hadscha. Und ich habe es mit der Zivilisation und der Polizei vermischt. Ein Glück, dass ich nichts von Hard Rock verstehe! Sag ja. Mach mir eine Freude, gib mir die Lust am Leben zurück. Sag jetzt gleich ja."

„Ja", antwortete sie unverzüglich, ohne zu verstehen. „Ja wozu? Wovon sprichst du jetzt?"

„Von meiner Verlobung mit Jasmin und Jasmina. Ich habe eine gute Anstellung und Resopal-Möbel. Das ist glänzendes, modernes Holz, so blau wie der Himmel da oben über unseren Köpfen. Ich mache dir einen Sessel aus Skai zum Geschenk. Skai ist Leder, das besser ist als das Leder von den Tieren. Du wirst schon sehen. Darin sitzt du dann so gut, wie du es verdienst. Den Rest verscheuere ich auf dem Suk, Töpfe, Gaskocher, Waschbecken, Bidets, Türen und Fenster, Fernseher, Badewanne. Ich verscheuere alles, ich plündere mein Sparbuch und mein Bankkonto. Dann habe ich Flus und meine Ruhe. Die Abfindung ist da noch nicht dabei, vorausgesetzt, die Regierung hat den Sinn für die Baraka nicht verloren. Ich werde nämlich folgendes tun: Ich werde kündigen und mich hier bei euch niederlassen. Ich bin ein Bauer, der sich zur Polizei verirrt hat. Wie schon der Koran sagt, werde ich nicht mehr auf diese gottverdammte Stadt schwören, ich werde diese beschissene Gesellschaft verlassen ..."

„Hör auf! Hör auf! Das ist Gotteslästerung."

„Du kennst die Stadt nicht, Hadscha. Sonst würdest du genauso gotteslästern. Die Häuser auf dem Dorfplatz kaufe ich einfach. Kein Problem in dem Augenblick, in dem Zaster und Kohle fliessen. Du meinst, sie sind zerfallen und bestehen nur noch aus Mauerresten? Aber ich habe zwei Arme, ehrlich! Und zwei Hände, hier bitte. Ein Haus für dich, eines für Raho und eines für mich und meine beiden Gattinnen. Dann sind wir ein und dieselbe Familie. Wenn ich du wäre, Mütterchen meiner Vergangenheit, würde ich keine Sekunde zögern, mich für eine Zukunft zu entscheiden, die so strahlt wie die Sonne da oben. Und ausserdem bin ich jung und sehe gut aus. Sag ja."

Hadscha hatte den Kopf gesenkt und schien die Steine zwischen ihren nackten Füssen zu betrachten. Vollkommen ausdruckslos stellte sie fest: „Du hättest mir das alles gestern abend oder auch heute morgen sagen sollen ..."

„Warum? Sind meine beiden Verlobten anderweitig versprochen?"

„Nein, nein! Oho!"

„Na was dann?"

Sie schwieg eine geraume Weile mit gesenkten Augen und bewegte dabei die Zehen. Dann sagte sie: „Du solltest heute abend mit Raho darüber sprechen. Bei der Versammlung des Dorfrats." Und mit bewegter Stimme fügte sie hinzu: „Es wird ein grosses Fest geben."

„Ah! Deshalb haben die Aït Yafelman heute morgen Trommeln und Musikinstrumente hervorgeholt?"

„Mm ... ja", gab sie im selben Atemzug zurück.

Er nahm sie in die Arme und küsste sie auf den Kopf. Sie roch nach Paradies. „Gepriesen sei der Herr! Dieser Tag ist der erste meines Lebens, bei Allah und dem Propheten! Eine Verlobung, eine vollständige Veränderung meines Lebens, ein Schlemmermahl, das mich heute abend erwartet, Gesang und Tanz ... Fühl mal mein Herz, Hadscha, es brodelt, es ist am Zerspringen. Ich habe wohl daran getan hierherzukommen, glaub mir. Das Schicksal ist wunderbar. Im Namen des gnädigen und barmherzigen Gottes, des Herrn der Welten und des Königs des Jüngsten Gerichts, ich bitte dich, ich bitte euch alle um die Gastfreundschaft für immer. Für immer."

Schluchzend setzte Hadscha einen Fuss vor den anderen, einen Schritt nach dem anderen, langsam wie eine Schlafwandlerin ging sie gerade vor sich hin. Der Inspektor war felsenfest davon überzeugt, dass sie vor Freude weinte.

„Sie ist sensibel", sagte er sich. „Ich treibe es zu weit. Ich würde glatt einen Ochsen zum Weinen bringen."

Und die Ermittlungen? Ach ja! Die Ermittlungen ...

Berichterstattung:

„Es läuft, Chef. Die Spur ist heiss, mit schwarzer Seife eingestrichen, es läuft wie geschmiert von ganz alleine. Bis gleich. Mach dir keine Sorgen mehr."

„Wie machst du das nur?" fragte der Chef, der Zeit genug gehabt hatte, ein ganzes Stück abzuspecken.

„Hä?"

„Wie machst du es nur, dass du es in einem solchen Glutofen aushältst? Bist du aus Holz oder was?"

„Es ist eine Frage der Haut und des Gleichgewichts, Chef. Klarer Fall. Und dann werde ich heute abend gut essen. Verstehst du?"

„Nein."

„Das gibt mir Flügel zum Leben und ein Pflichtbewusstsein wie eine Eins zum Arbeiten. Jede Mühe verdient Lohn – und was für ein Lohn mir da in Aussicht steht! Gut. Bis gleich, Chef. Eine Viertelstunde, wenn es hochkommt. Sagen wir eine Stunde. Beweg dich nicht. Keine Bange." Er salutierte militärisch und drehte sich beschwingt auf dem Absatz um. Dieser Chef war keinen Heller wert, nicht mal einen roten. Noch gestern hatte er, eingehüllt in die künstliche Aura seiner Macht, wie ein Hammer gewirkt, oder gar wie eine ganze Kiste mit Werkzeug zum Schrauben und Drehen, verflucht nochmal. Und was war er jetzt, hä? Ein verdammt platter Reifen, ein geplatzter Weinschlauch, einfach ein Wrack. Durch die Gnade Gottes würde Inspektor Ali in naher Zukunft zu ihm sagen: „Mohammed, nimm dein Hemd und trockne mir die Füsse ab." Im Taumel seiner Begeisterung erzählte er sich selbst, während er auf der Suche nach einem neuerlichen Palaver mit einem anderen Mitglied der Aït Yafelman umherstrich, eine hübsche Geschichte aus modernen Zeiten, die er mit einer Harun-Arraschid-Erdnuss-Sauce anrichtete und mit Verzierungen würzte, die der Laune seiner von Grosszügigkeit überströmenden Natur entsprangen. Und wenn ... und wenn es unter der Einwirkung der Sonne soweit käme, dass die Denkmäler abgeschraubt und gestürzt würden? Schrauben weg, Denkmäler weg. Es kam ja vor, dass sich beim Fahren die Radmuttern lösten und unterwegs abfielen? Das Auto zerschepperte irgendwo, und die Geschichte änderte ihre Laufrichtung und wechselte in das andere Lager über, nicht wahr? „Alles, was recht ist", sagte er sich und brach in Lachen aus.

Alles, was recht ist, nehmen wir einmal allen Ernstes an, von den Vorgesetzten, hohen wie niedrigen, samt und sonders, würden durch die Macht der Umstände (einen Verkehrsunfall, eine Art technologischen Zaubertrick, einen unvorhersehbaren Umschwung in der Geschichte) die Schrauben und Muttern abfallen und sie landeten von einem Tag auf den anderen hier, in den Höhlen dieser Berge. Was würden sie tun? Was würden sie für eine Figur abgeben, und was würden sie sagen? Sie würden bestimmt versuchen, so zu tun, als wären sie sie, wie sie leibten und lebten. Klarer Fall. Aber niemand würde ihnen glauben oder sie ernst nehmen. Hadscha würde sie gewiss auffordern: „Haut ab hier. Fissa. Geht mit euren Zähnen spielen und erzählt mir keinen Salat." Der Inspektor lachte, lachte und schlug sich auf die Schenkel. Nein, nichts von ihrem ganzen Kram würden sie auch nur einem einzigen Bauern vormachen können, weil die sie einfach nicht anerkennen würden, sie niemals gekannt hatten und sowieso auf sie pfiffen.

Jäh erstarb das Lachen im Hals des Inspektors. Er verlangsamte den Schritt und sagte laut: „Dir geht es wohl nicht besonders gut im Kopf, du?"

„Nein, mir geht es ganz und gar nicht gut. Ich denke unablässig an die beiden Gazellen. Das macht mich ganz verrückt."

Sein Schatten war mit der Sonne gewandert. Er befand sich gegenwärtig zu seiner Linken und wurde, während er lief, unmerklich länger. Er sah ihn mit Entsetzen an. Aber nein doch! Das hatte es noch nie gegeben, dass auch nur das kleinste Denkmal abgeschraubt worden wäre, zumindest nicht in diesem Land, das vom revolutionären Geist nicht einmal eine Ahnung hatte. „Ali, sie müssen blind oder wahnsinnig gewesen sein, die Typen, die dich bei der Polizei eingestellt haben. Wie hast du es nur angestellt, so unter dem Regen durchzukommen?" Zum Teufel noch einmal, was zettelte er da in seinem Kopf an? Die Revolution? Er ganz alleine? „Ich hatte schön meine Ruhe", sagte er sich. „Einen guten Job als Bulle. Eine sichere Sache mit einem Scheck am Monatsende. Ein langsamer und mühsamer Aufstieg, aber ich bin überhaupt noch nicht alt. Ich habe so la la gearbeitet, wie es meiner Natur entspricht. Es ist schon mal vorgekommen, dass es mich innerlich wurmte, wenn zu viele Sachen mich zum Kochen brachten. Aber ich habe nicht gedacht. Ich habe nicht gedacht! Chef Mohammed hat wirklich recht, wenn er sagt, die Insektuellen sind krank im Kopf."

Er blieb stehen. Fasste sich mit der Hand an die Stirn. Sie war heiss. Fiebrig. Im nächsten Augenblick würde sie Risse bekommen. Mehrere widerstreitende Elemente lieferten sich zwischen seinen Augenbrauen und seinem Haaransatz einen Ringkampf mit Tiefschlägen, Kräfte mit zentrifugalen, zentripetalen und anderen Eigenschaften, die er nicht benennen konnte, randalierten in seinem Schädel wie die wildesten Radaubrüder: Jasmin und Jasmina, die Rückkehr zur Scholle, die Ermittlungen, die gerade erst anfingen, das Weibsbild zu Hause, der Chef und die Polizei insgesamt ... und die Pflicht, die einen im letzten Kaff am Schlawittchen packte, und der Staat, mit dem er bestimmt nicht wie mit einem dummen Kind würde umspringen können, und des Inspektors eigene Haut. Wie wollte er sie retten? Wer würde ihm den Weg zeigen? Wer würde ihm, dem Dürstenden, Wahrheit und Rettung zu trinken geben? In einem Wort, wie funktionierte der absolut perfekte Trick?

Wenn er damals, bevor er verhältnismässig zivilisiert geworden war – als Jugendlicher ohne Dach und ohne Werteleiter –, einen üblen Streich ausgeheckt hatte, um seinen Lebensunterhalt zu sichern, hatte er instinktiv gehandelt wie eine Kuh, die stundenlang dasselbe Maulvoll Gras oder Heu durchkaute und wiederkäute. Ein einziger Gedanke aufs Mal, so hatte er es gehandhabt. Wenn der Gedanke aufgezehrt war wie eine Lakritzstange, hatte er ihn in den Rinnstein gespuckt und sich einen neuen vorgenommen. Mit der Geduld kam auch die Baraka.

So fremd und seltsam es auch war, der vom Abendland geleistete Beitrag hatte ihn langsam aber sicher dazu gezwungen zuzulassen, dass in seinem Kopf gleichzeitig mehrere Lösungen für ein bestimmtes Problem hausten, aus denen er im Augenblick der Entscheidung ein ehrenhaftes Mittelding zusammenstellte, ein Viertel Ziege, ein Viertel Kohl, der Rest Wurstsuppe oder einfach wurstegal. Wenn das Endprodukt dem, was höheren Orts von ihm erwartet wurde, entsprach, so war das nicht seine Schuld, sondern zweifelsohne ein Wunder und der unanfechtbare Beweis dafür, dass Allah sich mit dem verwaltungstechnischen Papierkram auf Koexistenz eingelassen und an die vom christlichen Abendland kopierte Ordnung gewöhnt hatte. Was sein musste, musste sein, denn Ali war Ali. Der Stellung eines Untergebenen entsprach eine unselbständige Reaktion. Mit Hilfe dieser Philosophie der goldenen Mitte war es ihm gelungen, auf seinem Posten – und am Leben zu bleiben. Er sass sehr gut da, wo er sass, weder unten noch oben. Was konnte Ehrgeiz bewirken, wenn nicht die Anhäufung von Verantwortung und Spannungsüberlastung in seinem armen Gehirn? War er nicht ein perfekter Optimist, ein „zorniger Liberaler", der der Zukunft nicht ins Auge sehen wollte (Oh! Nein, um keinen Preis! Sie war zu vielschichtig. Lieber den Schleier herunterlassen und auf Sicht fliegen!), sondern ganz im Gegenteil aufmerksam die eigene Vergangenheit – und die unveränderte Vergangenheit einer ganzen Reihe seiner Landsleute – betrachtete? Oh ja doch! Er hatte richtig Glück!

„Alles, was recht ist", sagte er sich an jenem 12. Juli 1980 mitten am Nachmittag, mit dem weiten Himmel als Zeugen. „Alles, was recht ist. Ich kann nicht mehr nur über einem einzigen Gedanken aufs Mal brüten, wie in der guten alten Zeit. Und ich lande in der Klapsmühle, wenn ich weiterhin an zu viele Dinge gleichzeitig denke, das ist sicher. Das ist vielleicht christlich, es ist auf keinen Fall muslimisch. Mach deinen Kopf leer, Ali."

Er verfügte über die höchst seltene Gabe, seinen Geist bei Bedarf freimachen zu können. Und das tat er auch augenblicklich. Das heisst, er tauchte seine Hand in die Tasche seiner Gandura, nahm ein Geldstück heraus und wettete mit sich selbst bei Allah und dem Propheten, dass

1. Kopf – er auf den rechten Weg zurückkehren und die Ermittlungen ernsthaft führen würde, soweit das möglich war ... man durfte die Beute nicht zugunsten eines Schattens und den Schwanz des Hundes nicht zugunsten seiner Zähne fahren lassen;

2. Zahl – er bis ans Ende seines Lebens Frieden und Liebe machen würde. Nun ja, soweit das eben möglich war.

Er schloss die Augen und warf die Münze hoch. Er sah sie niemals wieder, trotz all seiner Nachforschungen auf allen vieren, unter den stummen Blicken von vier oder fünf Bengeln, die unbeweglich in einiger Entfernung verharrten. War es möglich, dass einer von ihnen schneller als das abendländische Denken gerannt war – und noch dazu durch die Luft? Aber vielleicht war auch der Sand einfach nur Sand, feiner und im Übermass vorhandener Sand, der sich jeglichen archäologischen Ausgrabungen widersetzte. In der Folge fasste er eine dritte Lösung ins Auge, und zwar schnurstracks in das Auto mit den platten Reifen zu steigen, wenn nötig auf den Felgen bis zur nächstbesten Telefonzelle zu fahren und mit höchster Dringlichkeit einen neuen Chef anzufordern. Einen, der dann aber um Himmels Willen, ohne mit der Wimper zu zucken, hohe Temperaturen und in direkter Linie aus dem Mittelalter hervorgegangene Bauern aushalten konnte. Was Chef Mohammed betraf, so sollten sie ihn aus Mitleid und im Namen des gnädigen und barmherzigen Gottes mit dem Hubschrauber holen kommen. Eine Bahre und einen Notarzt sollten sie mitbringen! Schnell,

schnell, schnell! Er war ganz ausgetrocknet, der Ärmste, und nahe daran, zu Staub zu zerfallen! Alles hinüber, Hirn wie Galle, mit dem war kein Staat mehr zu machen.

„Da hast du aber mächtig nachgedacht", beglückwünschte sich der Inspektor. Er grinste von einem Ohr zum anderen und rieb sich die Hände, als wasche er sie sich mit Seife. Und dann schloss er – nicht endgültig, aber mit Nachdruck: „Morgen. Vielleicht auch heute abend nach dem Essen. Ich habe reichlich Zeit. Es eilt nicht. Eins nach dem andern."

Auf französisch fügte er in Gedanken, wenn nicht wörtlich, hinzu: *„Is doch ferrückt, disö Oxident*, isch schwörö äs! Immär aktivistisch. Desalb sind sie auch wieder von ier abgeauen!"*

Kifesch** versteht es nicht. Sie haben zu ihm gesagt ... Wer hat zu ihm gesagt, er solle den Mund halten? Er erinnert sich nicht mehr genau. In seinem Kopf sind zu viele Dinge. Und was haben sie eigentlich genau gesagt? Ah ja! Hör zu ... „Hör zu, Wörterbuch. Mach dein grosses Maul nicht auf. Nicht ein Wort, bis diese Fremden wieder weg sind. Hör zu, Wörterbuch. Mach dein grosses ..." Aber ja doch, er ist ja nicht taub. Er hat den Satz auswendig gelernt. Sie haben ihn zehnmal, nein zwölfmal wiederholt. Er hat es an den Fingern abgezählt.

Aber warum nennen sie ihn Wörterbuch, Gelehrter? Er heisst Kifesch, seit er sich erinnern kann. Natürlich weiss er

* Wie bei Inspektor Ali stellt der Begriff auch für mein Hirn eine harte Nuss dar: Handelt es sich hier um ein chemisches Produkt für die Mundhygiene eines Haustiers oder um das Abendland?

** „Kifesch" heisst „Was?", „Wie?" und ist ein Spitzname.

einiges. Warum soll er es für sich behalten? Das ist nicht gerecht. Der Mann da, der immerfort in Höhlen hineingeht und aus Höhlen herauskommt, sucht irgend etwas. Das ist offensichtlich. Er inspiziert, er verhört. Er lacht und redet mit sich selbst. Kifesch könnte ihm helfen. Er hat grosse Lebenserfahrung. Er ist in der Stadt gewesen, er hat dort gearbeitet. Alle Arten von Kurzzeitbeschäftigungen. Überall haben sie ihn rausgeschmissen. Warum? Er hat nichts Böses getan.

Portier in einem Hotel, mit einer flotten Uniform. Dem einzigen Anzug, den er je in seinem Leben besessen hatte. Kaum eine Woche. Nein, zehn Tage lang. Vorher ... Ja, das war die gute alte Zeit gewesen, da hatte er einen kleinen Laden in der Medina gehabt und Limonade verkauft. Um Kunden anzulocken, hatte er ein Radio gekauft. Fast so gross wie ein Schrank. Im frühen Morgengrauen hatte er den Knopf im Uhrzeigersinn bis zum Anschlag gedreht. Es war ganz einfach gewesen. Und erst spät, sehr spät am Abend, hatte er ihn wieder in die andere Richtung gedreht, wenn er wirklich müde war. Wie fröhlich die Volkslieder gewesen waren, meine Güte! Trommeln, Lauten, Flöten, Querpfeifen, der Refrain im Chor gesungen, Händeklatschen. Die Limonadeflaschen hatten in ihren Kästen gebebt, Kifesch war es ähnlich ergangen, und er hatte die Gassenhauer aus vollem Leibe mitgebrüllt. Warum waren die Nachbarn gekommen und hatten ihm die geballte Faust gezeigt? Und was hatten sie mit aufgerissenem Mund zu ihm gesagt? Ums Haar hätten sie ihm sein Radio mit Steinen demoliert. Aber er hatte es gerettet. Er hatte es auf die Schultern gepackt und eines Tages die Stadt verlassen, immer geradeaus in Richtung auf seine Heimatberge zu, ohne die Tür seines Ladens zuzumachen. Die Leute von unten hatten etwas gegen Fröhlichkeit, ganz klar. Sie hatten ihre Limonade getrunken und dann das Gesicht verzogen. Ach ja! Wie er das Radio über Felder, Strassen, Schienen und Berge gebracht hatte? Er erinnert sich nicht mehr. Es ist schon so lange her. Aber seit damals steht es in der Höhle, in der er mit seinen Eltern und seinen Geschwistern lebt. Es gibt keine Musik mehr von sich, da kann er an den Knöpfen drehen so viel er will, an allen. Morgens und abends. Vielleicht funktioniert das Ding nur in der Stadt ...

Ob er früher auch einmal bei der Post gearbeitet hat? Er? Wie sollte er sich an die Einzelheiten eines derartig ausgefüllten Lebens erinnern? Sie hatten ihm gesagt ... sie hatten ihm erklärt. („Ich weiss", hatte er schnell geantwortet, „ich weiss.") Es war ihnen also gelungen, die nötigen Worte anzubringen, um ihm mitzuteilen, wie sich seine Aufgabe gestaltete: Am Tag zuvor hatte in den Bergen ein Sturm gewütet („Ja, ich weiss, ich habe davon gehört."), und er, Kifesch, er war doch aus den Bergen, er kannte doch die Gegend („Oh, ich weiss, ich bin da geboren. Ich weiss."), und er würde in der Lage sein, der Telefonleitung über die Schluchten und durch den Zedernwald zu folgen? („Ich weiss, es ist ganz einfach.") Vielleicht war die Leitung heruntergefallen, sogar gerissen, und für diesen Fall war hier das nötige Werkzeug, um sie wieder ganz zu machen. „Ich weiss", hatte er geschlossen und sich fröhlich auf den Weg gemacht. Lange Zeit später funktionierte das Telefon immer noch nicht. Dabei hatte Kifesch doch mit einer dicken Schnur ...

Kifesch versteht die Welt nicht mehr. Warum leben die

Aït Yafelman wie gehetztes Wild? Warum geben sie alles auf? Es sieht gerade so aus, als würden sie sich verstecken, aber vor wem oder vor was? Solange er zurückdenken kann, sind sie immer nur auf der Flucht gewesen, haben sich aus dem Staub gemacht. Warum legt Hadscha, wenn sie an ihm vorbeigeht, bedeutungsvoll den Finger auf die Lippen? Worin besteht das Geheimnis? Was um Himmels Willen darf er nicht sagen?

Burgin hatte abseits von den Kindern und den Erwachsenen – denn es stand ein Entscheidungsspiel an – mit dem Zeigefinger einen annähernd runden Kreis in den Sand gezeichnet, sich, gewissermassen um seine Betrachtungen einzugrenzen, dort hineingesetzt und ein Kartenspiel aus dem Nichts hervorgezaubert. Einen Augenblick zuvor hatte er seine Hände geöffnet und mit den Handflächen nach unten in Augenhöhe nebeneinander vor sich hingestreckt. Er hatte sie sinken lassen, geschlossen, und als er sie wieder öffnete, stand zwischen ihnen ein Fächer aus fliegenden Karten.

Er mischte sie, mischte sie noch einmal spiralförmig und hob ab. Er zählte zwei gleich grosse Stapel aus, die er einen Fussbreit voneinander entfernt auf den Boden legte. Jetzt begann der Versuch. Er hatte es noch nie geschafft. Normalerweise spielte er beim Pokern mit sich selbst (gegen das perfekte Alter ego, das er war) absolut gerecht. Die rechte Hand war seine, die linke gehörte seinem unsichtbaren, dafür jedoch um so wachsameren Gegner. Meistens gewann er, unabsichtlich, ohne zu mogeln. Er war mit beiden Händen gleich geschickt. Manchmal kassierte der andere den Einsatz. Er bekam ihn ohne Widerworte ausgehändigt – in die linke Tasche. Spiel ist Spiel. Beim Glück gilt dasselbe.

Steckte im Schicksal ein Anteil Glück? Das wollte er einmal nachprüfen. Auf einen Versuch konnte man es durchaus ankommen lassen. Er dachte daran, seit er am Vorabend Rahos Anweisungen erhalten hatte. Eine Karte für diesen, mit der rechten Hand. Die zweite gehörte ... ja, gehörte Gott. Natürlich war das üble Gotteslästerung, denn der erhabene Schöpfer war keine Spielernatur, er brauchte keinen Drilling und kein Royal Flush, um seine Entscheidungen abzuwägen. In seinem Buch hatte er Glücksspiele strengstens untersagt. Aber der Eingeborene aus der Stadt war ganz nett. In seiner Einfachheit irgendwie rührend. Er war kein schlechter Kerl. Er hatte sogar um die Hand seiner Zwillingsschwestern angehalten. Hadscha hatte gesagt und wieder gesagt, er sei ein ehrlicher Kerl. Sie kannte sich aus mit der menschlichen Natur. Aber Raho hielt sich ausschliesslich an die Sterne. Sie waren dauerhafter als die Menschenwesen.

Zwei gleich hohe, gleichmässig gestapelte Häufchen Karten, keine Möglichkeit, etwas zu erraten. Einer der Stapel enthielt den Tod. Wenn die erste schwarze Karte auf der Seite Gottes aufgedeckt wurde, gehörte alleine Ihm das Schicksal wie seit jeher. Im gegenteiligen Fall war Rahos Befehl zu befolgen. Der alte Mann aus den Bergen hatte die Gestirne befragt. Er wusste, was er tat.

Langsam, beinahe widerwillig hob er die erste Karte auf, drehte sie um: Herz 10. Und auf der Seite der Vorsehung? Was lag da? Das Karo As. Raho hatte sich noch nie geirrt. Er bezog seine Wahrsagekunst aus der Hochantike. Eine Art Wissenschaft, von der er ihm bisweilen erzählt hatte. Es war das einzige Erbe, das ihm seine Ahnen überliefert hatten. Alles hing vielleicht von der dritten Karte ab. Rot oder schwarz?

Ein Schatten fiel mit einem Mal vor ihm auf den Boden, und eine fröhliche Stimme rief ihm zu: „Ah, hallo, Burgin! Dich habe ich gesucht."

Bevor er sich umdrehte, noch bevor er zusammenschrak, wusste Burgin, dass die nächste Karte die Karte des Todes war. Er hob sie nur leicht an einer Ecke an, nickte mit dem Kopf. Es stand geschrieben. Schade. „Hallo, mein Bruder", antwortete er.

Inspektor Ali liess sich im Schneidersitz nieder und tat, als setzte er eine Unterhaltung fort, die von einem kurzen Zwischenfall unterbrochen worden war. Egal, ob mit Hadscha, Burgin oder einem anderen, bei Allah und dem Propheten, es war ja doch dieselbe! Sprach er mehr, als er zuhörte? Wirklich? Und arbeitete in diesem Dorf überhaupt jemand? Ging irgend jemand irgendeiner Beschäftigung nach? Ali ähnelte weder aus der Nähe noch aus der Ferne Chef Mohammed und würde deshalb auch keine dummen Fragen stellen, wie zum Beispiel, ob es hier im Umkreis einer Meile eine Fabrik oder wenigstens eine kleine Fabrikationsanlage gab. Wenn das Arbeitslosengeld nicht bis in diese Berge reichte, dort sowohl dem Namen als auch der Bedeutung nach völlig unbekannt war, von was lebten sie dann? Du sagst, mein Bruder, dass für heute genug da ist, auf dass ihr nicht Hungers sterben müsst, und dass das genug ist, gottlob? Einverstanden, gelobt sei der Herr, der für die Nahrung der Vögelchen gesorgt hat, aber morgen, hast du an morgen gedacht, das Morgen, das in diesem eisenharten Jahrhundert wenig rosig aussieht? Ich weiss wohl, dass nach dem Sommer der Herbst kommt, es muss so sein. Und vielleicht sogar die Regenzeit ... Ah! In diesem Fall würde man einige Morgen

Land umpflügen, um sie einzusäen, und dann, inschallah? Mitten in einem Satz über verbesserten Maisanbau schrie er ihn geradeheraus an: *„Du schpreschen fransesisch von Reise aus Land? Habla spañol portuguese youspik lamirikanisch Cuba bonjour merci?"*

„Hast du eine Dürre im Hals, mein Bruder?" erkundigte sich Burgin.

„Du bist es nicht!" folgerte der Inspektor und seufzte erleichtert auf. „Da bin ich aber froh. Ich habe mir sowieso gedacht ..." Und ohne weitere Umschweife ging er zur Hauptsache über. So sah die Geschichte aus: Das Geldstück war irgendwo verloren gegangen, vielleicht in diesem verflixten Sand, vielleicht in der Tasche von einem der Wichte, die den ganzen Tag müssiggingen. Das wusste allein der Geier! Dazu kam, dass er überhaupt nicht sagen konnte, auf welche Seite es gefallen war. Kopf oder Zahl? Rate mal! Er hatte zwar noch mehr Geldstücke, aber keine grosse Lust, noch einmal zu wetten. Der geeignete Augenblick war vorbei, die Inspiration versiegt. Um der unermesslichen geistigen Verwirrung, die ihm auflauerte, zu entgehen, berief er sich auf seinen Bruder Burgin, denn die menschlichen Beziehungen waren so einfach, wenn man von sich aus etwas dazu einbrachte. Er setzte ihm wärmstens, freundschaftlich und ungeschminkt seine Lage auseinander, von seiner Kindheit im Backofen, in dem es so dunkel wie im Reich der Bildungs- und Aufklärungsfeindlichkeit gewesen war, bis zu den hirnrissigen Ermittlungen, die ihn in das Dorf geführt hatten, und dann, bei Allah und dem Propheten, zur brodelnd heissen Liebe, die der blosse Anblick von Jasmin und Jasmina in seinem Herzen entfacht hatte. Als er erfuhr, dass Burgin ihr grosser Bruder war, hielt er mit Freude und Offenheit nicht hinter dem Berg. Er rückte seinem Schwager alles heraus, sämtliche Daten über das Problem, das so viel Kopfzerbrechen verursachte, und liess dabei keine Einzelheit aus, auch nicht den geringsten Erinnerungs- oder Gedankenstummel. Er brauchte eine sachverständige Stellungnahme. Wie traf er die richtige Wahl? Wie ein Schraubstock zog sich die Welt immer enger um seinen Kopf zusammen. Sollte er in die Ebene und in das Polizeikorps zurückgehen und weiterhin im Inneren seiner Haut schweigen und die Leute wie Fussabtreter behandeln? Oder sollte er nie wieder von den Bergen heruntersteigen und in diesem Fall die Ermittlungen mit einer Schlinge, die sich automatisch zuzog, abschliessen – er wusste zwar noch nicht wie, aber da würde ihm bestimmt etwas einfallen, bei Allah und dem Propheten und allen Familienbanden, die uns schon jetzt verbinden ...

Mit verschlossenem Gesicht hörte Burgin ihm Wort für Wort zu, folgte aufmerksam allen Windungen seiner Darstellung. Dann mischte er die Karten und sagte: „Heb ab."

Sie spielten eine Runde Poker, die sie alle beide gewannen. Sie mogelten gleich gut. Burgin wusste nicht so recht, was er davon halten sollte. Er hatte sich freiwillig einiger Trümpfe entledigt, um das Schicksal dieses Eingeborenen aus der Stadt zu beschwören ...

„Chef, bist du sicher, dass wir nicht in die falsche Richtung gefahren sind? Wir hätten im Norden oder irgendwo anders ermitteln sollen, aber nicht hier. Bist du sicher, dass man dir höheren Orts keine Falschmeldung angedreht hat, um sich heimlich, still und leise über dich lustig zu machen?"

Der Chef gab keine Antwort. Er war erledigt, und zwar

von allem, von der Hitze, von den Ereignissen, von den Worten.

„Wie kann man sich auch nur eine Sekunde lang vorstellen, einer von den Bergbewohnern könnte sich einen Pass besorgt haben? Sie haben nicht einmal eine anständige Hose wie du oder ich."

Der Chef sagte kein Wort. Es wäre sinnlos gewesen. Alles war sinnlos, Verstand, Zeit, Raum.

„Bitte entschuldige mich, Chef, aber es muss heraus. Diese Offiziellen, ich will ja nicht behaupten, dass die meisten von ihnen bescheuert, aggressiv oder gewalttätig sind, nein. Ich meine nur, das sei jetzt einfach einmal so dahingesagt, dass auch sie mit allgemein verbreiteten Lastern geschlagen sind, als da wären Selbstgefälligkeit und Dummheit. Dass sie uns hierher geschickt haben, ist nur ein Beweis dafür, so sicher, wie ein Arbeitsloser keine Arbeit hat."

Der Chef machte den Mund auf und liess folgende Worte herausfallen: „Sie können sich nicht täuschen. Das ist mathematisch unmöglich. Du für deinen Teil, du kannst dich täuschen. Ich vielleicht auch noch, aber sie nicht. Und du musst wissen, dass sie bei weitem nicht das sind, was du von ihnen sagst, merke dir das gut. Denn wenn sie dumm wären, wären sie nicht da, wo sie sind."

„Chef, ich würde sie ja gern für Genies halten. Aber dann sollen sie auch selbst versuchen, eine schwarze Katze in der Nacht in einem dunklen Zimmer zu fangen, vor allem, wenn sie gar nicht drin ist. Wo soll ich denn unter diesen Bauern einen subversiven Aufrührer suchen?"

„Die hohen Vorgesetzten können sich nicht täuschen. Du ermüdest mich. Sieh zu, wie du zurechtkommst."

„Was willst du damit sagen, Chef?"

„Hör einmal gut zu, du: Sie haben gesagt, dass sich das fragliche Individuum hier befindet. Also ist es hier. Punktum Schluss."

„Aber, Chef ..."

„Du täuschst dich, ich mache einen Denkfehler, und die Mistbauern da draussen sind schuld. Es gibt keine andere Erklärung."

„Aber wenn ich dir doch sage ..."

„Ich will es nicht wissen. Finde einen Schuldigen."

„Aha?" meinte der Inspektor, „so wird das also gedeichselt?"

„Ich habe gesagt *einen* Schuldigen, das bedeutet, einen anderen gibt es nicht."

„Aha!" wiederholte der Inspektor, diesmal zweifelnd.

„Möchtest du vielleicht lebenslänglich in der Klemme stecken bleiben?"

„Nein."

„Vielleicht möchtest du auch die offizielle Mission, die ich dir übertragen habe, nicht vermasseln und den hohen Vorgesetzten keine Bilanz des Scheiterns vorlegen?"

„Nein."

„Dann ist die Auswahl nicht besonders gross. Verhafte diesen Dreckskerl, der uns wertvolle Zeit kostet und mich in den Zustand versetzt, in dem ich mich befinde. Geh und tu deine Pflicht. Und in vierzehn Tagen, drei Wochen bekommst du deine Ernennung zum Chef. Das garantiere ich dir."

„Und die Akte?"

„Was, was? Welche Akte?"

„Wir werden ja wohl eine Akte aufsetzen und phantasievoll ausgestalten müssen. Das ist immer am schwierigsten. Wir müssen sie auf der Maschine tippen!"

„Später, in meinem Büro. Denk jetzt nicht an dieses unwichtige Detail. Hast du eine Waffe bei dir?"

„Ich? Niemals. Ich habe das hier", sagte der Inspektor und fing an zu lachen.

Er zeigte seine Hand vor und spreizte die Finger. Während er davonging, fragte er sich, auf welche legale oder illegale Weise er den Chef erwürgen sollte, so sauber, dass selbst der Teufel es nicht merken würde. Auf einem Huf hinkend, lief mit gesenktem Kopf ein Esel an ihm vorbei. Er war staubfarben. Einen Augenblick lang dachte der Inspektor, er erkenne ihn wieder. Aber wenn er sich recht erinnerte, dann war Rahos Eselchen rot gewesen, rot wie die Flammen der Hölle.

„Bah!" sagte er zu sich. „Er hat sich im Staub gewälzt, um die Flöhe durchzuschütteln."

Hadscha ist zwischen ihren sattgrünen Erinnerungen und der trockenen Realität der Welt um sie herum hin- und hergerissen. Dieser Mann da, der gerade mit ihr geredet hat, hat in ihr mehr als Mitleid bewegt, sie hat nämlich den Wunsch verspürt, ihm alles zu geben. Aber sie kann nichts mehr geben, nicht einmal mehr denen, die aus ihrem Bauch hervorgegangen sind. In dem Mass, in dem die Jahre zu den Jahren hinzukommen, so scheint ihr, schrumpfen auf Meilen im Umkreis, in einem immer grösser werdenden Radius die Herden, werden die Ernten immer magerer, wird Arbeit für die Männer immer schwieriger zu finden. Früher waren die Aït Yafelman von den Bergen heruntergestiegen, hatten unter der Woche als Taglöhner, Holzfäller, Kohlenbrenner und Träger gearbeitet. Sie bekamen dafür Lohn und brachten Lebensmittel oder auch Kleider und Schuhe mit nach Hause. Wenn sie zurückkehrten, gab es ein Fest mit Gesang und Tanz. Aber jetzt, was tun sie jetzt ausser herumirren und warten? So ist das Leben. Alles steht geschrieben. Vielleicht ist auch Gott arm geworden? Wer weiss?

Die Mauerreste, zwischen denen sie mit langsamen Schritten umhergeht, waren früher Wohnungen gewesen. Eine davon hatte ihr gehört. Hier waren ihre Kinder auf die Welt gekommen, hatten gelacht und geweint, waren gross geworden. Hier hatten Krüge mit Öl, mit Honig und mit Mehl gestanden. Eines Tages hatte sie alles verkaufen müssen an jemanden, den sie noch nie zuvor gesehen hatte. Den Staat. Er forderte seit Jahren eine von ihm so genannte Grundsteuer. Vielleicht war das ein Brauch aus heutiger Zeit?

Raho hatte zu ihr gesagt: „Warte. Halte dich für alle Fälle bereit." Er hatte hinzugefügt: „Hab Geduld mit deiner Seele, mach dir keine Sorgen." Er sprach nicht viel. Nur die nötigen Worte, um die Zweifel von den Menschen und die düsteren Schatten von ihrem Leben zu nehmen.

Ein Zelt war aufgeschlagen worden, aber es war zu. Davor lag eine Matte, auf der sassen sie. Sie liessen den Kuskus durch ihre Finger in eine grosse, runde, flache Holzschale gleiten, ein halbes Dutzend schnatternde Frauen, die sich des Lebens freuten. Als Inspektor Ali sich ohne Aufhebens zu ihnen setzte, seine Ärmel hochkrempelte und sie fragte, ob er ihnen helfen könne, verstummten nacheinander ihre Stimmen, ihr Lachen und ihre Bewegungen. Er kümmerte sich nicht darum. Es war ganz natürlich, er schüchterte sie ein! Ohne Umschweife riss er die sozialen Schranken nieder und drehte dem alten „Machogehabe", das auf arabischem Boden eine so dumme Vormachtstellung einnahm und den Sinn der Beziehungen zwischen gegensätzlichen Geschlechtern verfälschte, kurzerhand den Hahn ab. Gegensätzlich? Wer hatte denn das gesagt? Das konnte nur ein Frauenfeind gewesen sein, der sicher hässlich und impotent war. Sie waren doch in allen Dingen einander eine Ergänzung, also ehrlich! Sie weckten eines des anderen Lust (und umgekehrt) und führten einander Stufe um Stufe im Gleichklang in jenes Paradies, das der Koran in einem ganz besonderen Kapitel behandelte, von dem sich nur einige Fetzen in seiner Erinnerung erhalten hatten. Er nahm eine Handvoll Kuskus und probierte. „Hmmm!" lautete sein Urteil, und dabei legte er den Kopf zur Seite wie ein Vogel, der den Ruf des Frühlings vernimmt. Und dann fing er an, seinerseits Kuskus zu rollen wie eine Frau und mit Feuereifer, verlangte dabei ein klein wenig von der Mischung aus gesalzenem Wasser und geschmolzener Butter, die in einem Schüsselchen bereitstand – oder noch besser einen Tropfen von dem Öl aus den Früchten des Eisenholzbaums, das dem Griess ein besonderes Aroma und dem Gaumen Spannkraft verleihen würde. Unter seinen geschickten Fingern quoll der Kuskus wie gewünscht auf, dann verteilte er ihn mit dem Sieb auf ein ehemals weisses Tuch in der Sonne. Drei Steine trugen einen irdenen Topf, dessen Deckel er lüpfte. Er kostete von der kochenden Sauce. Sie war gut, sogar ausgezeichnet. Es waren Gemüse und Kichererbsen darin, aber auch Fleisch. Er hatte es mit eigenen Augen gesehen, einige Stücke schwammen obenauf, die Unglücklichen! Eigenmächtig fügte er eine Messerspitze Koriander und eine Prise Ras al-Hanut für alle und jeden hinzu. Was sein musste, musste sein, denn das Leben war so wunderbar.

Während all dieser Zeit hatte er unablässig seine Zunge in einem Wortschwall bewegt, der sich an keine chronologische Abfolge hielt (und auch auf keinerlei Verbindung zwischen diesen Frauen, die ihn mit runden Augen ansahen, und den Konservendosen schliessen liess, die seine eigene Frau mit schrillem Quietschen öffnete, was regelmässig die Hauskatze mit hochgestelltem Schwanz auf den Plan rief und die menschlichen Nerven zum Zerreissen spannte ... aber das war vorbei, Dank sei Gott und den beiden zimthäutigen Schönheiten!).

Während ihm der Kuskus durch die Finger rann, er mehrfach die Sauce kostete, sie mit einem grossen Olivenholzlöffel umrührte und mit Leibeskräften das Feuer anblies, berief er sich auf jedes beliebige Geschöpf weiblichen Geschlechts, das so ungeschickt gewesen war, ihm eine Antwort zu geben, schnitt sofort irgendein Thema an und fühlte sich in dem unentwirrbaren Netz der geistigen Vorgänge in seinem Kopf pudelwohl. Das Leben war eben das Leben, und es war vielschichtig, daran bestand kein Zweifel. Der Mensch neigte dazu, es zu vereinfachen, nicht wahr? Inspektor Ali hatte in seinem Leben einige unsaubere und unappetitliche Dinge gesehen. Und je weiter die Zivilisation mit Riesenschritten voranschritt, desto unsauberer, unansehnlicher, verdorbener und ungeniessbarer wurde das Dasein. Wenn ihr ein Holzfeuer anmacht, könnt ihr, solange es brennt, sehen, was um euch herum ist, könnt eure Hände und eure Füsse anschauen. Aber sobald es ausgeht, hüllt euch die Nacht ein und ist gleichzeitig in euch. Ah! Ihr kennt die Stadt nicht? Da habt ihr es gut, bleibt lieber in den Bergen! Geht niemals hinunter, ihr Unglücklichen! Da unten sind die düsteren Niederungen der finsteren Worte und Taten. Das lässt sich schon daran erkennen, dass in der Stadt nur Haustiere leben. Die, die noch eine Spur von Gebrüll im Leib haben, werden im Zoo eingesperrt. Nun ja, mit den Menschen ist es dasselbe. Und er erzählte.

Er erzählte ohne Sorge um die Glaubwürdigkeit seines Redeschwalls frei von der Leber weg. Klatsch, Gerüchte, das Neueste vom arabischen Telefon, frei umgearbeitete Schilderungen. Er leerte die Taschen seiner Erinnerung, breitete alles, was er wusste, in loser Schüttung aus. Flüchtige und nicht verbürgte, für Polizistenspürnasen durchaus verdächtige Angaben, die in der öffentlichen Meinung höher im Kurs standen als die eigentlichen Fakten. Bestimmte derartige Fakten waren *top secret* (Lachschum auf arabisch, Akten, die unter der Hand im Umlauf sind) an und unter seine offiziellen Ohren und Augen gekommen – und er baute sie „auf gut afrikanisch" aus. Sie waren sonst einfach zu trocken. Er musste ihnen ihre gesamte sinnlich fassbare Bedeutung wiedergeben, um sie seinen Zuhörerinnen nahezubringen. Das Wort war doch seit der Hidschra das Wort, oder? Nun, warum sollte man dann auf einem so prächtigen rechten Weg stehen bleiben? Warum nicht dem lebendigen Wort mit verhängten Zügeln freien Lauf lassen? Wer seinem Reittier zuviel Geschirr anlegte, musste womöglich irgendwann einmal feststellen, dass er auf einem Holzpferd sass.

Bei Allah und dem Propheten, die Geschichten, die er

zum besten gab, waren mit Anzüglichkeiten gespickt und so gepfeffert, dass man darüber in einen Sinnestaumel geraten konnte. Er sah wohl, dass seine Gesprächspartnerinnen den Kopf zur Seite wandten oder schamhaft die Augen senkten; aber er machte sich nichts daraus. Zu jeder Wahrheit gehörte alles dazu, vier Gliedmassen wie bei einem Sohn Adams und Evas, zwei Augen, zwei Ohren und ein Mund. Erst wenn man die Wahrheit entschärfte, wurde sie unbeweglich, stumm, blind und taub. Eine einfache Wahrheit aus Plastik. Eins von diesen Dingern aus dem Fernsehen, aber Gott sei Dank wisst ihr nicht einmal, was das ist, Fernsehen! So wie er unvermittelt Querverbindungen herstellte, die Geschichten prächtig ausschmückte, verschiedene Persönlichkeiten nachahmte und Lachen auslöste (insbesondere sein eigenes, das immer zuerst erklang), gab er am Ende dieses Nachmittags einen denkwürdigen öffentlichen Erzähler, scharfzüngigen Wanderprediger und Medizinmann ab. Bei Ausübung seiner neuen Tätigkeit erfuhr er, weil seine Ohren, ohne dass er es merkte, gewissermassen von seinem Körper losgelöst auf Erkundung auszogen, bruchstückhaft, dass diese Bäuerin ihm gegenüber, die ihn mit scharfem Blick unter einem alten, an den Rändern ausgefransten Strohhut ansah, Lalla hiess, dass sie die Mutter von Jasmin und Jasmina war und demzufolge illico presto seine Schwiegermutter; dass diese hier, die sich mit dem Zipfel ihrer Schürze die Augen wischte, ihm den Ellbogen in die Seite stiess und „Hör auf! Hör auf! Ah! Oh, mein Herr, genug!" keuchte, Sineb war, seine angeheiratete Tante, wie sie leibte und lebte; und dass das klapperdürre Mädchen dort, das noch nicht das Vergnügen gehabt hatte, lachen zu dürfen, weil es taub war, seine Kusine sein musste, wenn es nicht seine Nichte fünften Grades war ... Eine ganze Familie, verzweigt wie eine Zeder mit Wurzeln unter der Erde und Ästen in der freien Luft, die ihren Saft aus den Jahrhunderten zog. Ob wohl einer ihrer Äste oder eine ihrer Wurzeln zufällig in die Nähe seiner Abstammung reichte? Inspiriert von dieser plötzlichen Eingebung, erzählte er ihnen von seinen Eltern, die jetzt tot und begraben waren, möge Allah ihre Seelen dort ruhen lassen, wo sie sind! Dass sie vor allem nicht aus ihren tiefen Gräbern hervorstiegen, das war wirklich besser für sie. Ah! Wenn sie wüssten ...! Er beschrieb sie ganz genau, liess sie wieder lebendig werden und rechnete bald selbst jeden Augenblick damit, dass sein Vater in die Glut blasen und seine Mutter jetzt sofort den Kuskus-Aufsatz auf den Topf setzen und Löcher in die Körner graben würde, damit der Dampf der würzigen Brühe durch sie hindurchzog. So hatte sie es früher gemacht, als es noch ansatzweise Kuskus gegeben hatte ...

Seine Leber war gestopft voll mit Gefühlen und seine Kehle trocken, als er verstummte. Und er verstummte, weil er leider nichts mehr zu sagen hatte (oder nur noch wenig) und weil ganz fern und dumpf die Erinnerung an gewisse Ermittlungen in ihm rumorte. Mit herunterbaumelnden Armen stand er auf, verwaister denn je an diesem Ende des 20. Jahrhunderts. Als er sich hingesetzt hatte, um einige Minuten mit diesen Frauen aus seiner Vergangenheit zu plaudern, hatten sie ihn mit einer gewissen Zurückhaltung empfangen. Als er sie verliess, war er mit ihnen und sich selbst im reinen, denn zwischen ihnen herrschte vollständige Übereinstimmung der Standpunkte, wie die amtlichen Verlautbarungen sich ausdrückten. Und jetzt? Wo sollte er mit seiner Sehnsucht und seiner Freude hingehen? Eine benützte die andere als Krücke, seit Jahren schon ...

Der erste Trommelwirbel ertönte in genau diesem Augenblick, dem Augenblick nämlich, als Inspektor Ali den Weg einschlug, der ihn zur Höhle führte. Dumpf, schwer und langsam stieg er auf und hallte von den Felsengipfeln wider. Eine andere Trommel antwortete, sie kam aus dem Vorgebirge; andere wiederum erklangen aus dem Raum zwischen Himmel und Bergen. Ohne Unterbrechung verwob ihr Widerhall Raum und Zeit, es hörte sich an wie die betörende Stimme der endlich wiedergefundenen Einsamkeit.

„Wach auf, he!" sagte sich der Inspektor. „Es sind doch nur Vorbereitungen für das Fest heute abend. Hadscha hat es mir gesagt. Fang nicht an, dir irgend etwas einzubilden."

Dennoch erkannte er undeutlich die tiefen, erdigen Schwingungen, die er lange genug geliebt hatte. Wo und in welchem früheren Dasein hatte er sie schon einmal gehört?

„Hab keine Angst, Ali. Es sind doch nur Trommeln. Die Bauern hier machen damit nicht solche Musik wie in den modernen Schallplattenstudios und so. Deshalb spitzt du erstaunt die Ohren. Und ausserdem kocht der Kuskus vor sich hin. Freu dich lieber."

Jäh erhob sich der schrille Klang einer Wüstenflöte, durchschnitt die Trommelwirbel wie ein langer Riss. Dann schwieg sie, liess Raum für eine Geburt oder einen Tod. Als sie wieder einsetzte, sang sie ohne Ende von Ewigkeit zu Ewigkeit und von einem Horizont zum anderen. Sie steigerte sich in Vierteltonschritten zum rauhen Schrei, den sie in einer anderen Oktave mit derselben Kraft wieder aufnahm. Eine andere Naj* heulte auf, weitere fielen ein, wie eine Meute wilder Hunde. Auch diesen Singsang meinte Inspektor Ali zu kennen und schon einmal gehört zu haben. Ein Schauder lief ihm den Rücken hinunter, und ohne sich dessen bewusst zu sein, beschleunigte er seinen Schritt.

„Es sind nur völlig bedeutungslose Flöten", wies er sich streng zurecht. „Bergbewohner aus unserem Land und aus dem Mittelalter, die ihre Lebensfreude ins Jenseits hinaussingen. Du hast doch wohl keine Angst vor einem Stückchen Schilfrohr? Sie ist doch schön, oder etwa nicht, die Welt nach dem Tod, von der der Koran spricht. Also, was soll das ... Allah hat doch gesagt: *„Wir sammeln eure Knochen zusammen, wo auch immer ihr seid; wir werden euch wieder zum Leben erwecken ... wir sind euch näher als eure Halsschlagader ..."*

Er hatte sein Ziel beinahe erreicht. Noch ungefähr zwanzig Meter ... jetzt nur noch sechs Schritte. Er würde mit seinem Beschluss in die Höhle hineingehen und sich in wenigen Worten mit seinem Ex-Chef aussprechen, ihm seinen Dienstauftrag zurückgeben und ihn in vier Stücke zerreissen, dann in acht, in zweiunddreissig. Er hatte mit diesen Ermittlungen nichts mehr am Hut, genausowenig wie mit der Polizei oder dem Staat.

„Nein doch, ich werde nichts davon tun. Ich schreie vielleicht manchmal, ich brülle zwar herum, aber das ist auch alles. Und ich lache, weil es einfach sein muss. Ich spreche viel, aber das ist auch alles." Dies sagte er sich in einer Art

* arabische Schilfrohrflöte

ruhiger Verzweiflung. Denn ihm war jetzt klar, dass er ein Wesen ohne wahre Identität geworden war, ein einfacher Ausführender, ein Spielball. Sein Körper und seine Seele waren im gigantischen Räderwerk des Staates gefangen, und er war unfähig geworden, irgend etwas anderes zu tun, als weiterhin Leute zu verhaften und zu verprügeln, um zu überleben. Er verlangsamte den Schritt, blieb stehen.

Warum dachte er, während er den Kopf drehte, um ein bisschen zusätzliche Hoffnung aus der Pracht der untergehenden Sonne zu schöpfen, genau in diesem Augenblick an die Blinden? Wenn das Tagesgestirn ihnen, abgesehen von der Hitze und dem, was sie sich darunter vorstellen konnten (eine schwarze Sonne), unbekannt war, hatten sie auch nicht die Möglichkeit, die Welt zu betrachten, und das war nur gut so, ja, nur gut!

„Der Blinde", murmelte er plötzlich, „gestern war hier ein Blinder." Augenblicklich fiel ihm der dazugehörige Name ein: Basfao. Und zugleich wurden winzige, unbedeutende Einzelheiten wieder lebendig: ein roter Esel, der sich durch die Gegend schleppte und staubfarben geworden war; Hadscha, die von einem Tag auf den anderen ihr melodisches Lachen verloren hatte; ihre Tränen und ihr Kummer, als er sie um die Gastfreundschaft für immer gebeten hatte; Blicke, die sich abwendeten, Stimmen, die, wenn er näher kam, leiser wurden; Burgin, der ihn aufforderte: „Heb ab"; das Grab, das Raho aushob, seine Hacke und sein durchdringender Blick ... ein riesengrosses Spinnennetz, das die Eingeborenen für die Vertreter des ausgehenden 20. Jahrhunderts aufgespannt hatten. Alles hatte einen Sinn! Der Singsang auf der Flöte hatte einen Sinn, die Trommeln, die aus den Tiefen der Zeiten widerhallten, hatten eine schreckerregende Bedeutung ... Inspektor Ali hechtete auf der Suche nach einer Waffe mit einem Satz zur Höhle.

Die Spitze eines Messers mit Horngriff empfing ihn in Höhe der Halsschlagader, und aus dem Nichts drang Burgins Stimme an sein Ohr: „Adschi, mein Bruder, komm. Raho möchte dich sehen."

Nein, es war nicht nötig, die geringste Bewegung zu versuchen. Es wäre zudem unmöglich gewesen, denn die Arme des Inspektors waren schon lange von einem Dutzend Leuten aus den Bergen ruhiggestellt. Seine Beine ebenso. Nein, oh nein, es war unnötig, sich zu fragen, was aus dem Chef geworden war. Ebenso unnötig, einen Blick in die Höhle zu werfen, nicht einmal aus den Augenwinkeln.

„Adschi, mein Bruder!" schloss Burgin.

Vom östlichen bis zum westlichen Horizont erfüllte der Totengesang der Najs den Himmel, während die Trommeln schallten, einander übertönten, einander ablösten und mit ihren tiefen Stimmen um die Vergebung Gottes und der Menschen flehten.

10

Eine aufrecht stehende Schaufel, der Stiel gen Himmel gerichtet. Die Hacke steckte, die scharfe Spitze nach unten, im offenen Grab, jederzeit einsatzbereit, wenn das Grab noch tiefer ausgehoben werden sollte. Darum herum Erdschutt und Felsbrocken. Hinter der Grube ein Zelt aus Fellen. Im Eingang des Zeltes hockte Raho auf den Fersen. Der Widerschein der Harzfackeln flackerte kupferfarben über sein Gesicht. Er sprach: „Ich bin nicht dein Richter."

Und schwieg. Er sprach: „Der Rat hat entschieden. Wir alle. Wir sind ein und dieselbe Familie."

Von den Dschebels bis auf den Dorfplatz hatte dem niemand etwas hinzuzufügen. Alle warteten, in geschlossenen Grüppchen, die Aït Yafelman, die Leute aus den Bergen, die von weither aus der Umgebung herbeigekommen waren. Einzig die Flöten und Trommeln drängten sich nach wie vor in den Vordergrund und verhallten als Echo im Hintergrund. Ihr Tempo entsprach der geduldigen Behäbigkeit des Eigensinns. Raho hob die Hand, und sie verstummten. Er sprach: „Nimm die Schaufel und begrab deinen Kameraden. Er ist tot. Morgen wird es heiss."

Dumpf und tief hallten die Trommeln wieder und baten Gott um die Vergebung der Sünden des Mannes, der soeben gestorben war. Ali war nicht gefesselt. Niemand hielt ihn fest. Er war in seinen Bewegungen frei, aber er wusste instinktiv, dass unmittelbare Gefahr für ihn nur bestand, wenn er weglief. Er warf nicht einen Blick mehr auf die längliche, mit einer Plane abgedeckte Erhebung, aus der nur ein Paar

Stiefel hervorragten. Heisse Tränen liefen ihm die Wangen hinunter: „Möge Gott seine Seele dort ruhen lassen, wo sie ist!" Er kam ins Stottern: „Ihr ... ihr ..."

Dann schrie er heraus, während die Trommeln immer leiser wurden, bis sie ihre Bitte um Vergebung nur noch murmelnd hervorbrachten: „Ihr seid verrückt! Ihr stellt euch vielleicht vor, dass *sie* es nicht erfahren werden? Aber *sie* werden es erfahren, und *sie* werden kommen, um ihn zu rächen! Ah! Bei Allah und dem Propheten, man sieht, dass ihr niemals aus eurem mittelalterlichen Loch herausgekommen seid! Hört zu! Hört doch zu! Vom Friseur bis zum Gouverneur, nicht zu vergessen die Ober in den Cafés und die Bullen, alle haben *sie* dieses Land zu ihrer persönlichen Sache gemacht! Dieses Arschloch von einem Chef war einer von ihnen!"

Ohne die Stimme zu heben, ohne die Worte auch nur entfernt nach einem Befehl klingen zu lassen, sprach Raho: „Leg deinen Freund in die Erde hinunter und decke ihn mit ihr und den Steinen zu." Er fügte hinzu: „Das Grab ist in Ost-West-Richtung angelegt. Leg seinen Kopf in Richtung Mekka. Er war Muslim in seiner Kindheit."

Von weiter oben stürzte sich eine Stimme wie ein Raubvogel herab: „Du kommst auch noch dran."

Die Trommelwirbel traten zurück, um den Najs das Klangfeld zu überlassen. Ali schauderte, als er ihren Klagegesang hörte, und wusste, dass er sie zum Schweigen bringen musste. Sofort, als allererstes. Solange nur eine einzige Trommel schlug, gab es Hoffnung. Aber jetzt traten die Flöten hervor, übernahmen die Führung, und schon bewegten sich menschliche Silhouetten, undeutliche und abgehackte

Sätze drangen an sein Ohr. Was hatte ihm seine Mutter früher erzählt, von welchen dunklen Kräften aus vergangenen Zeiten hatte sie gesprochen? Am Anbeginn der Welt, pflegte sie (bedächtig, dort unten in der Kindheit, da oben in dem Kämmerchen, während ihr Mann das Brot der anderen in den Ofen schob) zu sagen, lange vor den Religionen und den Zivilisationen und dem Staat, waren die Menschen Erdenmenschen gewesen. *„Ja"*, so hatte sie gesagt, *„sehr* viel *früher,* lange *vor der Zeit, gehörte die Erde den Menschen. Das war das wahre Paradies. Es hat niemals ein anderes gegeben. Und der Himmel war das Unbekannte. Von dort kam die Gefahr. Wind, Sternschnuppen, Dürre und die Sintflut, Naturkatastrophen. Das glaubten unsere Ahnen, bevor sie die Erinnerung verloren und anfingen, an Legenden zu glauben, die vom Himmel kommen. Sie waren der Meinung, das Leben hier unten sei frei von Krankheit, Hass und Tod. In der Zeit vor der Geschichte gab es Gras und Milch im Überfluss, Getreidefelder ohne Zahl und alle Früchte der Nährmutter Erde. Und oben war der Himmel mit seinen wilden Bewohnern, den Göttern. Eifersüchtig waren sie und neidisch. Von den Gestirnen schickten sie den Tod zu den Menschen hinab. Einer von ihnen, das war vor langer Zeit, hatte sogar versucht, sie mit seinem Teufelsinstrument, einer Flöte, zu verzaubern. Er hiess Ban*, glaube ich. Das erzählte man sich in alten Zeiten, bevor es hiess, all das seien Träume und Lügen, und das, was nun für immer erzählt werden müsse, sei nur in Büchern zu finden. Aber meine Mutter hat mir vom Anbeginn der Welt erzählt, und meine Grossmutter hat*

* der Gott Pan

es meiner Mutter erzählt – und so von Generation zu Generation zurück in der Zeit. Wir dürfen die Erinnerung nicht verlieren, wir dürfen den Legenden unserer Feinde nicht verfallen. Denn sie sind zu uns herabgestiegen ..."

„Lass den Quatsch, Ali", ermahnte er sich voll Angst und Zorn.

All diese Atemgeräusche um ihn herum. Rauchende, flakkernde Fackeln. Die Erde, auf der er früher oder später zusammensinken würde. Und als kalter, metallischer, unerbittlicher Zeuge der Himmel. Die aufdringliche Flöte, die ihm Grauen einflösste, ohne dass er es wollte, trotz seiner sich eng an den Körper anklammernden Seele. Denn es war da, das Grauen, war näher als das Leben. Nicht Grauen vor dem Sterben, sondern davor, umsonst zu sterben.

Ohne nachzudenken, wandte er sich instinktiv an Raho, ging auf ihn zu, bis nur noch das Grab sie trennte: „Bismillahirrachmanirrahim!"

„Ja", stimmte Raho zu, „im Namen Gottes voll der Gnade und der Barmherzigkeit. Und dann?"

„Du hast es mir versprochen ... mein Gewehr ... du ..."

„Ja", sagte Raho.

„Du hast versprochen, es mir heute abend zurückzugeben. Du hast gesagt heute abend."

„Ja", bestätigte Raho. „Ich habe es versprochen." Er nahm sich Zeit zum Nachdenken, alle Zeit, die er brauchte, um seinen Knochen zuzuhören und aus Mark und Bein die Elemente des Lebens zusammenzusuchen. Und als er wieder anhob zu sprechen, während der Gesang der Flöten leiser wurde und die Trommeln dumpf erklangen, war seine Stimme weit entfernt, wie abwesend: „Es ist ein Mann von hier, mein Enkel. Er heisst Basfao. Er hat zunächst hier gelebt, und dann ist er nach dort unten gegangen, auf die andere Seite der Berge, in das Land der Algerier. Er hatte schwache Augen, das stimmt. Er hat jahrelang in einer Düngemittelfabrik gearbeitet. Ich weiss nicht, was in diesen Düngemitteln drin ist, aber sie haben ihn blind gemacht. Also ist er wieder zu uns heraufgekommen. Diesen Mann habt ihr mit eurem Auto, eurer Polizei und euren Waffen holen wollen. Und ich weiss genau, dass er, wenn ihr ihn gefunden hättet, jetzt in einem eurer Gefängnisse stecken würde. Hier ist dein Gewehr! Es ist geladen, es fehlt nicht eine einzige Kugel."

Er hatte die Arme hinter sich gestreckt, die Waffe mit beiden Händen ergriffen. Er warf sie über den Kopf. Ali fing sie im Flug, nahm das Magazin heraus, verstreute die Kugeln um sich auf dem Boden und warf das Gewehr wie ein Stück Schrott weg. Durch die Trommelwirbel und die sich im selben Augenblick erhebenden Schreie hindurch konnte er die Stimmen der Hoffnung hören, die Stimme Burgins, der auf seiner Seite stand: *„Er ist ein Bruder"*; Hadschas gesegnete Stimme: *„Das Böse ist nicht in ihm, er weiss nicht, was er tut, aber das Böse ist nicht wirklich in ihm"* und andere, die seinen Mut bewunderten.

Doch sie alle verdrängte die Stimme seiner Mutter, die aus der Vergangenheit kam und die antike Geschichte weitererzählte: *„Es hat sie immer nach der Erde gelüstet. Weil sie so gierig waren, haben sie die Gestirne ausgelaugt. Sie haben sogar den Mond und die Sonne verbrannt. Und ihr Himmel ist leer geworden, ohne Leben. Also sind sie bei uns eingefallen. Sie wollten unser Paradies und uns als Sklaven. Oh! Sie sind sehr schlau, die Götter! Intelligenter, als wir es jemals* *sein werden. Ihre Macht ersetzt ihnen Herz und Verstand. Sie haben etwas mitgebracht, das sie Gesetz nennen, Bücher, die sie uns zu lesen gezwungen haben: das Buch der Judis, das der Nazarener, den Koran der Islamischen ... und eine ganze Menge andere, von denen sie behaupten, sie seien hoch und heilig. Und so haben sie die Ordnung der Dinge verändert und die Lüge an die Stelle der Wahrheit gesetzt. Sie haben sogar das Leben auf der Erde zweigeteilt: Solch ein Leben ist gut, und solch ein Leben ist schlecht. Und so haben unsere Ahnen und ihre Nachkommen angefangen, gegen ihren eigenen Körper zu kämpfen und zu glauben, der Himmel sei das wahre Paradies und unsere Nährmutter Erde die Hölle. Einige, die sich weigerten, an die Religion der Götter zu glauben, sind geflohen, viele waren es nicht. Aber die meisten sind dem Bann erlegen. Und so haben sie angefangen, für ihre Herren als Sklaven zu arbeiten, Häuser und Städte zu errichten, Maschinen und noch einmal Maschinen zu bauen, die sie überhaupt nicht brauchten, und ihre Nachkommen machen immer so weiter, leiden und hoffen ins Nichts hinein. Und ein Ende ist nicht abzusehen. Weil die Götter unsere Köpfe verdreht haben, konnten sie ihre Lügen- und Zaubersprache mit der unseren vermischen und unsere Erinnerung an die alten Zeiten trüben. Und so haben wir uns gespalten, Brüder gegen Brüder und unsere eigenen Worte gegen die Worte des Stammes. Sie haben uns dazu gebracht, das Blut der Tiere und dann unser eigenes zu vergiessen, um die Hölle des Himmels zu verdienen, die sie Paradies nennen. Oh! Sie sind sehr schlau, sehr eifrig beim Überreden. Sie haben den Tuareg Sand verkauft, und sie würden jeden dazu bringen, alles mögliche zu glauben. Sie haben es geschafft, dass die Menschen dieser Erde nie mit ihrem Schicksal zufrieden sind. Und als die Götter gemerkt haben, dass ihre Bücher sich abnutzten und alt wurden wie trockene Feigen und dass sie ihnen nichts oder fast nichts mehr brachten, haben sie einen anderen Fluch erfunden, den Fortschritt, die Zivilisation. Hier oder dort, in der Ebene und in anderen Ländern und bis in die letzten Winkel hinein, überall ist es dieselbe Zivilisation. Aber die Götter haben sie in auseinanderlaufende Richtungen gespalten, so trägt sie mehrere Gesichter und führt mehrere Sprachen im Mund. Und so wurden die Nachfahren des Volks der Erde noch weiter gespalten ..."*

„Du bist im 20. Jahrhundert, Ali. Denk nicht an dieses dumme Zeug. Wach auf, schnell, schnell! Das sind nur Altweiberschimären, Legenden, die sie dir erzählt hat, um die Zeit zu vertreiben. Wach in dieser Welt auf und sieh. Denk schnell und handle. Wende dich an Raho, er ist der einzige, den du überzeugen musst. Setz ihm etwas entgegen, sprich zu ihm in seiner eigenen Sprache. Hab keine Angst, los. Er beobachtet dich, sie alle ..."

Nach wie vor, jedoch gealtert, altertümlich steckte ihm die Angst in den Knochen, als er das Wort ergriff: „Ich wusste nichts davon. Weder, dass er bei unseren Brüdern, den Algeriern, gearbeitet noch dass man ihn wegen irgend etwas gesucht hat. Der Chef hatte alles in seinem Kopf, und jetzt ist er tot. Wie kann ich also Zeuge von Dingen sein, von denen ich überhaupt nichts wusste?"

Er sprach weiter, sprach heftig, während er sich auf seinen Absätzen im Kreis drehte, um den vier Himmelsrichtungen und jedweder Gefahr der Erde oder des Himmels rechtzeitig ins Auge zu blicken, richtete jedoch das Ende seiner Sätze immer an Raho: „Es ist erst zwei Stunden her, vielleicht drei, aber ich habe keinen Zeitsinn, trotz aller Uhren der Zivilisation ... Es ist somit gerade erst zwei oder drei Uhrenstunden her, seit ich aus seinem Munde erfahren habe, um was es am Ende der Bohnenstange eigentlich ging. Und selbst dann! Nur kleine Bröckchen ... Ah! Ihr kennt die Chefs nicht, sie behalten alles für sich, sogar die geheimen Gedanken. Und der da war der Geizigste von allen. Aber jetzt ist er tot. Möge Gott seine Seele dort ruhen lassen, wo sie ist, auf dass er nicht mehr meine Tage und meine Nächte beherrsche! Sonst würde ich endgültig verrückt werden, gell? Was war ich denn? Ein Hausdiener, ein Lakai, mehr nicht. 'Ali, gib mir mein Hemd, ladin babek, dreckige Rasse deiner Mutter, Ali, schreib auf, was ich dir sage, hör gut zu, Krokodilskopf ... ' Es ist ganz einfach: Ich lag in meinem Bett und schlief friedlich. Ich wusste nicht einmal, dass es dieses Dorf und seine Bewohner überhaupt gibt. Ich sage die Wahrheit. Und als ich erfahren habe, was der Chef vorhat, habe ich für mich die Sache in meinem Kopf sofort entsprechend geregelt, bei Allah und dem Propheten! Gut. Er ist tot? Dann ist er eben tot. Demzufolge wird er niemals erfahren, der Arme, was ich hinter seinem Rücken vorbereitet habe. Er hat mich für einen Riesendummkopf gehalten."

„Und was hattest du in deinem Kopf entsprechend geregelt?" warf eine laute Stimme ein. „Erzähl!"

„Bei Allah und dem Propheten, das ist die Geschichte, so wie ich sie gedeichselt hätte. Mit ihm in die Stadt zurückkehren und die Bonzen von der Polizei mit Worten und Akten um den Finger wickeln. Ich hatte mehrere Akten über ihn, oder? So bescheuert bin ich nun auch wieder nicht. Ich hätte zu ihnen gesagt, der echte Kriminelle, der subversive Aufrührer, hinter dem ihr her wart bis in die Berge hinauf, das war eben er, er, der Chef selbst, da bleibt euch die Spucke weg, was? Ob sie mir geglaubt hätten? Keine Ahnung, aber das sind Dinge, die häufig vorkommen. Ich muss euch sagen, dass von einer bestimmten Machtebene an die Vorgesetzten gar nicht mehr so furchtbar gerne gesehen sind, weil man befürchtet, sie könnten die ganze Macht für sich beanspruchen. Also schielen sie zueinander hinüber, der eine überwacht den anderen, versteht ihr, was ich meine?"

Die Menge hatte gemurmelt, und jetzt schimpfte sie rückhaltlos und übertönte dabei die Flöten und die Trommeln.

„Er lügt."

„Das sind Lügenmärchen."

„Er ist ein verlorenes Schaf", sagte Hadscha. „Er weiss nicht, was er sagt. Die Worte sind zu hoch für ihn."

„Er hält uns für Budschadis."

„Lasst ihn sprechen", sagte Raho. „Die Nacht ist noch lang."

Ali bewegte seine Zunge die ganze Nacht, walkte die Vernunft durch, bis er sie in reine und einfache Unvernunft verwandelt hatte. Bis in die Morgendämmerung hinein ...

(... Wieviele sind vom alten Volk noch übrig? Wir hier in den Städten, dein Vater, ich, die Mitglieder der Familie, wir können nur unsere Seele verschleiern, während wir auf die Hoffnung warten, sie dürfen nicht wissen, dass wir gegen sie sind. Seit Jahrhunderten haben die, die wie wir nicht das Glück gehabt haben zu fliehen, so getan, als würden sie die Sitten und Gesetze der Götter übernehmen. Und ins Herz schliessen. Und so haben uns die Götter und ihre Diener

mehr oder minder in Frieden gelassen. Verarmt, der Güter unserer Erde beraubt, aber in Frieden. Sie wissen nicht, was noch in uns steckt. Wenn sie es bemerken würden, würden sie uns töten – oder noch schlimmer, sie würden unsere Seele auslöschen, wie sie es schon bei unseren Ahnen getan haben. Also stellen wir uns dumm, benehmen uns wie die Wilden, wie unkultivierte und niedrige Wesen, um sie in Sicherheit zu wiegen. Das ist das Beste, was wir tun können, wenn wir überleben wollen. Einige von uns kommen mit der Zeit so weit, dass sie vergessen, wer sie einmal gewesen sind. Sie sind zufrieden mit dem, was aus ihnen geworden ist. So ist das Leben ... Aber von den Erdenmenschen, den echten von früher, wieviele sind noch von ihnen übrig? Nicht mehr viele, glaube ich. Grüppchen im Gebirge oder in der Wüste, andere in undurchdringlichen Wäldern. Sie haben nie aufgehört zu fliehen, je weiter die Eroberer und die Heerscharen ihrer Diener vordrangen. Das hat mir meine Mutter erzählt, die es von ihrer Mutter hatte, und so weiter, von Generation zu Generation jahrhunderteweit zurück. Es scheint allerdings, als ob doch noch welche übrig sind – trotz der Götter mit ihren unzähligen Dienern, die schlimmer als ihre Herren geworden sind. Sie versammeln sich bei Vollmond und lassen die alten Zeiten wieder aufleben, indem sie ihre Trommeln oder ihr Tam-Tam schlagen. Einer von ihnen spielt Flöte, um sie an den Tod zu erinnern, der ihnen ständig auf den Fersen ist, damit sie auf der Hut bleiben. Aber immer gewinnen die Trommeln. Bis jetzt ... bis jetzt ... Denn eines Tages werden sie sterben, weil sie dann nichts mehr zum Leben haben. Dann ... dann werden die wilden Himmelshorden auch die Erde ausnehmen, sie werden sie zerstören, wie sie es mit den Gestirnen getan haben, sehr viel *früher,* lange vor *der Zeit ...)*

... Bis in die Morgendämmerung hinein sagte er alles, tat alles, gab alles, ehrlich und aufrichtig. Am schwierigsten war es gewesen, in Rahos Kopf einzudringen und ihn dazu zu bewegen einzugestehen, dass – nein, dass Ali das Gesetz der Gastfreundschaft nicht gebrochen hatte; dass, wenn der äussere Schein gegen ihn sprach und das Gesetz des Stammes sich danach richtete, nun gut, dass er in diesem Fall bereit war, ohne grössere Umschweife und ein für alle Mal zu sterben. Das Gewehr war dort, sie brauchten nur die Kugeln aufzusammeln und das Gewehr zu laden. Oder das Messer mit dem Horngriff, das sich in Algerien bewährt hatte und das soeben dem Chef seinen schönen Tod geschenkt hatte, oder diese Hacke, die untätig im Grab steckte, irgendeinen stumpfen oder spitzen Gegenstand. Er fabrizierte Worte und Ausdrücke, die er selbst nicht verstand, niemals.

Raho blieb beharrlich und einfach dabei, langsam und geduldig: Für ihn verpflichtete sich ein Sohn Evas und Adams, der um die Gastfreundschaft Gottes gebeten hatte, bei seinem Seelenheil, sich ehrenhaft zu verhalten. Davon ging er nicht ab.

„Ehre?" schrie Ali heraus. „Wo gibt es denn Platz für die Ehre in der heutigen Gesellschaftsordnung? Selbst in den Ländern der Christen und bei den Lamirikanern? Seht doch einmal ..."

Ausdauernd erklärte er ihnen, wie er selbst, Schatten eines Arabers und Überbleibsel eines Moslems, wohnhaft in der Stadt, im Lauf der Jahre in den meisten Bereichen auf den Hund gekommen war, bei der Arbeit, in den Beziehungen und sogar beim Essen ... Ein Hund wusste natürlich nicht, was mit Ehre gemeint war. Aber nachdem er nur einen einzigen Tag und eine einzige Nacht in diesem Dorf bei den Aït

Yafelman verbracht hatte, war ihm die Sinnlosigkeit und Dummheit seines vergangenen Daseins klar geworden. Er hatte beschlossen, alles aufzugeben, um mit seinen Brüdern aus den Bergen zu leben, gell, Hadscha? ... Und Hadscha brachte ihre bewegende Zeugenaussage vor, Wort für Wort, was Ali zu ihr gesagt und was sie ihm geantwortet hatte, und fügte hinzu, dass er nur ein armes Waisenkind war, von Gott und den Menschen verlassen, das sich für intelligent hielt, aber dass sie ihm verzieh und trotz allem vertraute. Während er ihr ehrfürchtig lauschte, stiegen ihm die Tränen in die Augen, und schwarzer Zorn richtete sich gegen ihn selbst. Er küsste die Hände der alten Frau, ging auf einen Trommelspieler zu und liess das Instrument im rituellen Rhythmus erklingen.

„Ich bin wie ihr", schloss er. „Ein armer Tropf, der sich in der Zivilisation und ihrem Polizeidschungel verirrt hat."

Raho hatte ihm aufmerksam zugehört. Er sagte mit der Stimme der Vorsehung: „Noch vor dem Morgengrauen werden, wenn der Rat so entscheidet, du und dein Kamerad, euer Gepäck und euer Auto vom Erdboden verschwunden sein. Spurlos."

An dieser Stelle kam Ali endgültig auf Trab. Er bewies ihm, er machte sich hüpfend, flink und allgegenwärtig daran, einer Gruppe nach der anderen in endlosen Palavern zu beweisen, dass das der grösste Irrtum ihres Lebens wäre, weil in der Zentrale die Kartei stand. Gut! Einverstanden! Sollten sie doch die alte Karre in Ersatzteile zerlegen und bis in den Sudan verkaufen, das wäre eine angenehme Lösung! Sollten sie doch ihre Leichen, seine und die von Chef Mohammed, in einem Höllenloch begraben, einverstanden! Oh! Einverstanden, um Himmels Willen! Aber wie wollten sie die Papiere in der Zentrale vernichten, da unten, in der Hauptstadt der Polizisten und der Regierung? Die Papierhaufen, die Dienstaufträge waren zählebig ...

„Macht, was ihr wollt, in eurem Rat. Ah! Jawohl! Es steht euch frei, gemäss eurer Weisheit als Weise dieses Dorfs und der Umgebung! Und in drei Tagen, in spätestens einer Woche, habt ihr es nicht mehr mit zwei Einfaltspinseln wie uns zu tun ... denn es muss einmal gesagt werden, und ich habe den Mut, es euch zu sagen: Eingeschlossen, wie er in seinem Herrschaftsbereich war, hat der Chef euch tatsächlich für ungehobelte Kerle mit Schafshirnen gehalten, für Nullen, die er herumkommandieren konnte, wenn er sich nur in seiner Uniform zeigte. Deshalb ist er jetzt tot, das Arschloch. Möge Gott seine Seele dort ruhen lassen, wo sie ist, bei den Millionen und Abermillionen von Arschlöchern, die diese Erde gelenkt haben! Ah! Aber nein! Bei Allah und dem Propheten, die Regierung bringt es fertig und schickt euch Panzer und Jagdbomber ... Macht, was ihr wollt. Ich gebe es auf."

Er beschrieb die katastrophale Wirkung von Maschinengewehren und Bomben, stellte die Mauerreste dar, wie sie zusammenstürzten, mimte die Berge, wie sie gleich einem riesenhaften Vulkan explodierten. Und dann setzte er sich. Sein Geist war nicht frei genug, um der Zukunft ins Auge zu blicken, und sei es nur kurzfristig. Vielleicht träumte er davon, was hätte sein können: zwei Jungfrauen aus dem Paradies an seiner Seite, abends und morgens und vor allem in der Nacht bis ans Ende der Zeiten, immer gleich hübsch, ohne zu altern. Wie hiessen sie noch gleich? Seine Mutter hatte eine blühende Phantasie entwickelt, wenn sie ihm ihre Legenden, bei denen man im Stehen einschlafen konnte, mit all ihrer Überzeugungskraft erzählte! Ums Haar hätte er daran geglaubt, er, der alte Gauner, der ständig in den Kampf gegen das Leben verwickelte ewige Einzelgänger. Sein Kopf war verdreht, das war die Erklärung. Schliesslich nickte er ein ...

Sie schüttelten ihn, stellten ihn auf die Füsse, führten ihn bis zum Zelt. Die Trommeln waren verstummt, die Flöten ebenso. Lediglich etwa zwanzig Männer waren geblieben, sie trugen Fackeln in der Hand. Geschlossen umringten sie ihn. Sie sprachen nacheinander, liessen ihm keine Atempause. Wie würde er es anstellen, die Papiere der Regierung auszulöschen? Nein, das ging nicht, die Leiche seines Kameraden musste vor Ort begraben werden, das war der Brauch. Ali kämpfte Wort für Wort mit ihnen, Argument gegen Argument, mit jedem von ihnen von Angesicht zu Angesicht und zeitweilig mit allen zusammen, weil sie irgendwann gleichzeitig redeten und er ihnen widersprechen, jedes ihrer Worte klären musste. Er, der so humorvoll im Leben, so phantasievoll in seinem alltäglichen Sprachgebrauch (und in seinem Kopf) war, er war auf einmal fähig, das zu verkörpern, was man von ihm erwartete, nämlich eine gewichtige, vernünftige, effiziente Person. Einen richtigen Chef.

Er legte ihnen in allen Einzelheiten, haarklein und auf allen Registern, jedem einzelnen seiner Gesprächspartner nach seinem individuellen Verständnisgrad, dar, dass – nein, dass es so auf keinen Fall gehen würde, dass man ganz im Gegenteil die sterblichen Überreste auf den Rücksitz des Autos legen musste ... nein, er wusste nicht, ob der Kerl Familie oder Freunde hatte, aber darum ging es nicht. Tot oder lebendig, dieser Mann musste seiner wahren Familie zurückgegeben werden, der Polizei. Dem Staat, wenn ihr wollt ... Die Polizei war ihm alles gewesen, hatte alles ersetzt, sogar seine Seele. Das war offensichtlich, so sicher wie vier und drei ... Wie wollte er den Brand löschen und die Situation so bereinigen, dass kein Pfeil auf das Dorf fiel und schon gar keine Bomben? Er hatte ein Papier, einen Dienstauftrag, seht her, gut, ihr könnt nicht lesen, ich mach das schon, hört zu. Primo: Die Bonzen haben immer recht; sie haben recht gehabt; es gab wohl ein subversives Element, einen gefährlichen Kriminellen in diesem Dorf ohne Geschichte. (Macht euch nichts daraus, ich werde schon einen Namen für ihn finden, eine genaue Personenbeschreibung und ergänzende Angaben, um die Akte Seite um Seite auszuschmücken, das mögen sie ...) Secundo: Chef Mohammed war gerade drauf und dran, ihn dingfest zu machen, als eine grosse Schlacht ausbrach. Mein bedauernswerter Vorgesetzter und Freund ist an mehreren Messerstichen gestorben (ein einziger, sagst du?), und der gemeine Kerl hat sich nach Algerien abgesetzt. Ihr habt wohl versucht, ihm nachzujagen, allesamt, und ich auch. Sollten sie sich dort untereinander einigen, sollten sie, wenn es sein musste, einen diplomatischen Zwischenfall schaffen! Aber er brauchte Beweise, schriftliche Beweise.

Im Morgengrauen war Ali mit seinem langen Protokoll fertig. Raho und der hochgewachsene junge Mann mit der Brille wussten, wie man unterschreibt, und taten dies unter grosser Anstrengung. Drei oder vier zeichneten einen Stern.

Die anderen Mitglieder der Familie Aït Yafelman begnügten sich damit, ihren Daumenabdruck darunter zu setzen.

Das Geräusch des Motors verschwand am Horizont – und die Sonne eines neuen Tages stieg auf. Raho und Hadscha sassen einander gegenüber alleine auf dem Berg.

„Du hast ihm nicht geglaubt, stimmt's?" fragte Hadscha.

„Nein."

„Aber du hast ihn am Leben gelassen?"

„Seine Stunde ist noch nicht gekommen." Er schwieg lange mit lichtüberfluteten Augen. Dann sprach er: „Sie wissen jetzt, wo wir sind. Ich würde gerne ein wenig darüber nachsinnen."

Hadscha küsste ihn auf die Stirn und stand auf. Unter allen Umständen, immer hatte sie ihm vertraut.

11

An einem Septembertag im Morgengrauen kam Polizeichef Ali im Dorf an. Am Himmel zwischen dem Hochland und dem Atlasvorgebirge fand ein verschwenderisches Farbenspiel in Smaragd, Türkis und Rubin statt, ein Hubschrauber drehte dort lautstark seine Runden.

Der Chef befand sich an Bord eines Landrovers, der mit einem Funkgerät ausgerüstet war. Er war in offizieller Mission unterwegs und machte kein Hehl daraus. Über ihm stand eine Pyramide von Vorgesetzten, von denen er die meisten weder vom Sehen noch dem Namen nach kannte. Aber Befehl war Befehl. So ein Befehl kam in Form einer unpersönlichen, mit Rotstift gekritzelten Notiz, gefolgt von einer unleserlichen Unterschrift die Hierarchie-Leiter von oben zu ihm herab. Chef Ali befolgte aber nur solche, die den offiziellen Stempel mit dem Königsadler trugen. Schliesslich war er alles andere als ein verantwortungsloser Trottel.

Er brachte das Auto auf dem kleinen steinigen Dorfplatz zum Stehen, zog den Zündschlüssel ab, seufzte, zündete sich eine Zigarre an und stiess Inspektor Smail, seinem Reisegefährten, dessen Kopf friedlich auf dem Armaturenbrett ruhte, herzhaft den Ellbogen in die Rippen.

„Wach auf!" donnerte er.

Inspektor Smail richtete sich gähnend auf und seinen schlaftrunkenen Blick zu seinem Chef hinüber.

„Ich habe nicht geschlafen, Chef!" behauptete er. „Ich habe nachgedacht."

„Ach ja?" entgegnete ihm sein Chef. „Du hast also nachgedacht? Nun, Inspektor Smail, das wird gar nicht von dir erwartet! Und ausserdem ist jetzt nicht der geeignete Augenblick dafür. Mach die Tür auf, steig aus und entsichere die Maschinengewehre."

Bis zum Einbruch der Dunkelheit durchsuchten sie Höhle für Höhle das Dorf und die Umgebung auf Meilen im Umkreis. Es war leer. Keine Menschenseele.

18. Februar 1981

Als Ausgangspunkt der modernen Literatur in der arabischen Welt wird im allgemeinen ein Werk genannt, das nicht eigentlich der Belletristik zuzurechnen ist: *Ein Muslim entdeckt Europa.* Die Reise eines Ägypters im 19. Jahrhundert nach Paris aus der Feder von Rifā'a al-Ṭahṭāwī.

Dieser Ṭahṭāwī war einer Gruppe ägyptischer Studenten, die 1826 nach Paris reisten, um dort ihre Ausbildung fortzusetzen, als Betreuer zugeteilt. Es war die erste Gruppe ihrer Art. Anbruch einer neuen Epoche im Verhältnis zwischen der arabischen Welt und Europa! al-Ṭahṭāwī hielt seine Erfahrungen, Erlebnisse, Beobachtungen in dem Buch fest, das Werk ist also eine Art Paris-Beschreibung mit Exkursen zum politischen, gesellschaftlichen und wirtschaftlichen Leben. Der Autor setzt aber darin Erscheinungen, die er in Frankreich feststellt, auch in Beziehung zu solchen, die er aus Ägypten kennt. Er kritisiert und vergleicht, und er rät den Ägyptern, doch in manchen Belangen den Franzosen zu folgen.

al-Ṭahṭāwīs Werk gilt unter anderem deshalb als ein Ausgangspunkt der modernen arabischen Literatur, weil es das Thema aufnimmt, das vielleicht das meistbehandelte in der arabischen Welt ist, das des Kulturkonflikts – ein Thema, das im Verlauf der letzten einhundertfünfzig Jahre unzählige Male und in zahllosen Varianten dargestellt wurde. Kulturkonflikte, die selbstverständlich im Zusammenhang mit wachsender europäischer Dominanz in der arabischen Welt (und anderswo) zu sehen sind, erscheinen literarisch als

Schilderungen unterschiedlicher Lebens-, Verhaltens-, Denk- und Produktionsmuster, dargestellt nicht nur am Gegensatz zwischen einem europäischen und einem arabischen Land, sondern auch an dem zwischen städtischer und ländlicher Gesellschaft oder zwischen unterschiedlichen städtischen Schichten innerhalb eines arabischen Landes.

In dieser thematischen Tradition arabischer Literatur steht auch der französisch schreibende Marokkaner Driss Chraibi (sprich: Schraibi).

Driss Chraibi, geboren im Jahre 1926 in El-Jadida an der marokkanischen Atlantikküste, ist gutbürgerlicher Herkunft. Seine Mutter entstammte einer Familie, in der Schriftsteller und Philosophen keine Seltenheit waren, sein Vater war ein wohlhabender, gebildeter „Fassi" (das heisst zum Bürgertum von Fes gehörend), Kaufmann und Mitglied des islamischen Derkawi-Ordens.

Driss Chraibi besuchte zunächst bis zu seinem zehnten Lebensjahr eine „Koranschule". Dann beschloss sein Vater, obwohl fest in marokkanischer und islamischer Tradition verwurzelt, dem Sohn die bestmöglichen Chancen zu geben – durch eine französische Schulausbildung! –, und schickte ihn aufs Lycée Lyautey in Casablanca. Dort, auf der Eliteschule, drückte der junge Driss, als einer von nur drei Marokkanern in seinem Jahrgang, mit künftigen Direktoren und Chefbeamten die Schulbank.

Im September 1945 verliess Driss Chraibi Marokko und begab sich nach Paris, wo er, nach dem Willen seines Vaters, Medizin studieren sollte, jedoch, seiner eigenen Neigung folgend, sehr bald zur Chemie überwechselte.

Nach Erlangung seines Diploms 1950/51 machte Driss Chraibi eine ernüchternde Erfahrung mit Folgen für sein weiteres Leben und Wirken: „Meine Auflehnung begann in der Nähe von Paris, in Villejuif, im Jahre 1951. Ich war der Drittbeste in meinem Jahrgang gewesen, aber ich konnte keine Arbeit finden, oder man bot mir nur halb so viel Gehalt wie französischen Staatsbürgern."

Danach reiste Driss Chraibi einige Zeit kreuz und quer durch Europa und verdiente sich als Journalist, Fotograf, Nachtwächter, Arabischlehrer seinen Lebensunterhalt. Später lebte er als freier Schriftsteller in Paris, war auch einmal einige Zeit beim ORTF tätig. 1970 unterrichtete er einige Monate maghrebinische Literatur in Québec (Kanada).

1954 erscheint Driss Chraibis erstes literarisches Werk, ein autobiographischer Roman mit dem Titel *Le passé simple* („Die einfache Vergangenheit"). Dieses Buch, das das Thema der Revolte gegen den Vater, als Symbol einer verkrusteten, gewalttätigen Vergangenheit, in die maghrebinische Literatur einführt, verursacht vielerorts einen Aufschrei der Entrüstung. Doch es findet in der Folgezeit auch zahlreiche „Fortsetzungen" und „Nachahmungen" bei den Autoren und Autorinnen jener seit der Zwischenkriegszeit entstandenen „europäisierten" französisch schreibenden Schicht, die die Zerrissenheit zwischen beiden Kulturen besonders akzentuiert erlebt.

Die literarische Antwort auf diese Erfahrung ist jetzt, Mitte der fünfziger Jahre, nicht mehr das ethnographisch folkloristische Schreiben, wie es unmittelbar nach dem Zweiten Weltkrieg von Autoren wie Ahmed Sefrioui (geb. 1915 in

Fes) gepflegt wurde, der über seine und seiner Kollegen Absichten beim Schreiben sagen konnte: „Wir laden unsere Leser ein, den nordafrikanischen Menschen kennenzulernen, um ihn mehr zu lieben."

Jetzt, im „Jahrfünft der Entfremdung, 1952–1956" (I. Yetiv), erscheinen mehrere autobiographische Werke im Maghreb, deren Handlung jeweils demselben Muster folgt: „Die Öffnung auf den Westen hin führt die Hauptperson zur Auflehnung gegen ihr orientalisches Herkunftsmilieu, ihre Familie, ihre Religion, ihre Sitten und veranlasst sie dazu, sich für die französische Kultur und die westliche Zivilisation zu entscheiden; doch diese versagen ihr den Zutritt in ihren abgegrenzten Raum" (I. Yetiv).

Diese letzte Erfahrung, vor geschlossenen Türen zu stehen, abgewiesen zu werden, verarbeitet Driss Chraibi in seinem nächsten Roman *Les boucs* („Die Prügelknaben"), und das Aufeinanderprallen von verschiedenen Kulturen bleibt Thema all seiner weiteren Werke.

Der Stil jedoch und der Rahmen, innerhalb dessen dieses Thema dargestellt wird, verändern sich. Während anfänglich der Kulturkonflikt über das Mittelmeer hinweg, also zwischen Nordafrika und Europa, Gegenstand Chraibischer Romane ist, verlegt der Autor im vorliegenden, 1981 erschienenen Roman, *Ermittlungen im Landesinnern* („Une enquête au pays"), die Konfrontation der zwei Welten ins Land seiner Herkunft. Der Konflikt ist hier ein Gegeneinander von Stadt und Land, wobei die Stadt kein Ort revolutionärer Vorwärtsbewegung ist, sondern eher ein Zentrum platter Parolen und der Sitz einer repressiven und ignoranten Verwaltung/Regierung. Die westliche Kultur, die hier spür-

und sichtbar wird, ist flach, oberflächlich, trivial, und darüber kann auch der neue, ironisch-witzige Stil – eine Neuerung im Werk Driss Chraibis – nicht hinwegtäuschen. Die Zeit des Optimismus und der grossen Hoffnungen ist längst vorbei, die französische/westliche Zivilisation dient nicht mehr – wie in *Le passé simple* oder auch in *La civilisation, ma mère!* („Die Zivilisation, Mutter!" [dt.: Unionsverlag, Zürich]) – der Befreiung. Kontakte mit dem Westen und Spezialausbildungen in Europa oder in Amerika beeinflussen zwar die politische und soziale Struktur im Land, doch das Verständnis der Herrschenden für die Beherrschten wird dadurch nicht verbessert.

Nochmals einen neuen Stil entwickelt Driss Chraibi in seinem 1982 veröffentlichten Roman *La mère du printemps* (Die Frühlingsmutter" = Oum-er-Bia, das ist der Name des wichtigsten westmarokkanischen Flusses) und in dessen Fortsetzung *Naissance à l'aube* („Geburt im Morgengrauen", 1986). Darin wählt Driss Chraibi, durchaus einer Tendenz in der arabischen Literatur folgend, einen historischen Rahmen für die Darstellung seines Themas, des Kulturkonflikts. Er beschreibt die Eroberung Nordafrikas durch das arabisch-islamische Heer unter Okba Ibn Nafi in der zweiten Hälfte des siebten Jahrhunderts. Auch hier prallen zwei Kulturen und zwei Lebenstraditionen aufeinander, die sich am Schluss von *La mère du printemps* gegenüberstehen, verkörpert durch je eine Person: Okba Ibn Nafi, der Repräsentant der neuen, erobernden, monotheistischen Religion, und Azwaw, der Vertreter der traditionellen, berberischen, pantheistischen Stammeskultur.

Also mehrere Rahmen zur Darstellung eines Themas im

Gesamtwerk von Driss Chraibi, der in einem Gespräch über *La mère du printemps* einmal sagte: „Vergessen Sie nicht, dass ich seit meinem allerersten Buch die Frage stelle: Was bezeichnen wir als Zivilisation? Ich suche die Kindheit des Islam – ein verlorenes Paradies, das erfolgreich hätte sein können."

Hartmut Fähndrich

DAS LITERARISCHE WERK DRISS CHRAIBIS

Le passé simple. Roman, 1954

Les boucs. Roman, 1955

L'Ane. Roman, 1957

La Foule. Roman, 1961

Succession ouverte. Roman, 1962

Un ami viendra vous voir. Roman, 1967

De tous les horizons. Texte, 1968

La civilisation, ma mère! Roman, 1972

Mort au Canada. Roman, 1975

Une enquête au pays. Roman, 1981

La mère du printemps (L'Oum-er-Bia). Roman, 1982

Naissance à l'aube. Roman, 1986

Arabische Literatur bei Lenos

Jachja Taher Abdallah, Menschen am Nil
Zwei ägyptische Novellen, 187 S., geb.
Aus dem Arabischen von H. Fähndrich und I. Schrand

Edwar al-Charrat, Safranerde
Roman aus Ägypten, 261 S., geb.
Aus dem Arabischen von Hartmut Fähndrich

Ali Ghalem, Die Frau für meinen Sohn
Roman aus Algerien, 272 S., Lenos Pocket 4
Aus dem Französischen von A. Bucaille und S. Thauer

Gamal al-Ghitani, Seini Barakat
Roman aus Ägypten, 401 S., geb.
Aus dem Arabischen von Hartmut Fähndrich

Sonallah Ibrahim, Der Prüfungsausschuss
Roman aus Ägypten, 220 S., geb.
Aus dem Arabischen von Hartmut Fähndrich

Ghassan Kanafani, Das Land der traurigen Orangen
Palästinensische Erzählungen I, 160 S., geb.
Aus dem Arabischen von Hartmut Fähndrich

Ghassan Kanafani, Bis wir zurückkehren
Palästinensische Erzählungen II, 160 S., geb.
Aus dem Arabischen von Hartmut Fähndrich

Ghassan Kanafani, Männer in der Sonne/Was euch bleibt
Zwei palästinensische Kurzromane I, 196 S., geb.
Aus dem Arabischen von H. Fähndrich und Veronika Theis

Ghassan Kanafani, Umm Saad/Rückkehr nach Haifa
Zwei palästinensische Kurzromane II, 152 S., geb.
Aus dem Arabischen von Veronika Theis und H. Fähndrich

Die Übersetzerin
Angela Tschorsnig, geboren 1960 in Karlsruhe. Studium der Angewandten Sprachwissenschaft in Germersheim. 1987 Übersetzerdiplom in Französisch und Arabisch. Seit 1988 als freiberufliche Übersetzerin und Dolmetscherin in Freiburg i.B. tätig.

Herausgegeben von Hartmut Fähndrich

Abdellatif Laabi, Kerkermeere
Bericht aus Marokko, 229 S., geb.
Aus dem Französischen von Giò Waeckerlin Induni

Muhammad al-Machsangi, Eine blaue Fliege
Ägyptische Kurzgeschichten, 104 S., geb.
Aus dem Arabischen von Hartmut Fähndrich

Emily Nasrallah, Flug gegen die Zeit
Roman aus dem Libanon, 279 S., geb.
Aus dem Arabischen von Hartmut Fähndrich

Emily Nasrallah, Septembervögel
Roman aus dem Libanon, 200 S., geb.
Aus dem Arabischen von Veronika Theis

Pappschachtelstadt
Geschichten aus Ägypten, 217 S., geb.
Ausgewählt und ins Deutsche übertragen von Hartmut Fähndrich

Hanan al-Scheich, Sahras Geschichte
Roman aus dem Libanon, 272 S., geb.
Aus dem Arabischen von Veronika Theis

Sakarija Tamer, Frühling in der Asche
Syrische Erzählungen, 124 S., geb.
Aus dem Arabischen von Wolfgang Werbeck

Bitte verlangen Sie unseren Sonderprospekt:
Lenos Verlag, Spalentorweg 12, CH-4051 Basel